ホラー・ミステリーアンソロジー

魍魎回廊

宇佐美まこと　小野不由美　京極夏彦
高橋克彦　都筑道夫　津原泰水
道尾秀介／千街晶之・編

朝日文庫

本書は文庫オリジナル・セレクションです。

目次

魍魎回廊

水族

宇佐美まこと

『友が浜水族館』は、入江沿いの道路をぐるっと回っていった先に建っている。入館者は、自分で運転して来るか、最寄りの駅からバスを利用する。交通の便がいいとは言えない立地だ。開館したのは三十六年も前で、ずっと県が運営してきたのだが、五年前に第三セクターに経営が移行された。

目玉の展示生物といえばシロイルカくらいのもので、イルカやアシカのショーといった派手なパフォーマンスもない。よって観光客を呼び込むまでには至らず、地元民に愛される地味な水族館の域を出ない。

「そこがいいんだよなあ」と卓哉《たくや》はよく言っていた。

第三セクターに任された時、少しだけ改装をしたが、円筒形の外観は変わらない。名前も、客受けがいいように「シーパラダイス」とか「マリンパーク」とかのカタカナ名に変えず、入場料金も三百円値上げしただけだったことを卓哉は高く評価していた。友が浜水族館へドライブするのは、私たちのデートのお決まりのコースだった。

「水族館っていう響きがいい」車を運転しながら卓哉は私に言った。

「水族って面白い言葉だろ？　だって水族って独立した言葉はないんだから。水族は、水族館と続いてこそ、意味をなすんだ」

「水族って水の中で生活する生き物の総称じゃないの？」

助手席に座った私は言った。

「まあそうだ。でも展示されているのは魚やカニやエビ、水辺で暮らす鳥類や海の哺乳類だ。それらを総称して水族なんて誰も言わないよ」

動物を見るのは動物園、植物を見るのは植物園、と卓哉は続けた。確かに水族を見に水族館へ行こうとは言わない。

「誰が最初にこの言葉を使い始めたのかなあ。麻里《まり》は不思議に思ったことない？」

開け放った車の窓から気持ちのいい風が吹き込み、私は笑った。不思議なのは、卓哉のそんな思考回路だよ、と言おうとしてやめた。

駐車場からひんやりと薄暗い館内へ足を踏み入れた時、卓哉は言った。

「でもここに来ると、すごく納得するな。水族って言葉がしっくりくる。水のせいだな。ここに度々来たいと思うのは、水に呼ばれるからなんだ」

人もまばらな館内に、卓哉の声が反響した。あれはどういう意味だったのだろう。今はもう知る術《すべ》がない。私たちは永遠に分かたれてしまったから。

あれからも私は一人でこの水族館に来る。入館者は、緩やかにカーブした通路を回遊するように各水槽を見ていく仕組みだ。中央には、水量五百トンの大水槽がある。水槽の中では巨大なハタが悠然と泳ぎ、その上をシマアジの群れが通る。ハンマーヘッドのアカシュモクザメが水槽の前に立つ人をぎょろ目で睨《にら》みつけていく。

私は水槽から少し離れた場所にあるベンチに腰を下ろした。五月の連休や夏休みには、それでも賑《にぎ》やかになるのだが、冬の今、水槽の前に立っているのは、初老の夫婦一組きりだ。長年連れ添ってきたらしい夫婦は、小声で何かを囁《ささや》き合っている。明るく照らし出された水槽の前で、黒いシルエットになった二人が、頭を寄せ合う姿を、私はぼんやりと眺めた。

この四か月間を、私はどうやって過ごしてきたのだろう。記憶は飛び飛びにしか残っていない。まるで時間の流れが変わってしまった。

秋には、卓哉と私は結婚するはずだった。今頃は新しい生活が始まっていたはずだ。

卓哉の実家は、市内でレストランやホテルを経営する実業家だった。卓哉の二人の兄も結婚して、実家の近くにそれぞれの家を構えていた。二人ともが父親の事業を受け継ぐ形で経営に関わっていた。卓哉はそれに倣《なら》わず、あえて別の企業に就職した。結婚に際しても、兄たちのように若くして家を持つのを嫌い、賃貸しのマンションに入居する予定にしていた。

築十五年だけれど、一階で庭付きのマンションの部屋を選んでいた。あそこにはもう別の家族が住んでいるに違いない。一階にしたのは、卓哉のピアノを持ってくるためだった。

卓哉は五歳の時からピアノを習っていた。母親は彼をピアニストにしたかったらしい。

「三人も男の子がいると、一人くらい毛色の変わった子がいてもかまわないと思ったんじゃないかな」卓哉はそう言って笑った。

実際卓哉のピアノの腕前はたいしたもので、東京の音大に進んだ。けれどもそこでジャズピアノに傾倒し、大学を休学してアメリカに渡った。そこで二年間、修業とも息抜きともつかぬ期間を過ごした後、日本に帰ってきて、音大をきっぱりとやめた。今度は音響の勉強をするために専門学校に入った。

今は地元の放送局で、音響の仕事に携わっている。

私と知り合ったのは、卓哉がボランティアで障害児のためのコンサートで音響を担当した時だった。私はそのコンサートで、宮沢賢治の詩を朗読したのだった。付き合いだした頃、卓哉は放送局の音響の仕事ではあきたらなくなっていた。彼はプロのミュージシャンのコンサートの音響を扱うような中央の大手の会社に入りたいという夢を私に語った。

もしかしたら、卓哉の夢がかなう方向にことが進んでいたかもしれない。なにせ、彼の両親は結局のところ、卓哉の好きなようにやらせるのだから。

「このまま落ち着いてくれたらいいんだけどねえ」結婚が決まった時、卓哉の母親は言ったものだ。「麻里さん、一応覚悟しておいた方がいいわよ。この子、何をやらかすかわからないわよ」

そんなふうに言いながら、彼女は嬉《うれ》しそうに笑った。まるで末っ子が型破りでいてくれることを楽しんでいるみたいだった。そんなことになったって一向にかまわないと思うゆとりが、両親にはあった。気持ちの上でも経済的な面でも。

卓哉には才能があった。ピアノの才能ではない（卓哉自身、アメリカで己のピアニストとしての将来には見切りをつけていた）。音を聴き分ける才能だ。

初めて卓哉と二人きりで会った時、彼は私の声が好きだと言った。

「コンサートの時、ブースの中でヘッドフォンを通して君の声を聴いた時、あ、この人と話してみたいと思ったんだ。君の顔なんか一度も見ないうちにね」

卓哉は、私の声を「渓谷を水が伸びやかに流れていくような声だ」と言った。ここでも水だ。水と音。たまらなく卓哉に会いたかった。


友が浜水族館の前庭の片隅には、供養塔が建っている。石を粗く削って三日月を象《かたど》ったシンプルなものだ。ヤマモモの植え込みの下にひっそりと建っているので、気づかない人も多い。供養塔の向こうは、崖になっている。海が荒れている時は、潮をたっぷり含んだ風が吹き上げてきて、供養塔を濡《ぬ》らす。供養されている水族たちは喜んでいるだろう。

ヤマモモの植え込みの後ろにあるベンチから見る夕陽《ゆうひ》は格別だ。今日は水族館へは入らず、ベンチに腰を下ろした。つい端っこに座ってしまう。隣に卓哉の存在を感じた。

海の上にまだらに浮かぶ雲の隙間から、無数の光の矢が差している。波の窪《くぼ》みには、こぼれ落ちてきた光が溜《た》まってゆらゆらと揺れていた。

私はちらりと供養塔に目をやって目を閉じた。瞼《まぶた》の裏に、いつも浮かぶ光景——。

卓哉が運転してきたアウディの前部がぐしゃりと潰《つぶ》れている。フロントガラスの向こうに、ぼんやりと卓哉の姿が見えた。雨が降っているせいでよく見えない。私は手のひらでガラスを拭う。意識を失っている卓哉が見えた。白いエアバッグが膨らんではいるが、それがうまく作用したとは言い難い。卓哉の頭部からは大量の血が流れている。

「卓哉！」

私はフロントガラスを力任せに叩《たた》いた。それでもぴくりとも動かない。血の気を失った顔は、いつも見慣れていた卓哉とは別人のようだった。

事故直前、私はドラッグストアの前の歩道に立って、卓哉の車が来るのを待っていた。その場所で卓哉に拾ってもらうつもりだった。交差点を曲がってきた卓哉は、確かに歩道に立つ私を認めた。いつものように、右の眉をちょっと持ち上げて微笑《ほほえ》んだから。

その時、暗い空から大粒の雨が落ちてきた。私が手にした傘を広げる暇もないくらい一気に大降りになってしまった。フロントガラスの向こうの卓哉の顔が、ふいに歪《ゆが》んで泣いているように見えた。

アウディは突然車道を外れた。そして歩道を突っ切り、ドラッグストアの広告塔のコンクリートの基礎部分にまともに衝突したのだった。車が突っ込んできた直後、グシャッという嫌な音を聴いた気がする。でもその辺の細かい経過はよく憶えていない。あの泣き笑いのような卓哉の顔と、車が衝突する音と、私がフロントガラスを叩いたこと以外の記憶は曖昧だ。

そこから私は違った世界に足を踏み入れたのだ。卓哉と分かたれた世界に。目を開けた。赤く熟《う》れた太陽が、雲の間から姿を現した。水平線に向かって落ちていく太陽を、私はじっと見つめた。私一人のために繰り広げられる夕景は、美しいだけに残酷でせつない。あの日卓哉は、一人で長距離を運転して、隣県の放送局まで打ち合わせに行く予定だった。その仕事が向こうの都合でキャンセルになり、ぽっかり空いた時間を利用して、私たちは結婚式場との打ち合わせに行こうとしたのだった。

あの場所で落ち合おうと提案したのは私だ。もし場所を別のところにしていたら、事故は起こらなかったのだろうか。卓哉の仕事が予定通り行われていたら、彼は何事もなく目的地に着いていたのだろうか。それとも運命はどのみち私たちを搦《から》めとっていたのか。また堂々巡りの思考に陥ってしまう。

入江を巡る幹線道路に出て、大股で歩き続けた。自分自身を、不明瞭な時間の感覚を取り戻すつもりで。汗ばむほどに無我夢中で歩いた。

とうとうあの場所が見えてきた。事故以来、怖くて近づけなかったドラッグストアの前に。広告塔の下のコンクリートは、いくぶん形が変わり、白く擦《こす》れた傷がついているのが遠目にもわかった。けれどもそれだけだ。人々は歩道を行き交い、ドラッグストアは繁盛している。歩道の脇の植え込みの寒椿《かんつばき》には赤い花がポツポツと咲いていた。

あの寒椿を一本もなぎ倒すことなく、卓哉のアウディは、切れ目をうまくすり抜けて突っ込んできたのだ。近づくにつれ、通行人の中で、一人たたずんでいる人影を見つけた。

「亮《りょう》ちゃん……」

彼は、植え込みのそばに小さな花束を置くところだった。長身を折り曲げるようにしてそれを置くと、亮ちゃんは数歩下がって歩道を見つめていた。でもすぐに身を翻して行ってしまった。私は声を掛けそびれた。

亮ちゃんは何度もここを訪れて、花を供えてくれていたのかもしれない。黄色いバラを包んだセロハン紙が風に揺れている。黄色いバラは、結婚式の会場を飾るはずだった。その話を亮ちゃんの前でしたことがあっただろうか。卓哉が特別に式場に頼んでくれたということを。

黄色いバラは私の大好きな花だったからだ。今はよくわからない。私の中の感覚という感覚が麻痺《まひ》してしまっている。花束を持ち上げて香りを嗅ぎたい気持ちに駆られたが、それを抑えつけた。香りさえ感じられなくなっていることを自覚するのが怖い。背中を伸ばして、その場を後にした。少なくともここへは来られたわけだ。これが進歩なのかどうかはわからないが。

亮ちゃんは、友が浜水族館に勤めている。卓哉とは幼馴染《おさななじみ》だ。卓哉が水族館に魅了されていたのは、亮ちゃんの存在が大きいと思う。卓哉は、兄たちが私立の小、中、高校に進んだのに反して、地元の公立の学校に通った。腕白な子供は、近所に遊び友だちが必要だろうという両親の判断からだった。

卓哉の家は高台にあったが、決して一等地というわけではない。そもそもこの街は起伏の多い土地なのだ。だから五十メートルも坂を下れば、気取りのない商店街に行き当たる。亮ちゃんの家は、校区内のはずれの町工場の多い一角にあった。実家は自動車修理工場を営んでいたが、彼が工業高校を卒業して、自動車修理の専門学校に進もうとしたまさにその時、経営に行き詰まったという。亮ちゃんの父親は、自分の工場に見切りをつけ、よその修理工場に働きに出た。その時、廃車や部品置き場として使っていた隣接地を売ったので、一階が工場になった自宅家屋は手放さないで済んだ。

車好きな卓哉は、免許もないうちからここの工場に入り浸っては、亮ちゃんと車いじりをしていたらしい。法に触れない限りは、子供のすることに一向にかまわない卓哉の両親は、好きにさせていた。高校は別々になったが、卓哉と亮ちゃんは、車いじりや釣りを通じて、ずっと仲良しだった。

卓哉が紆《う》余曲折《よきょくせつ》を経てこの街に戻って来た時、亮ちゃんは水族館のキーパーとして働いていた。五年前にリニューアルした時に新しく採用されたのだ。

水族館員の仕事は、ただ生き物の飼育というだけにとどまらず、魚の採取、海洋調査、水槽のメンテナンスや取水ポンプを始めとする機械類の保守管理、潜水掃除、展示の工夫など、多岐にわたる。私が思うに、亮ちゃんは機械類の扱いに明るいというところが買われたのではないか。亮ちゃんは無口だけれど、几帳面《きちょうめん》で根気強い。そういう性格の人物は、飼育係としても向いているらしい。これは亮ちゃんの上司である日野《ひの》さんという人が言った言葉だ。

獣医の資格も持つ日野さんは、水族館の広報員的な存在で、卓哉の勤めている放送局で、水族館や、そこで飼われている生物を紹介する時は、必ず登場するのだった。そんな関係もあって、卓哉は日野さんとも親しくしていた。亮ちゃんと三人で飲みに行くこともあった。たまに私も同席することがあったが、がっちりむっくりした体形の日野さんが、大げさな身振りで話してくれる水族館や海の話には惹《ひ》き込まれた。日野さんと卓哉が会話を弾ませているのを、亮ちゃんがにこにこ聞き入っているのだ。

そんな時、卓哉はたいてい「いいなあ、亮は」と言った。言われた亮ちゃんは、曖昧に笑った。そういう場面はよく目にした。卓哉はしょっちゅうその言葉を口にしたから。

亮ちゃんの家には、卓哉にくっついて何度か足を運んだ。一階の修理工場は、営業をやめてもそのままにしてあるし、亮ちゃんも彼の父親も修理工だから、卓哉はそこで気のすむまで車いじりをさせてもらっていた。彼は子供の頃からそこに出入りしているので、誰もいなくても勝手に入り込んで工具を使っていた。

今は駐車場になってしまった隣接地には、当時廃車が積み上げられていて、卓哉に言わせると「宝の山」だったらしい。工場で好きなだけ車をいじり、飽きたら港に釣りに行く。卓哉と亮ちゃんはそんな少年時代を過ごした。

おそらくその頃から、「いいなあ、亮は」が卓哉の口から出ていたのだろう。亮ちゃんとの遊びを切り上げて、ピアノのレッスンに帰るのが嫌だったのかもしれない。母親は、卓哉が油で真っ黒な手をして帰って来ると、大仰に体をのけ反らせていたそうだ。そんなエピソードを話しながら、卓哉はアウディのちょっとした修理をしたり仕様を変えたりしていた。

工場からの物音に気づき　鉄製の外階段を父親が下りて来て手伝ってくれることもあった。彼は胃癌《いがん》をわずらっていて、仕事にも思うように行けない様子だった。階段の下段に腰をかけて、煙草《たばこ》をくゆらせながら、ただ見ているだけの時もあった。卓哉の手に負えない故障だと、そのまま車を預けて帰る。すると水族館から帰ってきた亮ちゃんが、うまく直してくれた。

亮ちゃんに母親はいない。彼が小学生の時に、修理工場の工員と駆け落ちしてしまったのだという。その時に運転資金を持ち逃げしたので、工場の経営が傾いたらしい。亮ちゃんにとっては苛酷な人生だ。亮ちゃんは、母親のことは一言も話さない。母親は駆け落ちする時、彼の三歳になる弟だけを連れていった。

そんな事情を父親が語った。もうその辺のことを知っているらしい卓哉は、車の下に潜ったきり、何も言わない。私はどうにも適当な言葉が見つからず、困ってしまった。

父親の方も、誰に言うともない繰り言を口にしているというふうだ。

「亮もほんとは母親と一緒に行きたかったんだろうよ」

煙を吐き出して、父親は力なく笑った。

水族館のエントランスを抜けたところで、亮ちゃんが大きな道具箱を提げて通路の先を歩いているのが見えた。彼は私に気がつかずに、キーパー通路へ入ってしまった。亮ちゃんと面と向き合うことにまだ躊躇《ちゅうちょ》している私は、少しほっとした。

ぶらぶらとクラゲの展示室の中を歩く。水族館は、水槽を際立たせるために、水槽を明るく照らし、通路の照明を落としてある。ブルージェリーフィッシュやアマクサクラゲが暗闇の中にふわりと浮かび上がる水槽に囲まれていると、海の中というより、宇宙空間にいるような錯覚に襲われる。私の前を、一組のカップルが歩いている。女の子の方が少し背が高いようだが、何か言うたびに、男の子の腕にすがって低い声で笑った。

彼らはシロイルカの水槽の前で長いこと語り合っていたが、やがて行ってしまった。二人の足音が遠ざかるまで待って、私はシロイルカに近づいた。シロイルカは、私の姿を認めたように、すっと水面から下りてきた。真っ黒な目をくりくりと動かして、頭をアクリルガラスに擦りつけてくる。

「ベガ、元気だった？」そっと声を掛ける。

五年前に新しくなった水族館の目玉として、このシロイルカはカナダからやって来た。公募されて名前は「ベガ」に決まった。多分、シロイルカの英名であるベルーガから取った名前だと思うけれど、メスなので、織姫《おりひめ》という意味も込められているのかもしれない。

私は厚いアクリルガラスに耳を付けた。シロイルカは北極圏から寒帯にかけて生息しているので、水槽の水温も下げてある。頬がひんやりと冷たくなった。

ベガは心得たように、ガラスの前をくるくる回るように泳ぐ。耳を澄ましていると、「キュルッ、キュルッ」とも「クチュクチュ」とも取れるベガの鳴き声が聞こえてくる。歯を嚙《か》み合わせているような「カチッ、カチッ」という音も混じる。シロイルカは海のカナリアと呼ばれるほど、おしゃべりなイルカだ。

おしまいに「キューン」と甘えるような声が聞こえた。水槽を見ると、立ち泳ぎをするベガの顔が、びっくりするほど近くにあった。私は思わず小さな笑い声を上げた。ベガは口をすぼめて話しかけるような仕草をしている。この子は、卓哉と私を憶《おぼ》えているのだろうか。ここへ来るといつも卓哉は、人がいなくなるのを見計らって、こうやってシロイルカの鳴き声を聴いた。

「ほら、まるでオーケストラが演奏の前にチューニングをしているみたいな音だ。ね？そう思わない？」卓哉は幸せそうな顔をしていた。

シロイルカには声帯がない。鼻の中にあるヒダを振動させて音を出すのだ。その振動は水の中を伝わる。

「だから僕らも、こうやって耳骨《じこつ》に直接振動を受けるのが、正しいイルカとの会話の方法なんだ」

音、水、生き物——卓哉を夢中にさせる珠玉の諸々。

卓哉は無垢《むく》で無欲で天性の明るさを持っていた。裕福な家庭で育てられた天空海闊《かいかつ》な人だった。だから下町育ちの苦労人である亮ちゃんとも気さくに付き合っていた。亮ちゃんの方も、そんな育ちの違いを気にすることなく、二人は親友であり続けた。

子供のままの親しさで、卓哉は言うのだ。「いいなあ、亮は」と。

あの言葉をどんな気持ちで亮ちゃんは聞いていたのか。初めてそんなことを思った。

亮ちゃんには以前恋人がいた。彩菜《あやな》さんは卓哉のテレビ局でアルバイトをしていた子で、卓哉が亮ちゃんに紹介して付き合いが始まった。私たちはたまにダブルデートをしたりしていた。彩菜さんは、子供っぽくて甘えん坊で、亮ちゃんとはお似合いだと思っていた。

だけど彩菜さんは、亮ちゃんに内緒でテレビ局の若いディレクターとも付き合っていた。彩菜さんのワンルームマンションを訪ねた亮ちゃんは、恋人の浮気現場に遭遇してしまったのだ。自失した亮ちゃんは、浮気相手を殴って怪我《けが》をさせた。顚末《てんまつ》を聞いた卓哉が中に入って、うまく話をつけた。ディレクターは自分の経歴に傷がつくのを恐れて、亮ちゃんを訴えなかった。彩菜さんとの関係も切った。初めから遊びのつもりだったのだろう。

彩菜さんは泣いて謝ったけれど、亮ちゃんは許さなかった。卓哉も説得したのに、耳を貸さなかった。彩菜さんは結局アルバイトを辞めて私たちの前から姿を消した。どうして亮ちゃんがそんなに頑《かたく》なだったのか、卓哉は知らない。亮ちゃんは、私だけに打ち明けたのだ。子供の頃、母親が工員と肉体関係を結んでいる現場を、何度か見たことがあるのだと。

修理工場の薄暗い物陰で、廃車の中で、母親と若い工員は、醜い姿で絡み合っていた。

子供だった亮ちゃんの脳裏には、その光景が染みついてしまった。彩菜さんの浮気現場を見た時、その時のことがフラッシュバックのように浮かんできた。だから激高してしまった。

「お袋はこの家を出る時、俺も連れて行くつもりだったんだ。だけど行かなかった。どうしてもついて行けなかった。それなのに、お袋がずっと恋しかったんだ。あんなお袋でも」

そんなふうに亮ちゃんは告白した。

そのことを卓哉には言えなかった。卓哉には、亮ちゃんの複雑な心境を真には理解できないのではないか。ことあるごとに、亮ちゃんが彩菜さんと別れたことを残念がる卓哉には。そんなふうに思ったのだ。亮ちゃんも同じ気持ちだったからこそ、私にだけ打ち明けたのだと思う。卓哉には内緒にした亮ちゃんの告白は、私の中にいつまでも小さな違和感として留《とど》まっていた。

卓哉の両親の飾り気がなくあっけらかんとした性格は、卓哉にも受け継がれているのだが、時に私は居心地の悪さを覚えることがあった。度量が大きいといえば聞こえはいいけれど、何もかもにこだわらず、たいていのものを受け入れる鷹揚《おうよう》さの裏には、金銭的なゆとりに支えられた優越感がありはしないか。自分たちは幸福な島に住み、そこに軸足を置いているがゆえに、周囲の海を豪華客船が通ろうが、ボロ船が通ろうが頓着しないのだ。

卓哉と亮ちゃんは純粋な友情で結ばれていた。それは揺るぎないことだ。だが、それを維持していく上で、亮ちゃんは苦しんでいたのかもしれない。そしてそんな亮ちゃんの苦労に気づかないでいるのが、卓哉だった。あの家庭で育ったが故の罪のない無神経さ――。

ガラスのように繊細な心を持った亮ちゃんとは、卓哉の事故の後、まともに向き合っていない。お互いが負った深い傷を見せ合うのが怖くて、私はぐずぐずとそれを引きのばしている。私は亮ちゃんの近くをうろうろしながら、迷い続けているのだ。今日もまた遠くから彼を見ている。卓哉の一番の親友を。

港の岸壁。亮ちゃんは背中を丸めて釣り糸を垂れている。首をちょっと前に出す格好の亮ちゃんは、遠くからでもよくわかった。

今は何が釣れるのだろう。他に釣り人の姿はない。湾の中は静かだ。だが外海には、白い三角波が立っていた。港の向こうの山の上をトンビが二羽、弧を描いて飛んでいる。

亮ちゃんから少し離れた場所に、漁網《ぎょもう》が干してあった。竿《さお》に掛けられた漁網の陰に、私は立った。海の水は澄んでいて小魚が群れているのに、浮きはぴくりとも動かない。亮ちゃんは眉間に皺《しわ》を寄せてそんな海中を見下ろしている。とても釣りを楽しんでいるようには見えない。すぐ目の前を、小さな漁船が通り過ぎていった。

「亮！　今どき何も釣れねえだろ？」

真っ黒に日焼けした若い漁師が怒鳴った。多分、卓哉や亮ちゃんの同級生だろう。水族館に展示する魚の採集には、地元の漁師の協力が必要だ。だから日ごろから亮ちゃんは親しくしている。なのに今日は、おざなりに片手を挙げたきりだ。私が代わりに手を振ってあげる。漁船はエンジン音を響かせて行ってしまった。

「亮！」

背後から誰かの呼ぶ声がした。亮ちゃんと私は同時に振り返った。

遠くの方から亮ちゃんの父親が来るのが見えた。杖《つえ》をついて、息せき切ってやって来るのだが、気持ちほどに足の力がついてこない。近づいてくるにしたがい、私は息を呑《の》んだ。この人を最後に見たのはいつだっただろう。ひどく痩せ細り、弱々しく見えた。

ようやく近くまでやって来ると、父親は一度立ち止まって息を整えた。言葉を発するわけではないのに、口元は常にもぞもぞと動いている。

彼は亮ちゃんがいるところまでの数メートルを、杖をつきつき歩いてきた。

「亮、何で卓哉から金を借りなかった？」

はっとした。亮ちゃんはまた海に向き直った。

「あいつは都合をつけてやるっていっただろう？　なのにお前は――」

思い出した。亮ちゃんの工場には、まだ大きな借金が残っていたのだ。父親は胃癌の治療が長引いて働けず、借金を返せなくなって困っていると卓哉から聞いた。亮ちゃんの給料ではとても返していけない。医療費もかさんだ。見かねた卓哉が、いくらか融通してやろうとしたのだ。そうしないと、あの修理工場が人手に渡ってしまうのだと言っていた。だけど、亮ちゃんはそれを断った。自分でどうにかすると言ったらしい。固辞する亮ちゃんをもどかしがり、卓哉は何とか説得しようと躍起になった。そして言ったのだ。

「気にすることなんかないんだ。亮がうちのディレクターと傷害沙汰を起こした時、あのいけすかない奴《やつ》にも示談金をいくらか渡したんだから」

亮ちゃんが息を呑むのがわかった。卓哉は、あれが優しさだと勘違いしていた。それを正す人は、彼の家族にはいなかった。

その後、あの事故が起こって——。

私を取り巻く世界はがらりと変わってしまったのだ。だから、亮ちゃんの家がどうなったかなんて気にもしなかった。

父親は両手で杖にすがって、亮ちゃんの後ろに立っている。近くで見ると、ますますやつれて小さくなったように見える。顔色も悪いし、身なりもみすぼらしい。だけど、目には尋常でない光が宿っていた。

「卓哉に助けてもらったってよかったろうが。ちょっとの間だけ——」

「もう帰れよ」

亮ちゃんは海に向かったまま言った。父親はいきなり激高した。

「親に向かってそんな口のきき方をするな！」

杖から手を離したので、よろめいた。思わず駆け寄ろうとしたが、私が一歩を踏み出す前に病み衰えた男は何とか踏みとどまった。

「そんなだから、お前は母ちゃんに捨てられたんだ」

亮ちゃんは、はっと顔を上げたが、すぐに恥じたように下唇を噛んだ。

父親は唐突に踵《きびす》を返すと、来た時と同じくらい急いでその場を離れた。私は亮ちゃんと父親の背中を見比べた。そして父親の後を追った。彼は不器用な人形遣いに操られるマリオネットみたいにぎくしゃくした動きで歩を進める。すぐに追いついた。

「ねえ、おじさん、いったい何があったの？　修理工場はどうなったの？」

何も答えない。涙か鼻水がわからない透明な筋が顔面から垂れている。それを拭いもしないで、口の中で意味のない言葉を呟《つぶや》いている。

「待ってよ、おじさん」

私は父親の肩に手をかけた。彼は、びくんと体を震わせて自分の肩を見た。

「あっちへ行け！　あっちへ行け！」

いきなり杖を振り回し始めた。私は後ろへ飛び退《すさ》り、すんでのところで杖の一撃から逃れた。すぐ近くの漁師小屋から、太った中年の女の人が飛び出してきた。

「何やってんのよ。危ないじゃないか」

女の人はぶんぶん振り回される杖を、難なく押さえた。ゴムのエプロンを着けた別の女性が小屋から出てきた。「どうしたのさ」

「どうもこうもないよ。修理工場のじいさんだよ。いや、もう修理工場はなくなったんだった。すっかりボケちまって手に負えないよ」

それでも女性は父親の腕を取り、杖を握らせてやった。父親は、しゅんとなってされるがままだ。

「アパートへ移ったんだっけ。帰れる？　一人で」

父親は返事をせず、うなだれたまま歩き始めた。女性二人は顔を見合わせたのち、また小屋に戻っていった。振り返ると、岸壁にまだ亮ちゃんの姿が見えた。日が翳《かげ》り始めていた。夕方の漁に出ていく船が、今度は無言のまま亮ちゃんの前を通り過ぎていった。

私は亮ちゃんの家に続く道をたどった。

そこにはもう修理工場はなかった。黒い土が剝《む》き出しになった更地になっていた。ところどころ寂しく雑草が生えていた。気をつけて見なければ隣の駐車場が少し広がったようにしか見えなかった。

こんなに小さな敷地だったのか。私は言葉もなく、そこに立ち尽くしていた。卓哉がしょっちゅう出入りしていた馴染《なじ》みの工場。あの事故の前も、確かエンジンの調子をみてもらうために車を預けてあった作業場。亮ちゃんのお父さんが座っていた急な外階段。

何もかも跡形もなく消えていた。

ここが人手に渡ることを嫌って、卓哉は救済の手を差し延べようとしたのか。それを亮ちゃんは断った。こうなることがわかっていて、卓哉の申し出を蹴った。

卓哉にとっては、好きな車いじりの場が失われることだった。でも亮ちゃんにとっては、生活の根底が覆ることだった。生活の糧《かて》を生み出していた場所、母親との思い出の場所が失われるということの意味が、卓哉には本当にはわかっていなかった。

卓哉が差し出す金額は、亮ちゃんの父親には喉から手が出るほど欲しかったものだった。

だけど卓哉の家からすれば、たいした額ではなかったろう。そのギャップに気がつかないほど、卓哉は善良で明朗で無邪気だった。

あの後も彼は親友に言い続けた。「いいなあ、亮は」と。

そうやって卓哉と、そして私も、亮ちゃんを傷つけ続けていたのだ。


ベガと話ができたら。今まで何度か思ったことがある。今日は特にそう思う。

シロイルカは海面の九十五パーセントが氷に覆われた海域でも、氷の隙間を見つけて呼吸をすることができるという。イルカ類が持つ反響定位《エコロケーション》の能力によるものだ。以前、日野さんから聞いた。鼻腔《びこう》の奥から発した音波を、頭部のメロン体で収束させて得られる能力らしい。シロイルカは、他のイルカ類よりもメロン体が発達していて、おでこが大きくせり出している。その優れた能力で、彼らは海の中を探索し、互いに会話する。

だけど一頭きりで飼育されているベガは、誰とも会話できない。あれだけ鳴き声を出すのに、誰とも交信できない。あの能力をちょっとの間だけ、私に貸してくれないものか。

ベガは、ガラスの前に立つ私の前で、体をくねらせるように泳いでいる。訳知り顔で、私の鼻先を短い吻《ふん》でつついたりしている。黒い瞳は知的で、深い洞察力を持っているようにさえ感じる。

「ベガ、私はどうしたらいいんだろう」

私の唇の動きを注意深く読むように、ベガは私を見返してくる。やがて首を二、三度振った。私の気持ちが伝わったのだろうか。シロイルカは固定されない七つの頸椎《けいつい》を持っているので、首を前後左右に振ることができるのだ。

私はアクリルガラスに指で大きくマルを描いた。水温が低く保たれているせいで、ガラスの表面はうっすらと結露しており、丸い円の跡が残った。ベガはそれをじっと見つめていたが、口から空気の輪っかをぽわんと吐き出した。透明なリングは水中を漂って、やがてゆらゆらと上昇し始めた。ベガはそれをもっと私に見えるように、吻の先でつついて下げようとしている。私は思わず笑い声を上げた。

「ありがとう」

ほんとに言葉が通じたらいいのに。私は振り返りながらシロイルカの水槽を後にした。ベガは立ち泳ぎをしながら、きょとんと首を傾《かし》げて私を見送っていた。

緩いスロープを下って、小さな森を表現したような水草水槽の前を通る。擬岩の間に植え付けられたビシアやハイグロフィラ、パールグラスが、太陽光線に近い波長のランプに照らし出されて美しく輝いていた。

目の前を黄色い帽子を被《かぶ》った小学生の一団が通り過ぎていく。学外授業の一環で水族館を訪れたのだろう。一番後ろには、担任の先生。先頭を歩くのは日野さんだ。一行はヤリイカやスルメイカの展示水槽の前で止まった。

「はーい、みんな、集まってー」日野さんはガラガラ声を張り上げる。

「ここにいるのは、何という生き物でしょう」

「イカ！」

「そんぐらい知ってるよ」

「刺身にしたらおいしいよね」子供たちが口々に言う。

「そうだ。こっちがスルメイカ。そしてこれがヤリイカだ。イカみたいに体の表面が弱くて傷つきやすい生物は、飼うのが難しいんだ。今日は水族館の水槽と魚について勉強しまーす」

私は子供たちのずっと後ろの暗がりに立って、日野さんの講義を聞いていた。日野さんの話を聞くのは久しぶりだ。日野さんは、魚が水槽のガラスにぶつかって傷つかないようにする水族館の工夫について話している。人を惹きつける話術は健在だ。

子供たちも一心に耳を傾けている。おおむね魚というのは皮膚が弱いものだが、魚類には側線《そくせん》という感覚器官があって、それでガラスを認識して避けているらしい。だけど繁殖中の幼魚やイカ類は、水槽のガラスにぶつかって死んでしまうことがよくあると日野さんは説明した。

「魚はほんとに傷つきやすいんだ。おじさんはハートが傷つきやすいんだけどね」

子供たちも先生もケラケラと笑った。

「そこで水族館では、水槽の中に柔らかい材質のカーテン状のフェンスを張って、魚を保護したりしている。それぞれの水族館でいろいろと工夫しているけどなかなか難しい」

日野さんは、ワゴンの周りに子供たちを集めた。ワゴンの上には、小さな空の水槽が載っていた。

「うちの水族館では——」日野さんは、プラスチックの容器をもったいぶって取り出した。「こういうものを地元の食品会社と一緒に開発した」

彼は筆に容器の中身をふくませると、水槽の内側の上部にぐるっと塗布した。子供たちは興味津々といった様子で、水族館員のすることを見つめている。

「ここに水をかけると——」別の飼育員が、ジョウロで水をかけた。子供たちは、押し合いへし合いして水槽の中を覗《のぞ》き込む。「ほら、内側をちょっと触ってごらん」

日野さんは、前の男の子の手を取って、水槽のガラス面の内側を触らせた。男の子は「うわーっ」と声を上げた。その声に釣られて、小さな手がいっぱい伸びてきて、水槽の中に突っ込まれた。

「あれー、何？　これ」

「何かぬるぬるしてる」

「ううん、ふわふわ柔らかいよ」

「さっき上のとこだけに塗った薬品が、水で膨らんで下りてきて、ガラス面全体に薄い膜を作ったんだ」日野さんが芝居がかった咳《せき》をしたのち、言った。「この技術は、友が浜水族館が開発したんだ。これがクッションになって、イカや魚の赤ちゃんがぶつかっても安心なんだ」

「へーえ」

「でも何で食品会社と一緒にやったの？」

最初に触った男の子が疑問を口にした。すると日野さんは「おおーっ」と大仰に驚いてみせた。「よくそれに気がついたなあ。実はな、これ、成分は寒天なんだ」

「寒天？」

「そう。お料理なんかに使う寒天な。あれはもともと海藻を原料にしているから、魚たちにも無害だろ？」

そこまで言うと、日野さんはわざとらしく口に手を当てた。

「おっと。これ以上は言えんな。ま、企業秘密ってやつだ」

「あ、わかった！　おじちゃん、トッキョとか取ろうとしてるんだ」

「すごいな！　友が浜水族館、大儲《おおもう》け！」

やんちゃな男の子たちがはやし立てると、日野さんは慌てて否定した。

「違う、違う。そんなんじゃないよ。これはまだ試験段階なんだ。これ、展示用の水槽には利用できないんだ。バックヤードの予備水槽にしか。ガラスに膜ができると、透明度が落ちてしまうからね」

そのことを見せようと用意していたのか、人の顔の写真を切り抜いて細い棒の先につけたものを、水槽の内側に入れた。私は背伸びして、その様子を見た。水槽の中に入れられた人の顔は、泣いているみたいに歪んで見えた。

「ほんとだー、よく見えないね」

「まだまだ改良の余地があるなあ」

腕組みして大人っぽい物言いをする男の子を、日野さんが苦笑しながら見下ろした。水槽の中の顔は、最後に見た卓哉の顔とだぶって見えた。事故を起こした車の運転席で血塗《ちまみ》れになっていた卓哉の顔に。気持ちの悪い冷たい汗が、手のひらに広がってくる。

日野さんともう一人の飼育員は、ワゴンごと水槽を通路の片隅に寄せると、子供たちを連れて行ってしまった。子供たちのざわめく声が遠ざかるのを待って、私は水槽に近づいた。恐る恐る水槽の中に手を入れる。ガラスの内側を覆った膜に指をつけると、弾力性のある半透明の膜に触れた。指先に力を入れて膜をすくい取ると、ぷるんと固まった寒天のような一片がくっついてきた。

私は自分の指先についたその塊をまじまじと見つめた。

あの時――。

卓哉が運転するアウディは、植え込みの間をすり抜けて歩道に乗り上げた。車体は激しくバウンドしたが、スピードが落ちることはなかった。私は凍り付き、その光景を呆然《ぼうぜん》と見ているしかなかった。

事故直後、私はフロントガラスを叩いて卓哉を呼んだけど、彼はぐったりしていて返事をしなかった。ガラスの外側を、半透明のぬるぬるしたものが雨に流されて滑っていった。まるでガラスの皮が一枚ぺろんと剝《は》げる形で、私の指先をかすめていった。いったいこれは何なんだろうと一生懸命考えていた気がする。今、あの時のことを鮮明に思い出した。

後から後から流れ落ちたあの物体は、雨の勢いに押されて道路の側溝に全部流れ込んでいった。

あれは寒天だったのだ。白分の指先を眺めながら、ようやく私は納得した。

遠くで雷が鳴っていた。風は強いが、雨はまだ降っていないようだ。風の中にかすかに春の匂いが感じられた。私が心を失《な》くしているうちに、季節は確実に巡っている。いつまでも私だけがこうしてさまよっているわけにはいかない。今日こそは何もかもはっきりさせて過去に訣別《けつべつ》しようと決めていた。どんなにおぞましいことでも、目を逸《そ》らさずに受け入れよう。そうしないと、私はここから一歩も動けないのだから。

私はクラゲの暗い展示室の大きな水槽の後ろにしゃがんでいた。やがておざなりに見回りが行われ、閉館時間になった。今日は亮ちゃんが宿直なのは調べてあった。十数人のスタッフが順番に宿直をして、水槽からの水漏れやポンプの停止などのトラブルに備えている。充分に夜が更けるのを待って、私はクラゲの展示室から出た。

高いところにある窓が、稲光で白くなるのが見えた。雷が鳴る夜は気が抜けない。停電に備えて仮眠もおちおち取れないはずだ。亮ちゃんは、きっと館内の見回りをしているに違いない。亮ちゃんはすぐに見つかった。シロイルカの水槽に向かって歩いている。

「亮ちゃん！」

念じるような思いで声を掛けた。何度目かの呼び掛けに、やっと亮ちゃんは足を止めた。

辺りをきょろきょろと見渡している。私を見つけることができないで、しまいにシロイルカの水槽に向き直った。ベガが好奇心をそそられたように、水面近くからすうっと下りてきた。私は亮ちゃんの後ろに立った。冷たい水槽のガラスに、私の姿が映った。亮ちゃんがはっと息を呑むのがわかった。どうにかして亮ちゃんと会話をしなければ。

ベガはガラスの向こうから、私を見つけて黒い目を活発に動かし、わざと頭のメロン体をぐにゅぐにゅと動かしたりしている。

ベガ、私に力を貸して！　心の中で叫んだ。

亮ちゃんは、アクリルガラスに映った私に慄《おのの》いている。紙のように真っ白な顔だ。水槽の中のベガが、ガラスに映った私に重なり合った。

「亮ちゃん、黄色いバラをありがとう」ベガの口から私の言葉がこぼれる。「でもあれは受け取れない。なぜなら——」声が震えた。「なぜなら、あなたは卓哉を殺そうとしたから」

自分の言葉に戦慄する。ベガは私を励ますように首を振る。

「あの事故のあった日、卓哉は一人で車で遠出する予定だった。前の日に、亮ちゃんのとこの修理工場に車を預けてた。ドライブの前にエンジンの具合を見てもらおうとしたの。あなたはその時、卓哉の車に何をしたの？」

亮ちゃんは大きく目を見開いて、ベガと対峙《たいじ》している。体の横で握りしめた拳がぶるぶる震えてはいるが、声を発することはない。

「卓哉の車のフロントガラスの上部に薬品を塗ったわね。ここの水族館で開発した寒天の成分の。水に反応して膨張し、ガラス面に膜を作る。一瞬にして視界が悪くなるのよね。確かあの日は突然の雨が降るかもしれないって予報が出てた」

そこまで一気にしゃべるし、急に体の力が抜けた。こんなことを卓哉の一番の親友に言うことになるとは思ってもいなかった。でももう私がやるしかない。卓哉のために、私が亮ちゃんと対決しなければ。亮ちゃんはがくりと膝から頽《くずお》れた。立ち泳ぎするベガは、憐《あわ》れむように、床に膝をついた男を見下ろした。その上に、私の言葉が降りかかる。

「そんなに卓哉が憎かったの？」

「違う、違う、違う！」

亮ちゃんは、首を激しく振って怒鳴った。

わかっていた。卓哉は言うべきではなかった。亮ちゃんの家が差し押さえられようとする時に、気楽に借金を肩代わりしてやろうなんて。亮ちゃんのために過去にも金で解決したことがあったなんて。あれで亮ちゃんの中の何かがぷつんと切れたのだ。決して卓哉が憎かったわけではない。

卓哉はたくさんのものを持っていた。裕福な家庭も、物わかりのいい両親も、才能も。彼はそれらがもたらすものを当たり前のように享受していた。自由奔放に生きていた。亮ちゃんは、ずっとそんな卓哉のそばにいたけれど、妬《ねた》んだり嫌悪したりしなかった。二人の関係は対等だった。

でも亮ちゃんも卓哉本人も気づかないうちに、二人は少しずつ乖離《かいり》してしまっていたのかもしれない。高台にある家から下りてきて、修理工場で車いじりをしている時、亮ちゃんの父親の繰り言をさりげなく聞き流している時、ピアノのレッスンのために坂を駆け上がっていく時、卓哉は深い考えもなく口にしていたのだ。「いいなあ、亮は」と。

あの言葉は、亮ちゃんの心を削り取っていった。とても長い時間をかけて波が岩を浸食するみたいに。

いつか私が感じた違和感は、亮ちゃんの中にあった小さな棘《とげ》だった。卓哉が彼の家の借金を肩代わりしてやろうとしたのは、純粋な彼の善意なのだ。だが卓哉にはわからなかった。知る術もなかった。あれが二人の関係性を壊してしまった。均衡だった天秤《てんびん》は、釣り合わなくなった。亮ちゃんの中の棘が剝き出しになって卓哉に向けられたのだ。

亮ちゃんは一種の賭けをしたのではないか。あの細工がうまく作用して、卓哉が事故に遭うとは限らない（その確率はかなり低い）。もし何も起こらなかったらそれでいい。むしろ卓哉が無事にドライブをして帰ることを亮ちゃんは願っていた。ただつまらない細工を施すことで、自分の気持ちを収めたかったのだろう。誰にも知られない亮ちゃんの屈折した思いがそうさせた。だけど亮ちゃんの思惑は恐ろしい結果をもたらした。

亮ちゃんを許すことはできない。到底できない。私はもう二度と卓哉と生きることはできなくなったのだから。

ベガがすっと私から離れた。亮ちゃんは、床に這《は》いつくばったまま、顔を上げて水槽に映る私を見上げた。私の肩にかかった髪の毛が、静電気に引き寄せられるみたいにゆらりと持ち上がった。

「私はあなたが憎い。返してよ。私を卓哉のそばに」

周囲の小さな水槽がカタカタ小刻みに揺れ始めた。小魚がうろたえて擬岩の陰に隠れた。私の髪の毛は、水に沈んでいく人のそれのように、青ざめた私の顔の周りを漂っていた。亮ちゃんはそろそろと立ち上がり、両手の手のひらをズボンに擦り付けた。

「あんなことになるなんて――。ごめんよ、麻里」

そのまま亮ちゃんは、アロープを駆け下りた。ベガが高音の笛のような警告音を発した。それは静かな水族館の中に長々と響き渡った。最後に見たのは、稲妻に照らし出されて、前庭を突っ切っていく亮ちゃんの姿だった。


海は凪《な》いでいた。風は柔らかに温《ぬる》んでいる。水族館にやって来る人たちは、もう厚手のコートを脱いでいる。卓哉もそうだ。バス停からゆっくりと上がって来る卓哉は、軽く足を引きずっている。薄手のハーフコートの襟が、風にパタパタと煽《あお》られていた。

「あんなコート、いつ買ったのかしら」

知らず知らずのうちに言葉に出している。彼は供養塔の方に真っすぐに向かう。亮ちゃんが海に飛び込んだ場所に。卓哉は黙って崖下を見つめている。何を思っているのか、はるか下で砕ける波を長い間眺めていた。水族館の裏手にある濾過《ろか》槽の方から、誰かが歩いてきた。日野さんだ。二人は並んで立って、また静かに海を見ていた。

亮ちゃんの遺体は、すぐ下の岩場で嵐の夜が明けた朝に見つかった。警察は、事件性はないと判断した。なぜ風の強い晩に建物から出て危険な崖に近づいたのか。誰にもわからない。あの晩、シロイルカの水槽に映った私自身の姿を思い出していた。亮ちゃんを憎むあまり、醜く歪んだ私の顔。亮ちゃんを追い詰めたのは、この私だ。そのことを卓哉に伝える術を私は持たない。ヤマモモの植え込みに沿って、私はそっと二人に近寄った。

「東京へ行くんだって?」

日野さんの問いかけに、卓哉は頷《うなず》き、寂しく微笑んだ。もうあの微笑みが私に向けられることはない。あの腕で引き寄せられることも、彼のすました物言いに、私が苦笑することも二度とない。

「東京で何か当てはあるの?」

「まずは小さな音響の会社から。友だちが誘ってくれたんで。徹底的にこだわった音作りをするところなんだ。また一から勉強しようと思って」

「きっと麻里ちゃんも喜ぶよ」

日野さんは、卓哉の肩を軽く叩いて離れていった。卓哉はもう一度海を見下ろした。うねりのない海は、柔らかな光を照り返していた。それから振り返って水族館を見た。まるで記憶の中に留めようとするように、ぐるりと見渡した。けれども館の中には入らずに、来た時と同じように足を引きずりながら坂を下りていった。

私はそこにたたずんでじっとしていた。愛しい恋人の背中が見えなくなるまで。

それから再び水族館のロビーに入っていった。やはり閑散としている。シロイルカの水槽に、五歳くらいの男の子が耳を当てていた。私たちがかつてそうしていたように。ベガは彼に遥《はる》かなる海の物語を語るように、横泳ぎしながら吻を動かしていた。誰かが通路の奥から男の子の名前を呼んだ。男の子は、ベガに手を振って走り去った。

誰もいなくなったシロイルカの水槽に、私は歩み寄った。ベガは尾びれのひと打ちで、私の方に寄ってきた。

「ベガ、私はもうここにはいられない」

体長四メートルもあるシロイルカは、悲しそうに「キュイーン」と鳴いた。私はベガに向かって両手を差し出した。私の手はガラスを通り抜けた。しだいに私の体は透明になっていく。水と同じに。

あの日、卓哉のアウディが突然の雨に見舞われ、ワイパーを動かす暇もなく視界を奪われて広告塔に激突した時、私は恋人の車に轢《ひ》かれた。頑丈なドイツ車は、私の腰から下の骨を砕き、肉を潰した。ボンネットの上に撥《は》ね上げられて、フロントガラスの向こうの卓哉と向き合った。叩きつけるような雨が、亮ちゃんの企《たくら》みの証拠を消し去った。車の構造自体に何らかの細工をしたのであれば、事故後に発覚していただろう。亮ちゃんが成し遂げた完全犯罪。彼のたった一つの手違いは、長距離ドライブの末、一人で事故に遭うはずだった卓哉が生き残り、私が死んだこと。

「もう行くね、ベガ」

突起物にしか見えない小さな背びれを見せて、ベガは一回転した。
私はこの水族館と入江から離れられなかった。私も水に呼ばれていたのか。
差し出した私の両腕は、すっと水の中に吸い込まれていく。
私も水族なのかもしれない。

雨の鈴

小野不由美

絹糸のような雨が降っていた。

静かな通りには、潮騒《しおさい》のような音が満ちている。細い雨脚は古い家々の屋根を打ち、緑の庭木を打つ。土塀の上に載せられた瓦《かわら》を洗い、雨垂れとなって細い小路の石畳に打ち寄せる。絶え間ない密《ひそ》やかな雨音、遠くから響く雑多で微《かす》かな水音、それらの音が渾然《こんぜん》一体となって波打つようにあたりを満たしていた。

パタリと強い音がして、有扶子《ゆうこ》は頭上を振り仰いだ。赤い傘に花の影が落ちていた。間近の土塀越し、枝を伸ばした夾竹桃《きょうちくとう》の花が雨に打たれて零《こぼ》れ落ち、傘を叩《たた》いた音だろう。見渡せば、足許《あしもと》の石畳にも白く花が散っている。

――夾竹桃には毒があるんだっけ。

けれども濁りのない白と、花の形が美しい。そのまま女性の指に添えれば、大きくても品の良い指輪になりそうだった。七宝の白は花の白を表現するのにちょうどいい。

　本当ならスケッチしたいところだが、あいにく片手は傘を持つのに塞《ふさ》がっている。有扶子は足を止め、身を屈《かが》めて散った花を一つ拾った。濡《ぬ》れた花のやり場に困って、傘を持つ自分の手に載せてみた。薄赤い影が落ちた自分の手に、濡れた白い花が貼り付く。思った通り、綺麗《きれい》な指輪になった。

　深い緑の葉を添えてブローチにするのもいいかもしれない。

　これが有扶子の仕事だった。まだまだ作家を名乗るほどの実績はないが、七宝教室の講師料とちょっとしたアクセサリーを売ることで、かつかつ生活はできている。なんとか生活が成り立っているのは、祖母から譲られた家があるからだ。古い城下町、いかにも似つかわしい石畳の袋小路、その突き当たり。木造平屋の小さな古屋だ。伯父叔母《おじおば》も両親も、貰《もら》ってもかえって処置に困る、と放置していたのを有扶子が受け継いだ。家賃がいらないだけ助かっている。

　拾った花は指の上に落ち着いている。花芯《かしん》の周囲に花弁が五枚。八重咲きの品種もあるが、七宝にするなら一重のほうが様になる。――そんなことを考えながら歩いていたら、どこかでチリンと澄んだ鈴の音がした。

　有扶子は顔を上げた。石畳が敷かれた小路には人影がなかった。道幅は車一台がかろうじて通行できる程度、両側には土塀が続き、ほんの十メートルほど先で折れている。

　気のせいだったのか――そう思っていると、再びチリンと音がした。

有扶子は足を止めて来た道を振り返った。通りから袋小路へと入ったところに黒々とした人影があった。黒い和服の女だった。

――和服というより、あれは喪服だ。

黒一色の着物と帯、帯揚げも帯締めも黒い。喉許《のどもと》の半襟《はんえり》と黒草履を履いた足袋《たび》だけが花のように白かった。歳《とし》の頃は三十代の半ばだろうか。俯《うつむ》いた顔に結った髪が軽くほつれかかり、そこに銀の粒のように雨滴が纏《まと》わりついている。

チリンと音がする。見れば女は腰の脇、帯締めに青銅の鈴を一つ下げていた。それが時折、澄んだ音を寂しげに立てている。

この袋小路に足を踏み入れているということは、小路沿いにあるどこかの家の住人だろうか。

祖母の家に越してきて一年、まだ小路沿いの全ての家を覚えていない。住人の顔となるとさらに分からなかった。ただ、道の両側に続く家の全てが小路に向かって門戸を持つわけではない。建ち並ぶ塀の半数ほどは家の裏にあたる。小路に表が面しているのは数軒程度だろうか。

どの家の住人だろう。そして、誰の葬儀だったのだろう。傘も差さずに俯いた姿が、なんだか痛ましかった。

――せめて傘を。

差し掛けてあげようか、と思って有扶子はぎくりとした。女は俯き、とぼとぼと歩いている。——歩いているように見えるのに、足を止めた有扶子との距離が、先ほどからいっかな縮まらない。

有扶子は女の足許を見た。歩いている——ように見える。白足袋に黒草履の足は、雨に濡れた石畳を踏んで前へと進んでいる。なのに少しも近づいてこない。袋小路へと入ったばかりの土塀の脇、その場所をまったく動いていない。

土塀に描かれた影のようだった。髪にも着物にも雨滴が零れているのに、女は濡れている様子もない。俯いた顔にはほつれ髪と一緒に憂いを含んだ影が落ち、目鼻立ちもはっきりとしなかった。

思い出したようにチリンと寂しく鈴の音が響いた。

その音に我に返って、有扶子は踵《きびす》を返した。急ぎ足で濡れた小路を先へと急ぐ。たぶんあれは、見てはいけないものだ。何だか分からないが、尋常の存在ではないと思う。

足を急がせて突き当たりを曲がった。片側には高塀が聳《そび》え、片側には土塀が続く。その先はまた曲がり角だ。

小路は屈折を繰り返す。昔、外堀を越えて城下に侵入した敵を迷わせるため、あえて複雑な町筋にしているのだと聞いたことがある。

小走りに急いで曲がり角で振り返った。傘越しに見る背後には誰の姿もなかった。雨の中、曲がり角の向こうからチリンと澄んだ鈴の音だけが聞こえた。

傘を畳んで雨を払うと、濡れた花が一輪、足許に零れ落ちた。

それを拾って有扶子は片手に載せる。さきほど拾った一輪は、急ぐ間に落としてしまったようだ。そっと花を握って、もう一方の手で玄関の鍵を開けた。磨《す》りガラスの入った格子戸を開けると、薄暗い玄関から古屋に独特の湿った匂いが流れてきた。

三和土《たたき》に入り、戸を閉めて前に振り返る。狭い前庭を挟んで、申し訳程度の屋根を載せた小さな門が見えた。素通しの格子戸から石畳の小路が覗《のぞ》いていたが、曲がり角まで真っ直ぐに見通せる景色のどこにも黒い女の影は見えなかった。鈴の音も聞こえない。静かな雨音だけが響いていた。

ほっと息を吐いた。あれはいったい何だったのだろう。

――あれも、いない人？

有扶子は子供の頃から、不思議な人影を見ることがあった。存在感の薄い、無言で佇《たたず》むだけの人影だ。それが他人には見えていないのだと気づいたのは、いくつのときだったろう。「あの人」と指差しても、「いない」と言われる。それを繰り返して、あれは「いない人」という存在なのだと幼心に了解した。

ただ、有扶子がこれまで遭遇した「いない人」は、あんなにはっきりした存在ではなかった。目を留めると「いる」のに、凝視すると消えてしまう。瞬《まばた》きしたり視線を外したり、そんなちょっとした動作の弾みでも見えなくなってしまう。だから、「いない人」という存在があるのだと理解してからは、「いる」と誤解したことはなかった。歴然と違うから分かる。

なのに、声をかけるところだった。

こんなことは初めてだ。二重に異常なのが薄気味悪かった。

濡れた空気に軽く身震いして、有扶子は部屋に上がった。玄関を入ってすぐが四畳半の茶の間、その先に六畳が二間続いている。これに台所と風呂《ふろ》、トイレがあるだけの小さな家だった。築年数がどれくらいになるのかは、有扶子にも分からない。古いことは確かだが、戦前に遡《さかのぼ》るほどは古くない。本当に単なる古屋だ。

かつては祖母が独り、ここでこぢんまりと生活していた。小さい頃には隣街に家があったから頻繁に遊びに来ていたが、父親が転勤になり、距離ができてそれも絶えた。それ以後は、祖母が専ら有扶子の家にやって来た。晩年は病院暮らしだったが、長い時間ではなかった。おかげで残された家も、さほど傷んではいない。設備は古いし、あちこちギシギシいったりするが、年齢に相応、というところだろうか。

有扶子は卓袱台《ちゃぶだい》にバッグを置き、奥へ向かった。二間続いた六畳に沿って縁側がある。縁側に出て窓を開け、雨戸を開けた。

目の前は狭い庭だった。周囲を塀に囲まれ、陽《ひ》当たりが良くない。陰樹ばかりの庭の向こうには貧相な生垣が巡らせてある。生垣のさらに向こうは、側溝を挟んで、隣家のブロック塀だ。塀には愛想がなかったが、その上から覗く庭木は見事だった。特に立派なのが塀際に聳える椿《つばき》の古木だ。花の季節には、真紅に白の絞りが入った大輪の花を無数に付ける。

その傍らの枝垂れ桜も堂々たる枝振りだった。塀の外まで枝を垂れ、花の頃には美しいお零れに与《あずか》ることができた。時にその花陰を子供が通って行くのも楽しい。生垣の向こうにある側溝はかなり古いものらしく、切石で蓋《ふた》がしてあった。それで近所の子供たちが秘密の通路として使っている。

有扶子は縁側に腰を降ろした。傍らに積んであるスケッチブックを引き寄せる。手の中に包み込んだ夾竹桃の花を紙の上に置いた。

陽が傾き、おまけに雨が降っていると、電灯なしに手許の見える場所はここしかない。どんなに明るい昼間でも、軒端を離れれば灯《あか》りが必要だった。それでいつの間にか、ここが常の居場所になっている。

鉛筆を執って、花が傷まないうちにスケッチをした。しかし、ともすれば視線は脳裏に浮かぶ女の姿を辿《たど》ろうとする。

降ろした両手を前で重ね、深く俯いた姿は何かを耐え忍んでいるように見えた。

もしもあれが「いない人」なのだとしたら。

彼女に喪の装いをさせた誰かは、彼女にとってどんな人間だったのだろう。

有扶子はしばらく鉛筆を止めて、それを思い巡らせていた。

その翌日も雨だった。霧のような雨が風に流れて降っていた。

有扶子は門を出た。小路の幅いっぱいの門だ。格子戸を出たすぐ左手には、隣家の生垣が延びていた。膝《ひざ》の高さまで石垣を積んだ上に四つ目垣を巡らせ、常緑樹の生垣を添えてある。水滴を含んだ紅色の新芽が鮮やかだった。これは新しい造作だ。昨年の夏、以前の住人が越していき、あとから入った老年の夫婦が設《しつら》えたものだ。それ以前は愛想のないブロック塀だった。塀の造作が変わっただけで、ずいぶん小路の雰囲気が変わった。対面する右手に延びる古びた土塀との対比が美しい。

生垣に沿って一つ目の角を曲がった。雨の音は今日も静かで、波音のようだ。さらに生垣に沿って歩くと、石段の両脇に門柱を立てただけの入口がある。それを越えたところで正面から声をかけられた。

おはよう、という声に傘を上げると、道の突き当たりにある家の前に、小さな少女が屈み込んで笑っているのが見えた。小笹《おざさ》家の実乃里《みのり》だ。実乃里は黄色い傘を、ほとんど頭の上に載せるようにして差している。足許には、前庭に立った百日紅《さるすべり》の大木が紅色の花を落としていた。小路の濡れた石畳に、繊細な紙細工のような花が紅《あか》く点々と撒《ま》かれている。それは実乃里の足許から背後に停《と》めた小型車の屋根にまで散り落ちて、可憐《かれん》な模様を描いていた。

「おはよう」

歩きながら声を返すと、実乃里が得意そうに小さな手を広げてみせた。手の中には紅い花が三つ、載せられている。

「綺麗ね」

有扶子が言うと、実乃里は嬉《うれ》しそうに笑った。行ってらっしゃい、という実乃里の声に送られ、二つ目の角を曲がってさらに石畳を歩く。小笹家の白い築地《ついじ》塀《べい》に沿って曲がり、さらにその先の角を曲がろうとしたとき、チリンと澄んだ音を聞いた。

有扶子は思わず足を止めた。細かな雨が静かに降りしきり、あたりを濡らしている。雨音に沁《し》み入るような高く美しい音色だった。

有扶子は恐る恐る歩を進めた。角を曲がって思わず足を止める。正面に見える曲がり角に黒い影があった。

——あの女だ。

真っ黒な喪服。傘も差さずに俯いている。ただし今日は、女は歩いていなかった。表通りに出る最後の曲がり角、そこに立つ高塀のそばに立ち、俯いたまま佇んでいる。

とても「いない人」には見えなかった。黒い髪と喪服に撒かれた銀の雨粒、帯にも着物にも地模様はない。本来はあって当然の紋も見えなかった。ただ黒一色の身なりだ。梅雨も終わろうとしていたが、着物は袷《あわせ》のように見えた。両手を前に垂らして重ね、そこに同じく黒一色の数寄屋《すきや》袋を抱えていた。——そんな細々《こまごま》とした様子が見て取れるほど、女の姿は鮮明だった。そこに「いる」ようにしか見えない。

ただ、俯いた女の横顔には影が落ちて、どうしても目鼻立ちを見て取ることができなかった。そして雨の中、雨粒を纏わりつかせていても濡れているようには見えない。

近寄りたくはなかった。だが、女の脇を通るしか進む手段がない。有扶子は反対側の土塀に可能な限り身体を寄せ、傘を斜めに傾けて視線を遮りながら通り過ぎた。

袋小路を出て表通りから振り返ると、俯いた後ろ姿が小路の突き当たりに佇んでいる。身動きもないのに、チリンと澄んだ鈴の音がした。


「こんにちは」

有扶子が傘を畳みながら声をかけると、カウンターの中の千絵《ちえ》が顔を上げた。町屋を改装した小さいけれども趣味の良いカフェだった。オーナーの千絵は有扶子とほぼ同い歳だ。つい十カ月ほど前まで袋小路に住んでいた。家を出たすぐ左手の、いまは生垣に囲まれた家がそれだ。そこを売り払い、この家を買い取って店を開いた。

「こないだのピアス、好評だったよ」

有扶子がカウンターに坐《すわ》るなり、千絵が言った。

「良かった」と有扶子は答えた。「少し子供っぽいかと思ったから」

忘れな草のピアスだ。小さく鮮やかな青の花を一輪、あるいは三輪。少女趣味な気もしたが、忘れな草独特の透明感のあるブルーは巧《うま》く表現できたと思う。

千絵の店には、小さいけれども物販のコーナーがある。店で出しているケーキやクッキー、あるいは千絵と親しい人間が持ち込んだ工芸品。有扶子はそこにアクセサリーを置かせてもらっている。幸い、評判はいいようだ。全て有扶子一人の手作りだから数は決して多くないが、それなりの周期できちんと捌《は》けている。

「これ、今週のぶんね」

千絵は封筒と伝票を水の入ったグラスと一緒に差し出した。伝票を見ると、忘れな草のピアスは三つ全部が捌けたようだ。こういう結果を見ると嬉しい。

ありがとう、と封筒を押し戴《いただ》いて、代わりにバッグから小箱を出す。新しいピアスが二つにチョーカーが二つ。そして椿のブローチが一つ。

「あら、これ、素敵」と、千絵は真っ先にブローチを手に取った。「工芸展の試作品？椿を作るって言ってたよね」

「うん」

赤に白い絞りが入った椿の花だ。花弁を一枚一枚銅板から切り出し、叩いて微妙な凹凸を付け、七宝で焼き上げてから花の形に組み上げる。

「綺麗な赤」

「でも、絞りの具合がもうひとつ」

試作品だから小振りだし、形もブローチ用にデフォルメしてある。作品のほうは完全な実物大の椿を作るつもりだった。七宝のメタリックな赤と緑は椿の花と葉を表現するのに良かったが、絞りを入れるのが難しい。

「そんなもんかなあ。充分いいように見えるけど」

千絵は椿を矯《た》めつ眇《すが》めつしている。

「ちっとも本物っぽくないもの」

溜息《ためいき》をついたとき、チリン、と音がした。有扶子は驚いて振り返った。ドアを開けて二人連れの客が入ってくるところだった。客の一人が手にしているキーホルダーに鈴が揺れている。

なんだ、と有扶子は息を吐いた。微苦笑しながら視線を千絵のほうに戻すと、千絵は眼《め》を見開いて客のほうを見ていた。表情が強張《こわば》っていた。

「……どうしたの？」

千絵は我に返ったように有扶子を見た。ぎこちなく笑みを浮かべる。

「何でもない。——コーヒーでいい？」


——何でもない様子には見えなかったけれど。

千絵の店を出て七宝教室に向かった。市が主催している文化教室で、有扶子はそこでクラスを二つ持っている。それを終え、月に一度の会議を終えて雑用を片付けると、すっかり陽が暮れていた。夕飯の買い物をして家路を急ぐ。表通りから袋小路に入るとき、有扶子はいったん足を止めて、そっと袋小路の様子を窺《うかが》った。正面の曲がり角に、あの女の姿は見えなかった。

袋小路には街灯が乏しい。暗い夜道であの女に会いたくはない。怯《おび》えた気分で小路に入った。角を曲がる前に耳を澄ましてみたが、鈴の音は聞こえなかった。念のために足を止めて先を窺ったが、次の角までの間にも女の姿はない。

有扶子は、土塀に囲まれたこの袋小路が好きだった。いかにも城下町らしい風情を感じさせる。両側に並ぶ家はどれも古く、庭木は大きくて塀の外にまで季節季節の便りが零れる。ひっそりと静かな佇まいも好ましく思っていたが、初めて袋小路が不安になった。袋小路の突き当たりに家があるということは、どこにも逃げ場がないということだ。別の道を使って迂回《うかい》することができない。

曲がり角を折れるごとに先の様子を窺い、何者の姿もないことに安堵《あんど》して息を吐く。それを繰り返して家に戻った。格子戸には回覧板が挟まれていた。折り紙で作った蝸牛《かたつむり》が添えてある。実乃里からのプレゼントだろう。いつだったか、名前の入ったブローチを作ってあげて以来、こうして事あるごとにささやかなお返しをしてくれる。

実乃里のおかげでようやく緊張を解いて、有扶子は背後を振り返った。

暗く人気《ひとけ》のない小路が、雨に打たれてひっそりと延びていた。


三日後がまた雨だった。この日は憂鬱《ゆううつ》になるほどの強い雨が朝から降っていた。

家を出て角を一つ折れ、二つ折れして、四つ目の角に向かうところで鈴の音を聞いた。

またた、と思いながら角を曲がると、あの女がいた。女は前回立ち止まっていた五つ目の角を曲がって、こちらのほうへと歩いてきていた。

ひどく不安な気分になった。女は小路に入り、角で立ち止まり、そして曲がった。小路を奥へと進んできている。

ほかに術《すべ》がなくて、この日も女のほうへ傘を傾けながらすれ違った。女は無言で、ひっそりとただ俯いている。その日の帰り、同じ場所を通ったときにも、小路に落ちた影のように、同じ場所に留《とど》まったまま歩いていた。

さらに次、女に出会ったのは梅雨の終わりのことだった。やはりその日も雨だった。有扶子が家を出て小路を進むと、四つ目の角で立ち止まっていた。白い築地塀のすぐそばに立ち、額を塀に当てるようにして俯いている。

どうやら女は雨の日にしか姿を現さないようだった。そして、疑問の余地なく、小路を奥へと進んでいた。一日をかけて真《ま》っ直《す》ぐに進み、次の雨の日には曲がり角で立ち止まる。止まるというより、塀に行く手を遮られているように見えた。先に進みたいのに塀があって進めない、それで立ち尽くしているように。次の雨の日には向きを変え、小路をさらに奥へと進む。

そう理解すると、雨の日に出掛けるのが嫌だった。どうしても出掛けなければならない用のある日には、降らないでくれと思う。幸い、雨のないまま梅雨が明けた。

この街は基本的に雨が少ない。梅雨が明けてしまえば、降るのは夕立ばかりだ。おかげで天気予報に注意を払っても、降るか降らないかを見定めるのが難しかった。しかも唐突に降る雨は、天の底が抜けたような豪雨になることもあれば、申し訳程度に降ってすぐさま上がることもある。それで女の行動を読みにくくなった。あまりに短時間の雨だったり、雨量が少ないと女は現れないようだ。次回に見掛けたとき、歩みが進んでいないことがあった。そして、夜にも現れることはないようだ。夜の間に雨が降っても朝までに上がれば女の居場所は動かない。

――あれはいったい、何なのだろう。

有扶子は茶の間に隣り合う六畳に置いた作業机に向かい、椿の花弁を研いだ。

越してきたとき、この六畳だけは最低限、手を入れた。板張りにし、水を使えるように流しを置き、炉を並べた一郭には耐火材を貼ってもらった。費用は祖母が残してくれた。嫁入り支度に、と貯《た》めてくれていたものだ。つましい生活をしながら、祖母は黙って孫たちの人数ぶん、纏まった額の預金をしていた。――そういう人だった。

そのことを思い出すたび、亡き人に生かされている自分を思う。

――この椿も。

庭の向こうに見える隣家の椿だ。祖母の持ち物ではなかったが、祖母が残してくれたものには違いない。

鮮やかな赤い花弁の片側に細く、きりりと白い縦絞りが入っていた。試行錯誤の末、あえて焼成を強くして有線を倒してみた。これまで試した中では、いちばん具合がいいようだった。

黙々と作業をしていると、いまはもういない人のことばかりが浮かんでくる。亡くなった祖母、あるいは大学の恩師、若くして死んだ友人、そして――「いない人」。あの女は、どこからどこへ向かって歩いているのだろうか。それとも、この袋小路にのみ現れているのだろうか。

思って、ふと疑問に感じた。あの女は、最近になって現れたのか、それとも。

――ひょっとして、以前にも現れていた？

そう感じたのは、千絵がいつか強張った顔をしていたからだ。女の付けた鈴に似た音を聞いて、明らかに顔色を変えていた。ひょっとしたら千絵は、あの音に聞き覚えがあるのかもしれない。

こんなに古い街だから。

家々にはそれぞれ歴史があり、町筋にもそれぞれの由来があるだろう。あるいはあの女は、この袋小路に縁《ゆかり》を持つ人物だったのかもしれない。何らかの思いがあって、死後もああして小路を辿っている。

その思いとは何だろう。それは黒一色のあの喪装に関係しているのだろうか。結い上げた髪の形からすると、そんなに遠い昔のこととも思われない。いったいいつから、女はこの小路に囚《とら》われているのだろう。

作業をしながら、女にまつわる物語を様々に想像してみたりした。

それをふと思い出したのは、その次の七宝教室の日だった。

「渡邊《わたなべ》さんは、たしか、うちの近所でしたよね」

有扶子は生徒の一人に話し掛けた。渡邊加代《かよ》は、五十過ぎの陽気な主婦だ。加代はせっせと絵の具になる釉薬《ゆうやく》を洗っていた。絵の具は使う前に何度も洗って不純物を取り除く。そうしないと濁った色になってしまう。

「そうですよぉ。先生は袋小路の奥でしょう。うちから五分くらいですかね」

「あの袋小路って、何か伝説みたいなものはないんですか？」

有扶子が訊《き》くと、竹篦《ホセ》を顎《あご》に当てて加代は首をかしげた。

「ないと思いますよ。わたしは聞いたこと、ないですねぇ」

「お葬式にまつわる話とか」

お葬式ですか、と言いながら、加代は絵の具の上澄みを捨てる。新たに水を足してホセで丁寧に掻《か》き混ぜ始めた。

「不幸なお葬式があった、とか？」

有扶子が言うと、ああ、と加代は声を上げた。

「そういえば可哀想《かわいそう》なお家がありましたよ。佐伯《さえき》さんといったかしら」

「へえ？」

有扶子は軽く身を乗り出したが、加代が語ったのは、有扶子が想像していたようなロマンチックな悲劇などではなかった。

「昔ね、袋小路に面して佐伯って家があったんですよ。可哀想に、なんだか不幸の続くお家でね」

最初に祖父が亡くなり、続いて孫が亡くなった。

「立て続けだったんです。——それから三年ぐらいしてからですかね、今度はもう一人のお孫さんが溺《おぼ》れて亡くなって。そしたら翌年、今度は息子さんが亡くなったんです。交通事故で」

有扶子はぽかんとした。

「……四人も？」

「そうなんです。それぞれ二人ずつ続いたんですよぉ。まあ、偶然かもしれないですけどね。それで結局、お祖母《ばあ》ちゃんとお嫁さんだけが残されちゃって」

その数年後だった、という。

「誰かねえ、おっちょこちょいな人が、間違えて佐伯さんの家にお悔やみに行ったんですって」

有扶子は、はっとした。

「お悔やみ……？」

「ええ。誰も亡くなってないのに、喪服の女の人がお悔やみに行ったらしいんですよ。お祖母ちゃんが対応したみたいですけど、それでどこか切れちゃったんですかねえ。悔やみが来たから自分か嫁が死ぬんだって大騒ぎして。……不幸の続く家だったから、いろいろ敏感になってたんでしょうね。可哀想に、それで思い詰めたのか、その日の夕方、列車に飛び込んじゃったんですよ、お祖母ちゃん」

話が耳に入ったのだろう、本当なの、とほかの生徒たちが口を挟んだ。本当、と加代は言って、大昔の武者溜《むしゃだ》まりにある踏切で、などと場所を説明していた。生徒たちによれば、高架になるまでは事故や飛び込みの多い踏切だったらしい。

そんな話を聞きながら、有扶子は別のことを考えていた。その女は、ひょっとして――。

「……それは、どの家ですか？」

有扶子が訊くと、

「袋小路に入って、最初に突き当たる家ですよ。お嫁さん一人が残されて、家を売って実家に戻っちゃったんです。そこを買った人が家を建て替えたんですけど、そのとき家の表裏を逆にしちゃったから。先生は御存じないかもしれないですね。いまは袋小路に裏が面していますから。以前、裏だったほうの道が拡幅されたんで、家を建て替えるとき、そちらを表にしたみたいですよ。そのほうが車の出入りに便利だから」

加代が言っているのは、いつぞや女が立ち止まっていた高塀の家だ。袋小路に面しては塀しかないが、かつては小路側に門があったのだという。

加代は声を低めて呟《つぶや》いた。

「突然、喪服の人がお悔やみに来たら、縁起でもないっていうか……悪い先触れに遭ったような気分がしても無理はないですよねえ」

有扶子には、そうね、としか答えられなかった。


その日、有扶子が教室を出たところで、急に空が曇り始めた。雨の予感に足を急がせたが、すぐに滝のような雨が降り始めた。傘は持っていたものの、傘だけで凌《しの》げるような雨量ではない。有扶子は間近にあった書店に飛び込んだ。

雨を逃れて息をついた。通りの向こう側が霞《かす》むほどの雨だ。

――あの女は現れるだろうか。

初めて女の存在を、怖いと感じていた。佐伯家で続いた死者と女の関係は定かではない。だが、無関係ということがあるだろうか？

考え込んでいるうちに、雨は次第に勢いを減じ、そのまま、しとしとと陰鬱な調子の雨になって留まった。有扶子は仕方なく書店を出て家に向かった。袋小路に入る。正面には板塀の上に土壁を築いた高塀が見えている。あれがかつての佐伯家だ。

確かに周囲の塀に比べて、いくぶん新しいようだ。それを確認しながら曲がり角を折れて、さらに突き当たりを折れる。石畳の小路は低い垣根の家に突き当たっている。そこで三度曲がると、チリンと澄んだ音がした。思わず足を止めて顔を上げると、女は前方の角――小笹家の前で佇んでいた。

どきりとした。女は正面に見える生垣に向かって俯いている。そこは以前、千絵が住んでいた家だ。かつては小路が突き当たる位置に駐車場があって、その奥に玄関があった。そしてそのすぐ右手が実乃里の家だ。小笹家の境界には門がない。白漆喰《しろしっくい》を塗った古風な築地塀が家の前で唐突に切れている。おそらく、近年になって駐車場を設けるために塀を切ったのだろう。おかげで駐車場は道の延長と考えられなくもない。女がもしも右へと方向を変えれば、数歩で実乃里の家の敷地に入ってしまう。

目を離すことができなくなり、有扶子はしばらく俯いた後ろ姿に見入っていた。女は雨に打たれながら、じっとその場に立っている。黒髪にも黒衣にも白く雨粒が光っていた。女は意を決して歩き始める。女は微動だにしない。塀に向かって俯いたまま、ただひたすら立ち尽くしている。

女の背後を通り過ぎるとき、チリンとまた鈴の音が聞こえた。


その二日後だった。昼過ぎにまた強い驟雨《しゅうう》があった。有扶子は家でその雨脚を見ていた。庭に茂った木々の緑を打ちのめすように雨が降る。小降りになっては強まり、結局、夕方近くまで降り続いていた。不安で堪《たま》らず、有扶子は小雨になった雨の中、小路へと出た。一つ目の角を曲がる前に、チリンという怖いほど冴《さ》え冴《ざ》えとした音を聞いた。

――来てる。

恐る恐る曲がり角の向こうを覗くと、黒い影が見えた。実乃里の家のすぐ手前。女は小笹家には向かわず、小路の奥へと進んできたのだ。すると次の雨の日には角に達してしまう。女はそこで方向を変える。二度目の雨の日にはそこから有扶子の家に向かってくる。

——それで？

袋小路の奥まで到達したら、いったい何が起こるのだろう。

思い悩んだ末、翌日、有扶子は千絵の店に出掛けた。ドアを開けると、千絵は有扶子を振り返り、ちょっと意外そうな顔をした。週に一度訪ねる、その日ではなかったからだ。

「どうしたの？　買い物？」

千絵は笑って水の入ったグラスを差し出す。店内には人影がなかった。この時間帯、最も客が少ないと承知していた。

「ねえ——。喪服の女の人って、何なのかしら」

有扶子が言ったとたん、千絵ははっとしたように有扶子を見た。しばらく強張った表情で有扶子を見つめ、やがてぎこちない笑みを浮かべる。

「何、って？」

「和装の喪服なの。この季節に袷で、雨なのに傘も差してない。それって変じゃない？」

有扶子には、千絵が凍りついたように見えた。やはり、千絵はあの女を知っているのだ。

「鈴を付けてたな。澄んだ、綺麗な音色の鈴」

「……来たの？」

千絵の声は震えていた。顔色は紙のように白かった。

「ん？」

あえて問い返すと、千絵はカウンター越しに有扶子の腕を握った。

「来たの？　有扶子の家に？」

ううん、と有扶子は首を横に振った。

「見掛けたの。小笹さんの家の前で」

千絵は、そんな、と呟いた。

「あれは、何？　知っているんでしょう？」

有扶子が見つめると、千絵はしばらくして溜息をついた。

「……たぶん、あの女のことだと思う」


それは中学二年生のときだった、という。

千絵は一人で家にいた。その日も雨が降っていた。陰鬱な雨音を聞きながら留守番をしていると、突然、玄関の戸が開く音がした。買い物に行った母親が戻ってきたのだろうと思ったとき、チリンと澄んだ鈴の音がした。怪訝《けげん》に思って玄関に出ると、三和土に黒衣の女が立っていた。

和装の喪服姿だった。髪にも喪服にも雨粒が付いていた。降ろした両手を慎み深く前で重ねて、黒い数寄屋袋を抱えていた。

どなた、と千絵が声をかける前に、俯いた女は折り目正しく頭を下げた。帯締めに下げた鈴がチリンと鳴った。

「お悔やみを申し上げます」

女ははっきりとそう言った。何のことか分からずに千絵が立ち尽くしていると、女は頭を下げたまま数寄屋袋から白い金封を取り出した。単に和紙を畳んだもので、水引は付いていない。女は軽く膝を折り、流れるような動作で上がり框《がまち》にそれを置いた。置いて再び一礼し、そしてすっと薄れて消えた。チリンと澄んだ音だけがあとに残った。

うそ、と千絵は声を上げた。玄関にはもう誰の姿も見えない。慌てて三和土に降り、戸を開けて外を見てみたが、やはり女の姿は見つけられなかった。うろたえて振り返ると、上がり框には白い金封が残されている。

恐る恐る手に取った。水引がないだけでなく、表書きもない。開いてみると、中はまったくの空だった——。

「帰ってきた母にその話をして、包みを見せたら、母はものすごく変な顔をしてた」

言いながら、千絵は二つのカップにコーヒーを落とした。

「夜に父が帰ってきて、母はそのことを話したようだった。しばらく玄関で声を潜めて話をしてたな。私に聞かせたくない話だったみたい」

　ただ、千絵は何事だろうと思って様子を窺っていた。何を話しているのかは聞き取れなかったが、「佐伯さんが」と言ったのだけは耳にした。

「佐伯というのは――」

「聞いたわ」と有扶子は言った。「最初の角にあった家よね？」

　そう、と千絵は重い溜息をついた。コーヒーを差し出し、

「不幸がたくさん続いた家。――すごく嫌な感じがした。喪服の女にお悔やみを言われただけでも気分が悪いじゃない。しかも私にとって、佐伯さんは縁起の悪い家だった。だから良くないことが起こりそうな気がして」

　そしたら、と千絵は小声で言った。

「その翌日、父が死んだ」

　交通事故だったという。

「お葬式が終わったあと、あの女は何だったのか母に訊いたけど、母は教えてくれなかった。教えてくれたのは父の七回忌のとき」

　言って、千絵はしばらく口を噤《つぐ》んだ。迷うように自身の手の中にあるカップの中を見つめていた。

「……佐伯さんの家にも現れていたのよ、あの女。喪服の女が来た、って小母《おば》さんが気味悪がっていたことがあったんですって。死人なんかいないのに、悔やみを言って金封を置いていったらしいの。お祖母ちゃんはそれを聞いて、すごく取り乱したみたい。倒れるん

じゃないかと思った、って話を小母さんが母にしたって」

「ひょっとして……」

有扶子が呟くと、千絵は頷《うなず》いた。

「その翌日に小父《おじ》さんが亡くなった」

やはり予兆なのだ、と有扶子は思った。あの女は死の先触れ——。

「その前年にも、お孫さんが亡くなったばかりだった。そしてその五、六年あとかな。今度は、お祖母ちゃんが」

「その話も聞いたわ。やっぱり喪服の女が来た、って」

千絵は頷いた。

「近所の人は、誰かが訪ねる家を間違えたんだろう、と言ってたけど」

佐伯家の嫁は出掛けていた。老婆だけが家に残っていた。そして女が現れた。老婆は自身か嫁の命が翌日には尽きることを悟った。周囲にもそう訴えている。おそらくは結果を待つことに耐えられなかったのだろう。自ら死期を定めた。——あるいは、自らが犠牲になることで嫁を守ろうとしたのかもしれない。

「そしたら、去年」

千絵は言って、言葉を途切れさせた。有扶子ははっとした。そう、昨年、千絵の母親は亡くなったのだ——。

「……嘘《うそ》でしょう?」

有扶子が思わず声にすると、千絵は首を振った。

「雨の日だったわ。私は二階の部屋にいた。そしたら窓の外から鈴の音が聞こえたのよ。あの女の付けてた鈴の音だ、ってすぐに思い出した。慌てて駆け降りて玄関に出たら、母が三和土に金封を握って坐り込んでた」

その夜、母娘《おやこ》は抱き合って過ごした。泣きながら互いの手を握り合って、絶対に明日は出掛けるまいと誓った。

「でも、無駄だった。母が突然、苦しみだして」

千絵の腕の中に倒れ込んできた。慌てて救急車を呼んだが、間に合わなかった。心筋梗《しんきんこう》塞《そく》だった。

千絵は頭を抱え込んだ。

「怖くて、とてもあの家には住めなかった。――ありがちな表現だけど、本当に恐怖の一夜だったのよ。翌日には母か私のどちらかが死んでしまう」

千絵はなんとなく、あの袋小路が呪われているのだ、という気がしたのだという。千絵にとって、女は予兆ではなく死神だった。

「なんであんなものに魅入られたのか分からない。けど、確かなのは、たぶんいずれまた、あの女はうちに来るだろう、ってこと」

それで家を売って小路を出た。

無理もない、と思い、そして有扶子はふっと疑問に思った。千絵は家を出たが、建物には現在、別の住人がいる。女は千絵の家を目指していたのだろうか。それとも、あの場所にある建物を目指していたのだろうか。

もしも後者だとしたら。

穏和な老夫婦の顔が浮かんだ。女は昨日、あの家を訪ねた？　すると今日、あの仲の良い夫婦のうちのどちらかが――。

そう思ったとき、違和感を感じた。あの女は必ず角で立ち止まっていた。先に進みたいのに進めない、それで行く先を思案しているように見えた。思案したあげく、小路に沿って向きを変える。次の角までを真っ直ぐに進む。塀に突き当たるわけでもないのに、向きを変えるというのが意外に思える。

「……ねえ？　佐伯さんの家の門はどこにあったの？」

千絵は怪訝そうにした。

「突き当たりよ。袋小路に入ってすぐの突き当たり」

「道の正面？」

「だったわ。正確には、門はなかったけど。うちと同じようにアコーディオン式のフェンスで区切ってあっただけ。正面に駐車スペースがあって、その奥が玄関だった。――それがどうかした？」

有扶子は事態を最初から説明した。最初に女を見掛けた日のこと、そのあとの道筋。

「それで思うんだけど。あの女、ひょっとしたら真っ直ぐにしか進めないんじゃないかしら。袋小路に入って真っ直ぐ進むと、かつては佐伯家の門に突き当たってた。だから中に入ってきた」

だが、佐伯家は建て替えられて門の位置を変えてしまった。突き当たりにはもう塀しかない。それで女は方向を変えたのではないか。

「でも」と、千絵は言う。「だったら、次がうちだったのはなぜ？　うちと佐伯さんちの間には、ほかにも家があるのに」

有扶子は頷いた。佐伯家のあった角で向きを変え、直進すると次の角に出る。そこでさらに向きを変える。次の角に達する途中に家があるが、その家は道の途中に門を構えている。女は真っ直ぐにしか進めないから、この家は無視される。次の角に辿り着く。そこで向きを変える。その先にもさらに一軒、小路に面する家があるが、ここも門は道の半ばだ。女は突き当たりに至る。そこには小笹家がある。しかし入口は道の脇で、正面ではない。正面には、かつて千絵の家の門があった。

「――そう考えると、佐伯家の次は千絵の家になるわ」

「そうか」と、千絵は安堵したように呟いた。「じゃあ、私のあとに住んでる人は……」

「大丈夫かもしれない。門は道の半ばに変わってしまったから」

有扶子の想像通りなら、女は老夫婦の家を通り過ぎる。次の雨の日、一つ目の角で立ち止まり、そこで向きを変える。――そして。

「……真っ直ぐうちにやってくる」

千絵は短く声を上げた。狼狽《ろうばい》したように、

「有扶子、越したほうがいい。すぐに」

「……それは無理」

「だって」

有扶子は溜息をついた。

「実を言うと、何度か考えてみたの。でも、あの家を離れたら生活できない」

どう考えてもそれでは生活が成り立たない。生活できる程度のアパートに越したら仕事ができない。大小の炉もあれば薬品もある。作業用の水場だって必要だ。

有扶子がそう言うと、

「だって、自分の命のことなのよ。――じゃあ、家を売ったら？　そうすれば」

「いまからじゃ間に合わないわ」

「だったら次の雨の日、家を空ける」

有扶子は考え込んだ。家に誰もいなかったら、あの女はどうするのだろう。訪問を諦《あきら》めるのか、それとも勝手に家に入って金封だけを置いていくのか。

「ねえ？　千絵の家に女が来たとき、玄関に鍵は掛かってた？」

千絵は考え込み、

「……掛けていたと思う。中学生のときにあれが来て以来、母はとても神経質になっていたから」

玄関の戸は閉めたら必ず鍵を掛ける、それが千絵の家のルールになっていた、という。

「じゃあ、閉め出すことはできないわけよね。だったら、勝手に入ってくるだけのことなんじゃないかしら」

それなら、と千絵は取り乱したように声を張り上げた。

「門を塞いだら？」

言ってから、千絵は意を得たように頷いた。

「そう。門を塞いでしまえばいいのよ」

「うちの門は道幅いっぱいなのよ。塞いだら家から出入りできないわ」

「女は雨の日にしか来ないんでしょう？　だったら、次の雨の日が終わるまで、門を塞いでどこかに行っていればいいじゃない。うちにいればいいわ。そうすれば――」

一瞬、その手があったか、と思った。完全に板か何かで塞いでしまえば。そうすれば、突き当たりは塀になる。女はそこで立ち止まらざるを得ない。そして次の雨の日、向きを変えるしかなくなるだろう。

そこまでを思って、有扶子ははっとした。

「……それは、駄目」

なぜ、と問う千絵に、

「そうしたら、女はどうすると思う？」

もしも向きを変え、小路を折り返したら。袋小路を引き返し、来たときと同じように進んでいけば、やがて実乃里の家に突き当たる——今度は正面から。

千絵が声もなく息を呑《の》んだ。


次の雨は翌週だった。有扶子は恐る恐る表に出てみた。格子戸の間から小路を覗く。チリンと澄んだ音が聞こえた。正面に見える曲がり角に、女が佇んでいた。

——やはり。

有扶子は震える足で家に戻り、意味がないと分かっていたが、鍵を掛けた。

女はこちらへ向かって来ている。次の雨の日にはこの家にやってくる。そうすれば、その翌日には。

部屋に戻って千絵に電話をした。だが、千絵は電話に出なかった。携帯電話も店の電話も応答がない。

——今日は休みじゃないのに。

仕方なく留守番電話にメッセージを残した。

「……やっぱりうちに来るみたい」

泣き叫ぶほど差し迫った恐怖を感じてはいない。ただ、いたたまれないほど心細かった。

翌日、有扶子は家の外からの声で目を覚ました。

身を起こすと背中が痛んだ。どうやら作業机に向かったまま寝入っていたらしい。それに気づいて、はっと縁側を振り返った。外には陽が射《さ》している。夏の陽射が、あっけらかんとした光を投げ掛けていた。

有扶子は息を吐いた。

空は青く明るい。昨夜の天気予報では降水確率は十パーセント。どうやら予報が当たったようだ。窓の外を確認していると、再び声がした。玄関の戸を叩く音がする。我に返って、有扶子は慌てて玄関に出た。

戸を開けると、千絵が立っていた。

「留守番電話を聞いて――」

千絵の顔は強張っている。

「ごめんなさい。つまらない電話をして」

「つまらなくなんて、ない」

泣きそうな顔をした千絵は、背後に若い男を伴っていた。怪訝に思った有扶子が目を留めると、細い眼をさらに細めて笑い、ぺこりと頭を下げる。

「昨日、いなくてごめん。心細かったよね。ずっと探していたの」

「探すって……」

有扶子が千絵と男を見比べていると、

「この人。——尾端《おばな》さん」

紹介された男は、もう一度頭を下げた。どうも、と言って名刺を出す。そこには「営繕かるかや」という文字があった。

「……営繕？」

尾端は、はい、と笑って、

「お宅を見せてもらってもいいですか？」

尾端は門から玄関へと至る狭い前庭を見廻《みまわ》す。そこから縁側沿いの庭に向かい、生垣を検《あらた》め、その向こうを覗き込んだ。そのまま庭を一周していく。

所在がなくて、有扶子は千絵と縁側に腰を降ろしていた。

「……私のせい」と、千絵は声を落とした。「私が越したせいで、次の人が塀をいじって、それで」

有扶子は首を振った。

「違う。そんなの、千絵のせいじゃない」

「責任じゃないかもしれない。でも、私の決断が事態を変えたのは確か。そのせいで、もし——」

千絵はその先の言葉を呑み込んだ。

「私のせいなんだから、なんとかしなきゃ、って思って」

次の雨の日には、女は有扶子の家に辿り着いてしまう。家の中に入ってくるのがその日のうちなのか、あるいはさらに次の雨の日なのかは分からない。いずれにしても、有扶子には誰かの助けが必要だ。助けてくれる人を探していたのだ、と千絵は言った。

「それが……彼？」

有扶子は小声で問うた。庭を一周した尾端が戻ってきたところだった。Tシャツにジーンズ姿。どこにでもいそうな若い男だ。とてもこんな異常事をどうにかしてくれそうには見えない。

「ほかには見つからなかったの。紹介してくれた人は、信頼しているようだったけど……」

言ってから、千絵は縁側へと向かってくる尾端に声をかけた。

「どう？」

「本当に袋小路なんですね」と、尾端は明るい声で言った。「見事にどこにも行き場がない」

有扶子には、その言葉が「どこにも逃げ場がない」と言ったように聞こえた。

「現状は確認できました。どうやら事前にお聞きした通りのようです」

有扶子は訊いた。

「……あの女は何なんでしょう？」

「分かりません」と、尾端は言う。

「女が来ると死人が出るのね？」

「お聞きした限りでは、そのようです。ただ、死人が出るから女が来るのか、それとも女が来るから死人が出るのか、それは分かりません。いずれにしても魔ではあるんでしょう」

「魔物ってこと？」

有扶子はあやうく笑うところだったが、尾端は大真面目に頷いた。

「本来、道の突き当たりに門戸を作ることは避けるものなんです」

え、と有扶子たちは声を上げた。

「魔を呼び込むから。路殺《ろさつ》といって、家相のうえでは凶とされます。ですから入口は、わざとずらすのが古くからの常識です。たぶんこの小路でも、昔はそのようにしてあったはずです。道の突き当たりに門が来るようになったのは、住人が車を持つようになったからじゃないでしょうか。この道は細いので、道の延長線上に駐車場を取ったほうが、車の出入りに都合がいい」

「確かに……」と、千絵が呟いた。「突き当たりに入口がある家は、みんな駐車場がある……」

尾端は頷き、

「女は雨の昼間にしか現れない。そして、たぶん女は真っ直ぐにしか進めない。これは確かなことのようです。道を直進し、突き当たるとそこで道なりに向きを変える。最終的に辿り着くのがこの家の門です。ですから、門をずらせば災厄を避けられる可能性が高い。けれどもこちらのお宅は、ずらす余地がありません」

有扶子は溜息をついた。

「……逃げられない、ってことですよね。ほかに何か手立てがあります？」

「最善の選択は、越されることだと思いますが」

有扶子は黙って首を横に振った。千絵が口を挟んだ。

「門の戸を、雨戸みたいな厳重な戸にするというのはどうかしら。そうでなきゃ、塀にぴったり埋め込んだドアにするとか」

「それは意味がないでしょう。女はたぶん、門戸であれば入ってくる。形状は関係ないと思います」

有扶子は再び溜息をついた。そもそも、越して来てはいけなかったのかもしれない。

――そう、一瞬だけ思い、内心で頭《かぶり》を振った。

死んだ祖母に支えられている、と思っていた。その考えを変える気はない。だったら、これは運命のようなものだ。

「……あれはそもそも、何のためにいつから現れるようになったのかしら」

最初から佐伯家が目的だったのだろうか。それとも佐伯家もまた、どこかが門戸を閉ざした結果、災厄を被ることになったのだろうか。

「ほかの通りに現れることはないのかな」

さあ、と千絵は首をひねる。尾端も、

「私もそんな話は聞いたことがありません。――そこに一つ、救いがあります」

有扶子は顔を上げ、瞬いた。

「救い？」

「巧くこの袋小路から出してやればいい、ということになるからです」

有扶子は眼を見開いた。

「あなたは何度もあれに出会っています。なのに実害は受けていない。あれは、家に入ってきさえしなければ災厄をもたらすことはできないのだと思います。だとしたら、この家に入らないようルートを変えてやって、この道から出してしまえば避けることができます」

「……本当に？　でも、どうやって？」

「門と玄関の間に塀を作って、女の向きを変えさせましょう。そのままあの──」と、尾端は庭の向こう、生垣のほうを見た。「隣家との間にある側溝に導く」

「側溝」

「蓋があるから、道としての用をなします。ぎりぎりですが、人が通行可能なだけの幅もある。左右、どちらに辿っても、別の通りに繋《つな》がっている。往来としての道の要件は満たしています」

ただし、と尾端は言った。

「その場合、あれはお宅の庭を通り抜けていきます。それだけは辛抱してもらわなければなりません」

有扶子は両手を握り合わせた。

「……大丈夫です」

「ひょっとしたら、この先も女はずっと徘徊《はいかい》を繰り返すのかもしれません。すると何度も通り抜けることになる」

通り抜けるだけなのであれば、それは「いない人」と同じだ。

「たぶん、大丈夫です」

有扶子が言うと、尾端は笑った。

「では、すぐにかかります」

お願いします、と言いかけて、有扶子は造作をしてもらうだけの貯《たく》えがないことに、いまさらながら気づいた。

「あの……たいへん申し訳ないんですけど、分割で支払いはできるでしょうか」

尾端は首をかしげた。

「人手も材料も、もう確保してありますし、そのぶんのお支払いはいただいてます」

言って尾端は千絵を見た。

「そんな……」

言いかけた有扶子に、千絵は首を振る。

「言ったでしょう？　私が事態を変えたの。その意味で、私が原因なんだから」

「でも」

千絵は微笑《ほほえ》んだ。

「どうしても気が済まないのなら、いま作ってる椿をちょうだい。出品したのが戻ってきたら、私に譲って」

「そんな程度のことじゃ」

千絵はもう一度、首を振った。

「あとは有扶子が立派な作家になってくれればいいのよ。――そうすれば家宝になるから」

その日、夜までかかって門の内側に垣根ができた。それは玄関と門の間を区切り、隣家のほうへ折れていく。側溝との間にある生垣は、一部が壊され、小さな木戸が付いた。本格的な基礎工事をする時間の余裕がないので、視界を遮るほど高い塀にはできない。それでも垣根の途中にはそこそこの高さがある門柱を立て、低いながらも竹を組んだ門扉が付いた。表札はその門柱に移された。

その二日後が雨だった。家で花弁を焼いていた有扶子は、表のほうからチリンという鈴の音がするのを聞いた。さすがに生きた心地がしなかったが、とっぷりと陽が暮れても玄関を訪《おとな》う者はいなかった。

ようやく安堵し、作品作りに集中した。数日を経て、やっとのことでイメージ通りの紋りを表現できるようになった頃、再びチリンと澄んだ鈴の音を聞いた。気がつくと、雨が降っていた。

有扶子は手を止めて縁側に出る。窓の向こうには雨に打たれる庭が見え、庭を区切った垣根が見えた。その垣根の向こうを、黒衣の女が歩いていた。新たに設えた門の少し先で、黒い影が悄然《しょうぜん》と俯いている。

——恐ろしいもののはずなのに、やはり悲しげに見えるのはなぜだろう。

黒衣には銀色に雨粒が散っていた。斜め後ろから見る項《うなじ》の白さが美しかった。

それは次の雨の日、裏木戸から家を出て、隣家の塀の前に佇んでいた。さらに次の雨の日、寂しげな鈴の音が聞こえた。家の中からは、女の姿は見えなかった。

鈴の音は遠ざかっていくようだった。

——どちらへ向かったかは、有扶子も知らない。

鬼一口《おにひとくち》

京極夏彦

（国会図書館蔵）

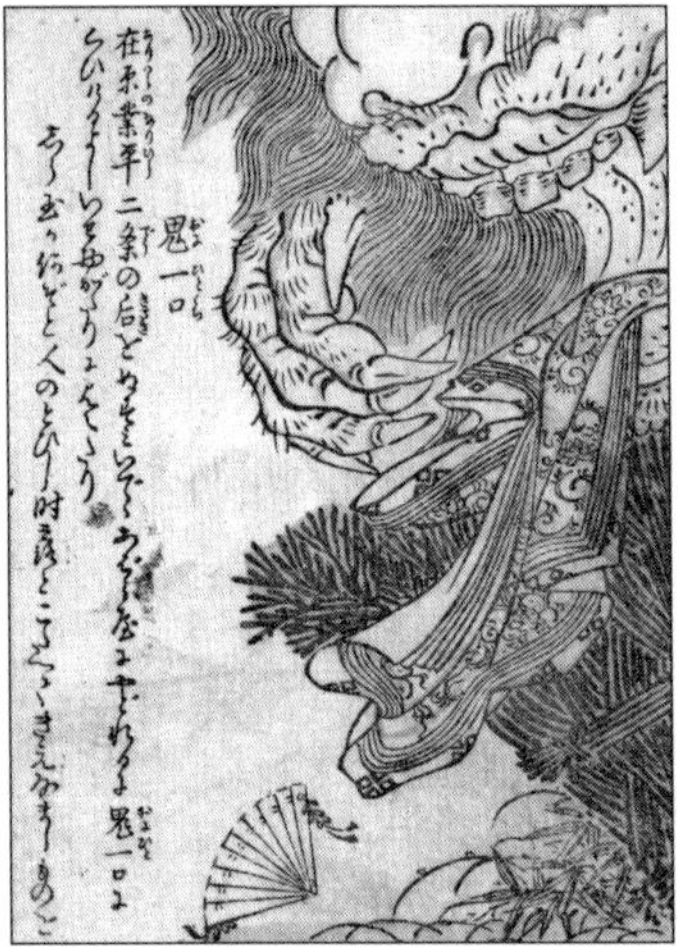

◎鬼一口

在原業平《ありはらのなりひら》二条《でう》の后《きさき》をぬすみいでゝ
あばら屋にやどれるに鬼一《おにひと》口に
くひけるよしいせ物がたりに見えたり
志ら玉か何ぞと人のとひし時
露とこたへてきえなましものを
——今昔百鬼拾遺／中之巻・霧

1

鬼が来るぞ――。

悪いことをすると――。

悪いことをすると鬼が来るぞ――。

鬼が来てお前を頭から喰《く》ってしまうぞ――。

子供の頃。

豪《えら》く小さい頃。

まだ幸せだった頃。

鈴木敬太郎《すずきけいたろう》は、善くそうやって脅《おど》かされたことを覚えている。そんな子供騙《だま》しの脅し文句が効《き》くのは精精《せいぜい》四五歳までだろう。ならば脅かしたのは父か。母か。きっと、その両方なのだろう。

――多分その所為《せい》だろう。

そして鈴木はそう思った。

鈴木は漠然《ばくぜん》と鬼に興味を持っている。研究しているとか追究しているとか云うことはない。ただ興味がある。

鈴木は地方新聞の活字を組むのが仕事で、学者でも学生でもないから、高高素人《たかだかしろうと》でも解る民俗学関係の書籍などを好んで読む――と云った程度である。半端《はんぱ》だ。耳学問なのだ。

鈴木は、子供の頃聞いた脅し文句が脳裏に刷り込まれているから、この歳《とし》になって尚《なお》そんなものに興味があるのだろうと、そう自分を分析したのである。

中《あた》っているだろう。

理由は簡単だ。生まれてから四五歳くらいまでの生活が、今までの己の生涯で一番幸福な時期だったと――鈴木自身そう思っているからだ。

両親は六歳の誕生日を迎える前に離縁している。その後は何故か叔父に引き取られ、以来父とも母とも会ったことがない。父は十年前、母はその翌年に亡くなったと聞く。育ててくれた叔父も戦争中に逝《い》った。

復員して来た鈴木は天涯孤独になっていた。

だから鈴木敬太郎は、鬼と同じくらい家族にも執着している。

尤《もっと》も天涯孤独の身である鈴木に、元より家族のいる筈もない。こちらは精精《せいぜい》人様の家族を傍目《はため》で見て羨《うらや》ましがると云う、その程度の固執である。憧《あこが》れと云っても善い。

鈴木は、家族に憧れている。

悪いことをすると鬼が来てお前を頭から喰《く》ってしまうぞ——。

父の台詞《せりふ》だったか。

それとも、母の言葉だったか。

その頃の思い出は深く、そして遠い。

決して忘れてはいないけれども、明瞭《はっきり》と思い出すことも出来ぬ。

家族揃って仲良く写真を撮った——そんな気もする。母に抱かれた自分と、その後ろに立つ父、そしてその脇に叔父がいる、そんな絵柄を朧《おぼろ》げに記憶している。しかしそんな写真は現存しない。

それは破かれてしまった——そんな覚えもあるが真偽の程は知れない。ただすれっ枯らしになってしまった大人の感性で考えてみると、それも当然のことだと云う気もする。あの時代に離縁までしたのだから、そんな写真があれば早速処分するだろう。

皆していることよ。気にすることはない——。

さあ喰《く》え——。

喰え？

何だ。何の記憶だ？　何を喰えと云う？　思い出そうとすると無関係な記憶が雑《ま》じる。あ、の男の所為《せい》だろうか？

ひと月ばかり前。街で鈴木は鬼を見かけた。

角《つの》も何もない、不思議な、不吉な鬼である。
鬼は、壊れかけた家族を壊そうとしていた。
悪いことをすると鬼が来るぞ――。
鬼が来てお前を頭から喰ってしまうぞ――。
自分は――悪い子なのだろうか。
だから――。

2

鬼とは。

「鬼とは——いったいどんなものですかね」

鈴木がそう問うと、薫紫亭《くんしてい》の御主人はいつものように顔中で笑みを作ってから、それは鈴木さん、あの角があって虎皮《とらがわ》の褌《ふんどし》を纏《まと》って顔の赤い——と、半端《はんぱ》に答えて、いやいや、そういうことをお尋ねになっている訳ではないんですか、そんなことは先刻御承知ですか——と尋《き》き返して来た。

細くて高い声だが柔らかな物腰《ものごし》である。言葉にはいちいち手振りがつく。世間話のつもりでも常に懸命に説明する様子を見せるので、鈴木は彼と話す度《たび》に講義でも受けているような錯覚に陥《おちい》る。何事につけ熱心な人柄なのだ。

「いいえ、僕は実にそう云うことをお尋きしたかったのです。矢張《やは》り角があって、節分《せつぶん》の時に、こけつ転《まろ》びつ逃げて行くあれが、その所謂《いわゆる》、一般的な鬼でしょうね」

さあて、私は専門ではないですからねえ、と主人は一層にこやかに云った。

「まあ、普通は角があるんでしょう。いや、角があるからこそ鬼だと――」

「そうそう、そこなんです。僕がお聞きしたかったのは――」

鈴木は大袈裟《おおげさ》にそう云って、抓《つま》んでいた飛車《ひしゃ》の駒をぱちりと盤の縁《ふち》に置いた。この勝負は、どうせ後二手程で鈴木の負けである。

「――その、例えば角のない鬼と云うのは、あり得ないものでしょうか。鬼としての他の属性を幾ら多く備えていても、角がなければそれを鬼とは呼ばないのでしょうか」

「さて――」

薫紫亭は鈴木が勝負を放棄したことを早早《そうそう》に察した様子で、左手で弄《もてあそ》んでいた幾枚かの駒を盤上に置いた。それから、角隠《つのかく》しというのもあるくらいですから、角がなくっちゃ鬼とは知れないんでしょうがねえ――と云って、また暫《しばら》く笑い、それはあなたが角行《かくぎょう》を取られたから仰《おっしゃ》っているのではないのですね――と冗談めかして云った後、

「秋田のね、あの、なまはげ、っているでしょう。あれは鬼じゃないんだそうですよ」

と云った。

「はあ。あの、大きなお面を被って子供を脅しに来るという年中行事ですね。大晦日に来るのでしたかね。扮装して家家に上がり込んでくるのでしょう。しかしあれは『春来る鬼』の類《たぐい》ではないのですか。アマメハギとかスネカとか、春に来訪する鬼の一種だと、ものの本には――」

はあ、そう云えば鈴木さんあなた折口《おりくち》を好んで読んでいるんでしたねえ、と頷《うなず》いてから薫紫亭は盤を横に除《の》ける。話に本腰を入れる姿勢を示したのである。

鈴木は正座を解いて脚を崩《くず》し、脇に置いてあった茶を己《おのれ》の正面に移した。

薫紫亭は駒を片付け乍《なが》ら、しかしそもそもなまはげと云うのは悪いものじゃあないでしょう――と鈴木に尋いた。

「別に悪い事はしませんね」

「そりゃあそうでしょう。寧《むし》ろ教育的なものだと思いますねえ。しかし鬼に違いはない。怖い形相《ぎょうそう》で、包丁なんか持って恫喝《どうかつ》する訳でしょう、子供等を。泣く子はいないか、悪い子はいないか――」

悪いことをすると鬼が来るぞ――。

鬼が来て頭から喰ってしまうぞ――。

「――だから恐ろしいものではある。矢張《やは》り鬼でしょう、恐ろしければ。だいいち、それこそ角がありますよ。なまはげは、顔が鬼の顔だ」

薫紫亭は破顔して、しかし悪い悪くないで云うならば悪いのは子供さんの方なんでしょうと、実に穏《おだ》やかに云って、

「疾《やま》しいことがなければ、脅されたって怖くはない訳でしょう？」

と結んだ。

「疾しい気持ちがない子供などいませんよ御主人。子供と云うのは、悪いことをしてはいけないと云うことは知っていますよ、叱られますからね。でも何が悪い事なのか、全て判断出来る知識や経験はない訳でしょう。だから子供は皆、知らず知らずのうちに悪い事をしてしまっているのではないかと、不安に思っている――そう云うものじゃないですか」

「なる程、つまり真面目な良い子程、無意識では怯えていると？」

「良い子も悪い子もないと思いますよ。模範的であろうとなかろうと、自分は清廉潔白と固く信じているような達観した子供など、いたら却《かえ》って気持ちが悪い。そうじゃありませんか？　それに、なまはげが脅かすのは、年端《としは》も行かぬ幼　子《おさなご》ですよ。大抵はあの顔に脅かされて泣くんだそうです。誰だってあの面《めん》を見れば驚きますよ。大人でも刃物を突きつけられれば恐ろしい」

そうそう、怖いです、私なんか竦《すく》んでしまって、この齢《とし》になっても多分泣く――と愛想《あいそ》のよい主人は両手を振ってそう云った。

「でも、なまはげはなまはげであって鬼じゃないんだ、とか云う方もいらっしゃる訳ですよ。ですからね、うん。上手《うま》く説明出来ませんねえ。そうそう、慥《たし》かにあの顔は怖いが、その、怖いが故に随分効果的な訳でしょう、あの顔は。一目で怒っていると、人間じゃないと判るでしょう、角があって、真っ赤だったりして、こう牙を剝《む》いていれば――」

解りますねえ、と鈴木は頷《うなず》く。

「どう見ても鬼の顔ですよ。典型的な」

「いや、鬼である、と云うより、人でないと云うことの方が重要なのですよ」

「人で——ない？」

「ええ。だからあんな顔してるんですねきっと。別にどんな顔でも良かったんですよ、多分。人ではないぞ、と云うことが判れば」

「人ではないぞ——と？」

「はい。あなたが仰る通り、疚しい気持ちを持たない子供さんなんてのはいないんでしょうね。でも、子供さんは——子供さんには限らないけれども、嘘を吐《つ》きますでしょ。疚しいところがあるが故にそれを隠そうとする。でも相手が人であれば騙せましょうが、人でないモノは騙せない。なまはげの顔の意匠《デザイン》は、俺は人間じゃないから騙せないぞ、だから正直に白状しろと、そう云った機能を持ってる訳ですね」

「なる程。すると——」

「蓑《みの》を着て、顔を隠して家家を訪れるモノ——春来るモノは、仮令《たとえ》恐ろしくたって神様なんでしょう。人でないことは確かだが、鬼と云う訳でもない。ただ怖がらす——畏《おそ》れさせるなら、あの顔にするのが一番都合良かったんじゃあないかと」

「鬼の顔が都合良かったと云うことですね？」

「と云うよりもですね、角だとか、牙だとか」

「ああ」

薫紫亭は和服の袖をつんつんと引っ張って整えると、ですからね、別に本来は鬼じゃなかったモノまでも、角を生やしちゃったばっかりに鬼になっちゃったと云うこともあるんでしょう——と云った。

「——ですからね」

「何です？」

「鬼じゃないのに角があるモノがいるんですから」

「その逆も——あるだろう、と云う意味ですか？」

「あるんじゃないですか。だって御伽噺《おとぎばなし》に出て来る鬼に角があるかと尋かれれば、それは鬼だからあるでしょうと大抵は云いますが、でもそれは私等がそう思うだけで、実際角があったとは限らないでしょう？　例えば『宇治《うじ》拾《しゅうい》遺物語《ものがたり》』に瘤《こぶと》取り爺《じじ》いの話なんかが載ってますね。あれには大勢鬼が出て来ますが、書いてないですよ角のことは——」

薫紫亭は和書専門の古書肆《こしょし》である。古典には詳しい筈だ。

「——まあ、あの鬼の格好、牛の角に虎皮の下帯《したおび》と云うのは狩野元信《かのうもとのぶ》の発明だとか云う人もいるくらいですからねえ。そもそも鬼門《きもん》が丑寅《うしとら》だから、牛の角に虎の褌《ふんどし》で、語呂《ごろ》合《あ》わせだと云う気もしますねえ。牛と虎とで洒落《しゃれ》ている」

「元来、鬼に角はなかったと？」

「と云うよりも、あってもなくても善かったんじゃないんですかねえ。角なんて。ただ、鬼と云うものは怖いものだし、悪いものですよ」

薫紫亭はそう云った。

悪くなくてはいけませんか——と鈴木が問うと、鬼ですからねえ一応は——と主人は云って頭を掻いた。専門じゃないと云う割に豪《えら》くお詳しいですなあ、と鈴木が感心すると、私の専門は黄表紙《きびょうし》洒落本《しゃれぼん》の類《たぐい》ですよ——と主人は大いに恐縮して、ひらひらと手を振り、弁解がましく説明した。

「いやいや、これはね、白状しますと受け売りなんです。中野の方にこう云うことに詳しい友人が居りましてね。矢張《やは》り僕と同じ古本屋なんだけれども。その男の受け売りですね。あなたもまあ詳しいんだが、彼は異常に詳しい。その彼が以前云っていたんですよ、今云ったような話をね。慥《たし》か、本邦に於《お》いては神と鬼は別に対立項じゃないね——と云う話をしていたんですよ。神様にも禍津日神《まがつひのかみ》と云う悪神がいる訳だし。しかし荒《あら》ぶる神様は禍《わざわい》を齎《もたら》すが、矢張《やは》り神であって鬼じゃあないと彼は云う。じゃあ鬼にも善い鬼がいるのかね、と尋いたんですね私が。すると、善い鬼はいない、善いならそれは鬼じゃなくて鬼の格好をしているだけだと云う。それでね、ああなる程と」

一見茶屋の離れのような小綺麗な座敷には、枝ものを生けた花器と、年代物の将棋盤があるばかりである。障子《しょうじ》越しに西陽《にしび》が差し込んで畳を色分けしている。

薫紫亭の主人は見ようによっては三十代にも、五十代にも見える不思議な顔を障子の方に向けて、おやもう夕方なんですねえ、と云った。

間もなく黄昏《たそがれ》が訪れる。

「鬼と云うのは——つまりは悪しきモノと云うことですかね？」

「それはそうでしょう。ま、鬼は隠《おん》の訛化《かか》したものだとも云いますね。隠ですから、隠れてるって云う意味ですよ。見えないんですね。これは姿が見えない、普段は隠れてるって意味なんでしょうねえ」

「隠れていますか」

「隠れてましょう。ただ、まあこれも受け売りですけれどね、鬼と云うのは都市のものですよ。異人とか山人とか、盗賊とかまつろわぬ民とか、皆鬼扱いですけれどね。そうした差別も、中央とか政権とか正道とか、そうした高みの視座《しざ》がないと成り立ちませんでしょう。都市には仏教の知識や何かを豊富に持った知的階級《インテリゲンチア》もいますしねえ」

「まあ、そうでしょうか」

「例えば単に村と山との関係だけで考えるなら、現在私等が考えるような鬼的なものは生まれて来ないんじゃないですか。畏《おそ》ろしいモノと云うのはどんな社会にも、勿論《もちろん》村社会にもあるんだけれど、それをわざわざ鬼と名づけることはないでしょう。畏れ崇《あが》めるだけならば、山の神とか、妖怪とか、そう云うのでいい」

「しかし中央に限らず地方にも鬼はいるでしょう。都は確かに鬼の本場だが、民俗社会にも鬼はいますよ。牛鬼《うしおに》だとか、山鬼《やまおに》だとか、そう、鬼《おに》ケ島《しま》の鬼だとか——」

あれは岡山県だったか。

「それだって都がなくちゃあ。まあ一口に都市の文化と地方の文化と云う括《くく》りにして論じるのも乱暴なお話なんですが、取り敢えず判り易いですからね。これはまあ情報量の差——と云うより、情報処理能力の差と云う風にお考えください」

「都市の方が処理能力に優れていると」

「処理の仕方が違いますね。それぞれ違ったルールで情報を処理してる訳です。そう云う意味では、村と都市と云うのは分けられるように思いますね。そうした括りで考えるなら——どうもそうした伝説は循環するらしいですね」

「循環と云いますと？」

「都市には色色な地方から大勢人間が集まって来ますでしょう。現にこの東京だって地方人の寄せ集めですね。人が情報を運んで来る。で、都市には、情報を遠方に伝達する媒体がありますね。瓦版《かわらばん》だとか読み本だとか、色色ですな。こう云うものは遠方でもどこへでも伝わりますし、残るものですね。つまりですね、田舎の話が都市に伝わるでしょう。それがまた田舎に帰って行くんですね。都市の味つけになって。それがその土地古来の話として定着したりする。それがまた都市に流れると云う訳です」

なる程、と鈴木は納得する。

「発信地が受信地に、受信地が発信地になる。そのうち原型《オリジナル》がどちらだったのか判らなくなりますな。ですからね、今、どこそこの山奥に古くから伝わっているお話を採集したとしますね。でも、それが本当に何からも影響も受けていない、純粋な伝承であると云えるのかどうか。情報がこう頻繁に交換されるようになると、地域の独自性と云うのは怪しくなりますねえ」

薫紫亭は小首《こくび》を傾《かし》げた。

「するとご主人、鬼と云うのは矢張《やは》りその、都の鬼が基本になるものなんですかね。それならば——矢張り仏教の影響は強いですか。地獄絵の獄卒《ごくそつ》なんかが元になっていて、地方の様様な異形《いぎょう》を形から統合して行ったと云うことですか」

仰《おっしゃ》る通り、お寺の影響力と云うのはありますでしょうねえ——と薫紫亭は首を捻《ひね》る。それから視線を遥《はる》か遠くに泳がせて、まるで何かを懐かしむような口調で、

「それから鬼と云えば陰陽道《おんみょうどう》ですかねえ、矢張《やは》り。そう、あの鬼ごっこねえ。あれなんかは、陰陽道の名残《なごり》なんでしょうねえ」

と云った。

鬼ごっこ。

次は——、

次は敬ちゃんが——、
鈴木は鬼ごっこが嫌いだった。

そうですかね、と単調な返事をすると、主人は細い眼を少しだけ剥《む》いてそうでしょうと云った。

「だってあれ、鬼が追っかけて来て、こう、わっと捕まる。すると捕まった子供が次に鬼になる約束でしょう。鬼が感染《うつ》るんですね。だからこれは、この場合の鬼と云うのは、ケガレみたいなものですよ」

「ケガレ——ですか——」

次は敬ちゃんが鬼だ——。

否《いや》。鈴木は鬼ごっこなどしたことがない。

理由は単純明快で、怖かったからである。

もし。

追いかけてくる鬼に捕まったら——。

——喰われてしまう。

悪い子は——鬼に喰われてしまうのだ。

しかし、それはどうやら違っていたのだろう。捕まれば——鬼が感染るのだ。喰われるのではなく、自分が鬼になってしまうのだ。あれは、そう云う決まりの遊びだったのだ。

薫紫亭はそんな鈴木の心中を察することもなく、矢張り陰陽道の流行と拡散は大きかったんでしょうねえ——と呟《つぶや》いた。

それから細い目を更に細めて、

「後は芸能でしょうかねえ——」

と云った。

「芸能ですか」

「はあ。素人《しろうと》考えですがね。情念みたいなものを、こう、目に見える形にしなければならない、そう云う差し迫った必要がある訳でしょう、芸能には。お芝居にしても舞踏にしてもそうでしょう。いちいち説明するのも興を殺《そ》ぎますでしょうしね、名札を付けて演じるのも難しいでしょう。ですからお面だとか人形だとか。先程のなまはげだって同じことです」

「情念の視覚化？」

「怒ってるとか怨んでるとか悲しんでるとかね、そう云う表現をしなければなりませんでしょ。一応誰が見ても一目でそれと判るように記号化しなければいけない。例えば、お能《のう》の『葵上《あおいのうえ》』に出て来る般若《はんにゃ》の面なんてのは、もう、鬼の基本ですよね？」

「ああ。そうですね」

「あれもまあ、角がありますでしょう。だから角と云うのはひとつ、そう云う記号ではある訳です」

「鬼の？」

「鬼と云うより、その、怒ってるとか怨んでるとか憎んでるとか、そう云う負の感情が著しいと云う記号ですよね。『葵上』でも生き霊《いりょう》のうちは泥眼《でいがん》というお面で、角はないですね？　それがこう、終《しま》いには般若になる。これが更に突き抜けちゃうと、もう角なんかあってもなくても、どうでも良くなっちゃうんですね」

「角が？」

「そうそう。『道成寺《どうじょうじ》』ってありますでしょう。あの安珍清姫《あんちんきよひめ》の。あれで、こう嫉妬《しっと》に狂って清姫が蛇になるでしょう」

　薫紫亭は手をくねくねとさせた。

「ああ。角を生やした人面の蛇が吊り鐘に巻きついてる絵を見た覚えがありますが——絵では蛇の体になってますけれど、でも、慥《たし》かお能の場合は蛇の格好じゃないでしょう」

「お能では蛇体をお面と衣装の柄などで表すんですね。蛇の形になるのは無理ですから。で、この時被るお面が、真蛇《しんじゃ》と云うお面なんですね。これは、立派な角もあって、相当に怖いお面なんですけどね、鬼として認識されているのは寧《むし》ろ般若の方ですね。そりゃ真蛇は蛇なんですから、これは仕方がないのですが——真蛇の場合、これはもう、鬼と云うより化《け》生《しょう》の物なんですね。角はあるけど鬼じゃない。変化《へんげ》ですよね」

「変化——妖怪変化ですね」

「因《ちなみ》に申し添えますとね、お能では、あの丑《うし》の刻参りの『鉄輪《かなわ》』を生成《なまな》りと呼びますね。生成りの面にはこう、瘤《こぶ》みたいな、小振りの角がついておりますね。『葵上』は中成《ちゅうな》り。こちらはまあ、所謂《いわゆる》般若の面ですね。『道成寺』は本成《ほんな》りと呼びます。これは蛇の面——真蛇をつける」

「その、成ると云うのは？」

「はいはい。何に成るかと云えば蛇——と云うよりもののけでしょうかね。妖怪化が著しい程、角は立派になる訳です。しかし蛇の面はあくまで蛇で、鬼ではないんですね。寧ろ中成りの般若の方が一般に鬼だと云われている——」

「はあ」

「一方、生成りは矢張り鬼とは違う。『橋姫《はしひめ》』なんかも生成りの面を被りますがね、こりゃあいずれも人間の範疇《はんちゅう》です。すると——鬼と云うのは人でもある、しかして魔物でもあると云う、境界にいることになりますね」

「完全なる異形ではないと？」

「そう。形も角がある色が違うと云う程度で、殆《ほと》ど人間と同じ形でしょう。だからこそ角が重要になるんでしょうね。せめて角くらいついてないと、人と区別がつかんのですよ、鬼は。これもまあ友人から聞いた話ですけれどね、河童《かっぱ》だの天狗《てんぐ》だのと云うのは、矢張り何匹と勘定《かんじょう》する。しかし鬼は何人と数えると云うんですね。鬼は人ならぬ人なんですねえ」

「鬼は——人ですか」

人ですよねえ、しかし人間ではない——と好好爺《こうこうや》のような顔のまま、薫紫亭は云った。

「鬼の中国語読みは鬼《き》ですが、これは魂、死霊《しりょう》と云うような意味ですね」

「それでは幽霊ですか？」

「幽霊とは違いますでしょう。まあ中国と日本じゃそもそも違いましょうが、日本の鬼は柳の下にひゅうどろと出て来やしませんでしょう。これは矢張りこれで——」

薫紫亭は幽霊の手つきを真似る。

「——それにほら、日本の鬼は死ななきゃなれないと云う訳じゃあない。先程のお能の話でも、人は皆、生きたまま鬼になる訳でしょう。それにですね、例えば鬼の代表格、酒呑童子《しゅてんどうじ》も茨木童子《いばらきどうじ》も、死人《しびと》じゃなくて生きてる訳です。生き物ですよあれは。なんたって退治されてしまうんですから。成仏《じょうぶつ》昇天するのじゃなくて、首を刎《は》ねられる」

「まあねえ——」

鈴木はやや混乱している。ほんの軽い気持ちで口にした質問だったのだが、簡単な話ではなかったようである。尤《もっと》も、軽い気持ちで口をついたとは云うものの、自分の中でもその質問の根は深い。

「——一層解らなくなりましたよ」

鈴木は考える。どうでもいいことなのに、考えるのを止《や》めることが出来ない。

「——鬼とは何なのです？　その、例えば角のあるなしは関係ない訳ですね？」

「そうだと思いますけれどね」

「つまり御主人、角と云うのは尋常ならざる状態を示す異形の記号ではあるけれど、取り立てて鬼の印《しるし》と云う訳ではないと、御主人はこう仰るンですね。有角《ゆうかく》の神や魔物もいる訳でしょう？」

薫紫亭は小刻みに首を縦に振り、そうでしょうそうでしょう、角のない鬼もいるようだし、どうやら角があるから鬼とは限らないようですねえ——などと云う。

「すると——精精《せいぜい》普通の人ではないぞ、と云う目印なのですね、角と云うのは。それはそうなんでしょうね。ただ、その目印たる角の具合で測るならば——蛇やらもの、のけの方が角自体は立派だったりする。つまり人間から遠い、と云うことですね。角を基準にするならば、鬼は神よりも魔物よりも人に近いのだ——と、そう御主人は仰る。しかして、鬼は決して人ではない——」

「人間じゃないでしょう。鬼ですから」

「人であって人でない。そんなものは亡者《もうじゃ》くらいしか思いつきませんが、それならば鬼は幽霊なのかと問うと——そうでもないと仰る。鬼は死者ではなく生者である場合もあると申される。仰る通り、鬼は幽霊じゃないでしょう。しかし解りませんね。解《げ》せません」

「私どもの文化では違いましょうな」

「それじゃあ鬼の属性と云うのは分散してしまって、神だの妖怪だの幽霊だのに振り分けられてしまうじゃあないですか。実体がない。基督教《キリスト》の悪魔《デビル》と違って、神と敵対する者、単に邪悪なモノと云うことでもないのでしょう？　それでは鬼とは何です。単に絵に描かれた恐ろしげなもの、漫画とか商標みたいなものですか？」

そうですねえ――と主人は泣き笑いのような顔をした。そしてぽん、と手を打ち、

「善く、心を鬼にする――と云いますでしょう。あれはその、冷酷な気持ちになって意志を貫徹《かんてつ》するとか云う意味ですよねえ」

と問うた。

「そうでしょうね。慈悲《じひ》の心を潔《いさぎよ》く捨てて、鬼のように残忍な気持ちになると云うことでしょうね。情を殺して冷徹になると云いますか――」

「それが違うと思うのですよ。私」

「はあ、どう違いましょう」

「心を鬼にして、いったい何をするのかと云えば、これは大抵、良いことをする。心を鬼にして悪事を働くことは少ないですね？」

慥かにそれはそうである。

「悪事を働く人は元元鬼みたいな奴な訳なんですから」

「わざわざ心を鬼にする必要はないと？　ではいったい――」

「はあ。では、これはどう云う意味なのかと云いますとね、例えば大義名分の下《もと》に個人的な執着を断つとか、義理を通すため人情を断つとか、そう云うことなんでしょうね、心を鬼にすると云うのは。つまりは、冷酷とか残忍とか悪辣《あくらつ》とか、そう云う気持ちではない。普段なら中中《なかなか》出来ないことを、迷いを吹っ切ってやっちゃう、と云うような意味でしょう？」

鈴木は頷いた。そう云う意味だろう。

ですから——と薫紫亭は続ける。

「つまり、死んでいても生きていても、角があろうとなかろうと、そう云うことはそう関係ないんじゃないですかね？」

「と云うと？」

「鬼と云うのはね、普通人ヽヽヽには出来ないヽヽヽヽヽことをするモノ、なんじゃあありませんか？」

「人に——出来ないこと、とは？」

「神通力《じんつうりき》とか天眼通《てんげんつう》とか、空を飛ぶとかね、そう云う魔法のことじゃないんですよ、それは慥かに人に出来ないことなんですけれど、どんなに決心したって絶対に出来ないことでしょう。やろうったって出来ません。私の申しますのはね、やれば誰にでも出来るけど、普通は絶対にしないこと、出来るんだけれども常人なら出来ないこと——と云う意味です。そう云うことが平気で、平然と出来る——それが鬼なんじゃありませんかねえ」

「やれば出来る——こと？」

そこが肝心、と主人は云った。

「奇跡《きせき》だとか瑞祥《ずいしょう》だとか、人間に絶対に出来ないことが出来るのであれば、これは神仏の域に達してる訳です。修行して法力魔力を得るのは仙人修験者《せんにんしゅげんじゃ》の類《たぐい》でしょうね。一方で蛇体になるとか、人の理解を超えたところまで行っちゃうと、もう妖怪変化ですね。器物禽獣《きんじゅう》が化けるのは、皆妖物で、鬼じゃあないですな。而して鬼は――私どもの知る鬼は、それとは違いましょう。鬼と云うのは、人間が実行可能なのに中中出来ないことをするんですよ。それが出来る状態を鬼と呼ぶんですか。だから幽霊でも、ただ怨めしや、と云うだけの奴はただの幽霊で、それ以上のことをすると鬼になる。それは――」

「生きていても――同じことですか」

「そう。生きていても同じことです」

そう云う状態を解り易く表現するのに角が便利なんですねえきっと――と、薫紫亭は続けた。

「盗賊悪党の類も鬼と呼ばれますでしょう。まあ残虐な行為、法を犯す戒律を破る、これはまあ一般にはしてはいけない、中中出来ないことですから」

ただ不可能行為ではないでしょう、やれば出来ます――と薫紫亭は云った。

――出来ることなのに、

――人に出来ないこと。

「犯罪者は鬼——と云うことですか？」

違います違いますそうじゃありません——と、主人は大きく手を左右に振る。

「犯罪者をひと括《くく》りにしちゃいけませんよ。犯罪者と云うのはあくまで現行の法律に背《そむ》く行いをした人のことでしょう。ならば色色です。悩んで迷った揚《あ》げ句《く》の犯罪もあれば、過失もあるでしょう。例えば人殺しですね。これ、何の躊躇《ためら》いもなく人を殺せるなら、それが鬼ですよ。少しでも躊躇ったり、殺してから後悔するなら、それは人なんです。平気で出来ちゃうなら鬼なんですよ」

「ああ、なる程」

——何の躊躇いもなく。

——平気で。

「だからね、鬼は人を喰いますでしょう？」

——喰われてしまう。

「人喰いってえのは、まあ不可能な行為ではないですね。人間と雖《いえど》も、肉ともなれば牛馬と変わりがある訳ではないですし、河豚《ふぐ》のように毒がある訳でもない。石だの鉄だのと違って食することが不可能なものではない訳です。食材としては合格でしょう。それでも、古今東西、文明国では殆《ほとん》ど人肉食と云うのはしませんよ。許されてません」

否、出来ませんね——と主は云った。

「まあ、世界的な規模で見ますれば、稀《まれ》に食人の習慣が残る地域もないではないのでしょうが、それも宗教的な儀礼であるとか、極めて儀式的な色合いが濃いでしょうね。まあ、下種な本なんかには、面白可笑しくね、人食いの習慣を紹介したようなものもありますが、安達が原じゃあないんですから、旅人獲って喰うような習慣を持つ人達はいませんよ。食べたとしても食物じゃあないです。寧ろ死者に対して敬意を表するが故に食するような場合が多いのじゃないですかねえ。本邦でもお骨《こつ》を齧《かじ》ったりするところがありますね、あれと同じです。そうでなかったとしても、例えば同族は喰っちゃ駄目とか、まずルールやタブーが厳然としてあるものです」

「人喰い——ですか」

悪い子は——、

鬼に喰われて——。

「でも——鬼は平気で人を喰いますね？」

鬼が来るぞ——。

悪いことをすると——。

悪いことをすると鬼が来るぞ——。

鬼が来てお前を頭から喰ってしまうぞ——。

「食べると——云いますすね」

「ね。怨霊なんかは、殺すにしても祟《たた》り殺すと云う感じでしょ？　禍《わざわい》を起こす。幽霊なんかだと、こう恨《うら》み言《ごと》を云いましてね、病気にしたりしますね。幽霊は人を頭から齧ったりはしません。一方、妖怪の場合は驚かすだけとか、悪さをするとかね。でも、繰《く》り言《ごと》を垂れる鬼とか、驚かすだけの鬼なんていないんですよ。皆、直接的に物理的危害を加えるんです、鬼は。本邦最古の鬼の記述とされる『出雲國風土記《いずものくにふどき》』の大原郡《おおはらのこおり》阿用郷《あよのさと》の目ひとつの鬼からして、もう喰っていますから。『伊勢物語《いせものがたり》』の二条后高子《にじょうのきさきたかきこ》もね、業平《なりひら》に攫《さら》われた後、あっと云う間に喰われてる訳でしょう。ですから」

「なる程解りました――」

納得がいった。

角とか褌《ふんどし》とか。

神とか妖怪とか。

そんなものは、どうでもいい。

「鬼は――人を喰いますからね」

鈴木は念を押すように云った。

つまり鬼は暴力だ。

鬼とは――人を喰うモノなのだ。

人を喰うモノこそ鬼なのである。

薫紫亭は、心なし肩を落とした。

「まあ。謡曲《ようきょく》の鬼や文献上の鬼、口碑《こうひ》伝承《でんしょう》の鬼、観念上の鬼と通俗的な鬼、色色の鬼を何もかも一緒くたにして説明することがもう、乱暴ですから。そこはまあ素人の話と思って戴きたいですけれどもね。考え乍《なが》らお話ししてますしねえ。でもその、今申し上げたことは私も中中気に入っています。友人に教えてやりたいくらいですねえ——」

鈴木はもう、あまり話を聞いていない。

西陽も怪《あや》しくなって来た
語り続ける薫紫亭主人の顔も、既に明瞭《はっきり》とは確認出来なくなっている。

鈴木は僅《わず》かに不安になる。

声も、口調も、手振りも体格も、確かにそれは彼のものである。何より今の今までそれは彼だったのだから、間違いのないことだ。

しかし——。

彼が鬼でないと何故云い切れるか。

鬼は、人の形をしているのだ。

否、人なのだ。

生きたまま、人は鬼になるのだ。

——だから角が要る。

角がないと、人だか鬼だか判らない。
角がなくては区別がつかない。
「鬼は——人を喰うんですよね」
悪いことをすると——。
鬼が頭から——。
鬼が——。

3

ビルマの戦線だった。

鈴木は思い出した。

幾度か、夢に見た。

爆撃をまともに食らった。

熱風に吹き飛ばされて、目の前が本当に真っ赤になって――。

鈴木は瀕死《ひんし》だった。

しかし己《おのれ》が瀕死の状態であること――つまり生きてはいると云うこと――に、鈴木自身が気づいたのは、意識が戻ってから更に随分と後のことだったようだ。尤《もっと》も意識だけは戻ったものの肉体の方はまるで動かなかったのだから、それも当然のことだったろう。

手だの脚だの、人体としての実感を取戻すのにもかなりの時間を要した。瞼《まぶた》も開かなかったから、ただ意識だけが暗闇に浮いているような――そんな感覚だった。

でも鈴木は生きていた。

末端から徐徐に痛みが蘇《よみがえ》り、痛みは混沌《こんとん》から己の輪郭《りんかく》を際立《きわだ》たせてくれた。やがて目が開き、鈴木は朧《おぼろ》げにゆっくりと状況を把握《はあく》したのだった。

壊滅的な状況だった。部隊は全滅だった。

それまでは、だらだらと長かった。戦いの場は辛くて苦しくて、厭で厭で、ただ、だらだらと長かった。しかしそれは一瞬で終った。

――あっと云う間に。

厭な上官も、嫌いな将校も、皆死んだ。

――あっと云う間に。

でも。鈴木は生きていた。

瓦礫《がれき》と死骸の山を掻き分けて鈴木が立ち上がったのは、多分《たぶん》二日目の夜のことである。

動ける自分が不思議だった。

鈍鈍《のろのろ》と、実に緩慢《かんまん》な動きで移動したのを覚えている。出血と打撲と空腹と疲労と、骨折もしていたらしい。鈍鈍していても仕方があるまい。

何故か森に入り込み、大きな樹のウロに落ち着いて、そして鈴木は死ぬべきかと思った。

敗退ではいけないのだ。帝国軍人にそんな選択肢はない。玉砕《ぎょくさい》こそが望ましい。

ひとり敵に背を向けて生きて逃げて、それで済む訳がない。

酷《ひど》い罪悪感が鈴木を襲った。

己の行為は敵前逃亡ではないか。ひとり生き残って生き恥を晒《さら》すくらいなら、潔《いさぎよ》く自決するべきである。それが大日本帝国軍人たる鈴木の、たったひとつの道である――その時は本当にそう思った。慥《たし》かに思いはしたが、このまま生き延びてしまっては散華《さんげ》した兵隊達に顔向けが出来ぬ――と云う気持ちの方がより一層強かったようにも思う。

この期《ご》に及んで鈴木の心臓が鼓動《こどう》を続けていられるのは、果敢《かかん》なる武勇の結果でも並み外れた知力のお蔭でもないのだ。

偶然である。

臆病《おくびょう》で体力も技術もない戦闘意識も希薄《きはく》な新兵など、真っ先に死んでいて然《しか》りではないか。生き残った背徳《うしろめた》さが、鈴木を死へと誘《さそ》った。

しかし――鈴木は死ななかった。

まず、死ぬために必要な得物《もの》がなかった。

畏《おそ》れ多くも天皇陛下から拝領した銃剣も、手榴弾《しゅりゅうだん》も服用する毒も首を吊る縄も、何もなかった。

その時鈴木は何も持っていなかった。

死ぬにも術《すべ》がない。願わくは、敵兵に発見される前に衰弱死でも出来ぬものかと、真剣に思った。

そこで鈴木は気がついた。このまま――。

このままで善いのだ。

このまま発見されぬように注意だけしていればいいのである。この木のウロの中で凝乎《じっ》と蹲《うずくま》ってさえいれば――待っているのは間違いなく餓死なのである。自決と呼ぶにはあまりにも胡乱《うろん》な方法だが、自分には合っているような気もした。

実際は立ち上がるだけの体力も気力も、その時の鈴木には何も残っていなかったのだから、いずれ同じことではあった。

そう決めると途端に意識が朦朧《もうろう》として来て鈴木は気を失った。

夢を見た。

叱られていた。父か、母か。叔父か。

悪い子だ――。

お前は卑怯《ひきょう》な子だ――。

卑怯者め。恥を知れッ――。

悪いことをすると鬼が来るぞ――。

鬼に頭から喰われてしまうぞ――。

それでも貴様は日本国民かッ――。

眼を瞑《つぶ》れッ。歯を食い縛れッ――。

隊長か。上官か古参兵かもしれなかった。

鬼が、鬼が来る――。

捕まえた。

いや、捕まえられた。

次は敬ちゃんが鬼だ――。

「動くな。体力を温存せい」

「え――」

「じきに戦争は終るぞ。それまで生きろ。助かるかもしれん」

「お――終る」

眼を開けると、目の前に見慣れた将校の顔があった。鈴木は姿勢を正すべく筋肉に指令を発したが、身体の命令系統か混乱しているらしく鈴木の肉体は痙攣《けいれん》するばかりだった。止《よ》せ、動くなと云っているだろう、将校は鈴木を抑えた。

「し、将校殿、い――」

「生きてるさ。死んでたまるか。俺はさっさと部隊を捨てて逃げたからな。おおっと、温順《おとな》しくしていろ。貴様に兎《と》や角《かく》云われる筋合いはないぞ。貴様だってそうして生きて恥を晒《さら》しているではないか。部隊は表向き玉砕とされてる筈だからな。のこのこ野戦病院に行く訳にも行かないだろう？　終るまで生きて隠れているんだ。何とかなる」

「お――終るとは？」

「後、幾日かだよ。戦争は終るぜ。こんな戦争は続ければ続けるだけ損だ。負けるならさっさと負けなきゃ国が滅ぶ。幾ら軍部が馬鹿でもそれくらいは判るさ。口を開けば玉砕玉砕と云うが、国ごと玉砕は出来まい」

何しろ玉《ぎょく》が坐《おわ》す訳だから――と将校は云った。鈴木はかなり判断力の鈍《にぶ》くなった頭で、不敬な言葉の意味を模索した。

「この森はな、日本兵の死骸で満ちている。皆、真面目《まじめ》に闘ったんだ。俺はそのあまりにも糞真面目な兵隊どもの死骸を見て、何だか無性に肚《はら》が立った。こいつら、ここで腐って朽ち果てるだけかと思ったら、何だか悔《くや》しくなってな。そこでそこら中の死骸から――」

将校は頭陀袋《ずだぶくろ》を出した。そして中から襤褸《ぼろ》に包まれた小さなものを出して示し、

「――指を切り取った」

と云った。

「――指だけでも祖国の大地に埋めてやろうと考えたんだ。身元の確認出来る奴は名前を記してな。本土に戻ったら遺族に渡してやろうと、まあそう思ったんだよ。ただ、中には骸《むくろ》に雑《ま》ざって貴様のように生きている奴もいる。だから俺は夜陰《やいん》に紛れてひとつひとつ骸を調べて、生死を確認して廻ってるのさ。俺は怪我《けが》もしていない。弱ってもいないからな。だが、まあ生きていることが判っても、俺にはどうしようもない。励《はげ》ましても、水や喰い物を与えても、翌日行ってみると死んでいる」

見たところ貴様が一番元気そうだ——と将校は云った。

そして鈴木に水筒の水を飲ませると、果物を数個渡した。そして、

「急に喰うな。ゆっくり喰え。明日来る」

と云って去った。

その異国の果物が何だったのか、甘かったのか苦かったのか、鈴木は覚えていない。手が震えて何度も落としたことだけは善く覚えている。

果物を喰うだけなのに矢鱈《やた》と興奮した。

喰って暫くすると、飢餓感が押し寄せて来た。そうしたものは遅れて来るのだなあ、と思った。空腹のまま気を失うように眠って、夢も見なかったように思う。それでも暑いことだけは判った。何度か覚醒しかけたのだろう。寒暖の感覚が戻ったのである。

日中は茹《う》だるような暑さなのだ。

手や脚の疵《きず》には蛆《うじ》が湧いていたが、払い落とす元気はなかった。

夜になると約束通りに将校はやって来た。

「おう、生きていたな」

「じ、自分は」

「自決したいなんて云うんじゃねえぞ。そんなのはな、馬鹿のすることだ」

鈴木は——当惑した。

「妙な顔をするな。国のために死ね、陛下のために死ね、潔く死ね、死ね死ね死ねと繰り返し命令されて、本当にその気になっちまったのか。いいか、貴様が今ここで死んだら、日本は戦争に勝つか。勝たないよ。勝つ訳ねえだろう」

将校は吐き捨てるように云った。

「貴様が今ここで死のうが生きようが、戦局には何の変化もないんだ。くだらない考えは捨てろ。貴様だけじゃないぞ。その辺で死んで腐ってる連中は誰ひとりとして国益に貢献なんかしてないぞ。俺も含めて兵隊はみんな虫螻蛄《むしけら》だ。死のうが生きようが、歴史に名前を記すことなんかない。なら何故死ぬ。何のために死ぬ――」

将校は鈴木を見据えた。鈴木は蛇に睨《にら》まれた蛙《かえる》のように竦《すく》んだ。

「――虫が一匹潰れても誰も喜びはしない。一億火の玉、総員玉砕と喚《わめ》くがな、だが一億の殆どは虫螻蛄だ。国民が一丸となって臨めば想いが天に通じて大願も成し遂げられる――なんて精神主義は幻想に過ぎん。虫螻蛄は何匹いても虫螻蛄よ。いいか、だから俺達虫螻蛄に出来ることはな、ただ生きることだけだ。生き恥晒して喰って糞して生き続けるだけだ。それの何が悪い」

将校は鈴木の顔を両手で摑んだ。

「解ったか。一応――俺は貴様の上官だからな。命令は聞け。生きろ」

ただ、涙が出た。嬉しいとか悲しいとか悔しいとか云う涙ではなかった。

将校は鈴木の疵《きず》の具《つぶさ》に見て、これなら平気だ、と云った。

「蛆なんてのは喰っちまうくらいの気迫でないと生きて祖国の土は踏めぬぞ。化膿《かのう》しているところは今何とかしてやる。さあ、これを喰え」

潰れた飯盒《はんごう》の中には、小さく切った肉片が入っていた。

「生きてるうちは毎日来てやる。さあ喰え。これは新鮮だから、平気だ」

味は覚えていない。

とろりとした食感だった。

三口目からは貪《むさぼ》るように喰った。

満腹感と云うには程遠かったのだが、満足感だけはあった。礼も云わずに惰眠《だみん》に落ちたと思う。

翌朝も暑くて目覚めた。不快だった。

つまりは漸《ようや》く、生きたいと云う欲求が鈴木の中に芽生えたのである。それはどんどんと膨《ふく》らんだ。そう云う状態になって初めて、上手《うま》く動かない四肢がもどかしく思えた。

次に、鈴木は孤独や恐怖と云う感情を取戻した。敵に発見されれば捕虜にされる。下手《へた》をすれば殺される。こうなった以上、あの将校の云う通り生きて帰りたいと強く思った。

将校は律儀《りちぎ》に訪れた。

そして鈴木はまた肉を貰った。

貴重なものを有り難う御座居《ございい》ますと、初めて礼を云った。そして啖《くら》った。

——旨《うま》い。

そう思った。それだけは明瞭《はっきり》と覚えている。味は忘れた。しかし、旨いとは思った。

「皆しているこ、と、よ。気にするな」

将校はそう云った。

4

「また——親を殴っている」

鈴木は立ち止まった。

辺りはもう陽が落ちている。

黄昏《たそがれ》——誰《た》そ彼《かれ》。行き合った者が誰だか判らなくなる時刻である。それはまた、逢魔刻《おうまがとき》とも呼ばれると云う。誰とも判らぬまま魔に行き逢ってしまう時刻——と云う意味なのだろう。

薫紫亭を辞して下宿に戻る途中である。

下宿から薫紫亭までの町並みを、鈴木は結構気に入っている。鈴木が薫紫亭に足繁く通うのは、主人の人柄に魅《ひ》かれたと云うことも勿論あるのだが、その少し寂《さび》れた景観を眺めるためであると——云って云えないこともない。

到着してから主と将棋を指したり無駄話をしたりするのも勿論娯《たの》しいのだが、だらだらとした道行きもそれなりに愉《たの》しいと思うからである。

背の低い瓦屋根《かわらやね》。陽に焼け脱色した看板。黒い板塀に虫食いの穴が幾つもある電柱。タイル張りの床屋。塩煎餅《しおせんべい》一種類しか作っていない煎餅屋。苔生《こけむ》した石造りの写真館——。

その写真館の前の光景である。

母親が地面に這《は》い蹲《つくば》っている。

殴りつけているのは娘だろう。まだ幼さの残る容貌の、若い娘だ。

淫売の真似事は止めて——そう母は叫んでいる。煩瑣《うるさ》い婆アと、娘は蹴《け》りつける。

もう何度この光景を見ただろう。

最初は三箇月ばかり前のことだった。

鈴木はそれまで、この写真館の店頭に飾られている家族の肖像写真《ポートレート》が何故か好きで、前を通る度に足を止めて眺める習慣があったのだ。

その日——怒号《どごう》が聞こえて、ショーケエスの硝子《ガラス》が割れた。鈴木のお気に入りの写真は倒れて、硝子の破片にまみれた。豪《えら》く驚いたが、その時は単なる父娘喧嘩《おやこげんか》だと思った。

それは違っていた。

鈴木は度度争う親子の姿を目撃し、見る度に娘は変貌して行った。服装が派手になり、髪に電髪《でんぱつ》があたり、化粧をするようになって、今ではまるで娼婦である。近所でアプレのような男友達と抱き合う姿を見かけたこともある。米兵の腕にぶら下がるようにして歩いている媚態も見た。

一方、写真館の方はたった一箇月の間に見る影もなく落魄《おちぶ》れた。客足も遠退《とおの》いたのだろう。みるみる寂《さび》れて行くのが前を通るだけでも明らかに判った。割れた硝子は修復されず、家族の写真は倒れたまま直されることはなかった。

それを見る度、鈴木は遣《や》り切れぬ思いになった。

そして。

その男の存在に気付いたのは、ひと月程前のことである。

その男は、写真館の斜め向かいの郵便ポストの陰から、凝乎《じっ》と、叫び暴れる娘を、泣き喚《わめ》く夫婦を、家族の不幸を凝眸《ぎょうぼう》していた。

矢張り黄昏刻だった。

男の白い顔は夕暮れの薄膜の向こうに霞《かす》んで、実に茫洋《ぼうよう》としていた。ただ身嗜《みだしな》みはきちんとしていて、燻《くす》んだ情景からは浮いていた。その所為《せい》か、男のいる風景は——何故か不吉だった。そう感じた。

——この風景は。

見たことがある。その時はそう思った。そしてその既視感覚《デジャ・ヴュ》は錯覚ではない、と云うことに、鈴木はすぐに思い至った。

——そう云えば。

その男は、いつも見ていたのだ。

　不幸な家族の不幸な諍《いさか》いを、彼はずっと見ていたように思う。鈴木が写真館の前を通るのはほぼ三日置きである。そして二回に一回は騒ぎに出喰《でく》わす。

黙って遣り過ごすことも立ち止まって様子を窺うこともある。しかしその男はその度、いつもどこかに佇《たたず》んで、

——見ていた。

——あれは。あの男は、

——あいつは——鬼だ。

そしてそう思った。

角もない。異形ではない。それでも鈴木は直感的にそう思った。

——あの男があの家族に不幸を齎《もたら》しているのだ。

あいつは——鬼だ。

理由などない。思いつきである。しかし、鈴木はそう強く確信した。だから今日、薫紫亭の主人にあんなことを尋いた。だが。

鈴木は丹念に周囲を見渡した。

——今日は——いないか。

矢張り偶然なのだ。否、気の所為《せい》である。それはそうだろう。そうでなかったとしてもそもそも一体全体鬼がどうしたと云うのだ？

そんなことを真剣に考えていたのだとすれば、考えていた鈴木の方がおかしいのだ。もしこの世に鬼がいるとするならば、それは――。

打ち据《す》えられた母親の悲鳴が聞こえた。

鈴木は塀の陰に身を潜《ひそ》め様子を窺《うかが》った。

――あの娘は――。

「あの娘は柿崎芳美《かきざきよしみ》と云う悪い娘です」

いつの間にか。

鈴木の横にあの男が立っていた。

「御覧なさい。あの家は不幸です。実に不幸だ。あの写真館はもう間もなく潰れる。建物も人手に渡ります。もう、お終《しま》いだ」

淡淡《たんたん》として感情の籠《こも》らぬ声だった。

「あなたは――いったい」

男は若かった。声が若い。しかし顔は善く見えない。昏《くら》いのである。ただきちんとした身なりの紳士ではある。整髪料の芳香が鼻を掠《かす》めた。

「ほら。あんなに殴られても抵抗しないでしょう。あの母親には後ろ暗いところがある。それに、父親も家から出て来やしない。借金取りが見張っていると勘違いしているのです」

「それではあなたは――」

債権者か何かなのか。男は鈴木が凡《すべ》てを云い終える前に、語尾を聞き取りもせずに、

「蹴られている女は貞《さだ》と云って、あの娘の本当の母親じゃない。愚かな女ですよ。芳美の母親と云うのは空襲で死んだ。あれは後妻です。だから娘に遠慮している。母親としての自分に自信がないんです。娘はそれが気に入らないんだ」

と、事務的な口調で云った。

「おや、突き飛ばされた。額が切れて仕舞《しま》った。汚らしい」

男は鼻で笑った。

微昏《うすぐら》くて善く見えぬ。

母親の額から黒い液体が流れているようだった。

――血か。

男は鈴木の横僅《わず》か一尺程のところに立って更に冷酷な口調で云った。

「あの家の親達は、我が身の不幸は己が貧しい所為《せい》だと考えている。だが、経済的な事情などどこも似たようなものです。この時代ですからね。満ち足りている者など然然《そうそう》いない。貧しいと云うなら皆貧しい。解放感に紛《まぎ》れてはいるが、誰もがどこかに欠落感を抱いている。それを隠すかのように幸せな顔をして、元気一杯に振る舞う奴は自分を騙《だま》している。まあそんな連中に比べれば、あの家の連中の在り方は正しいでしょう。醜い。本性剥《む》き出しだ。ほら、まだ蹴りつけている。余程気に入らないのか。癇癪《かんしゃく》持ちなのです。あの娘は」

「き――君は何者で――」

「不幸の元は貧乏じゃない。愚かだからですよ」

男は鈴木の言葉の語尾を遮《さえぎ》るようにそう云った。

「お、愚かって――」

「愚かです。あの貞と云う女は、毎日の生活があまりに苦しいので信心に救いを求めた。それで週に一度、無駄金を遣《つか》って訳の判らぬ講話《こうわ》を聞いているのです。くだらない。そしてその度に娘を諭《さと》そうとするのですよ。娘の方は抹香臭《まっこうくさ》い馬鹿話を聞く耳など持たぬ。だからああやって抵抗している。そんなもので癒《いや》せやしない。そんなことで、空然たる隙間は埋まらないでしょう」

この男は――あの写真館の親族なのだろうか。鈴木は一瞬そう思った。どうも家庭の内部事情に精通している。

「ことの起こりは娘の素行です――」

男は鈴木が黙っているのも善いことに残酷なひとり語りを続けた。

「――今年の春先まで、あの娘はあの家の自慢の娘だったそうですよ。実際に良い子だったらしい。しかしそんなものは上辺《うわべ》だけです。中身がない。小賢《こざか》しくて狡猾《こうかつ》な子供は大抵良い子です」

それは――そうだろう。

子供は嘘を吐《つ》くものだ。嘘を吐き通せる子は良い子に見える。でも嘘が露見してしまうと――。

僕の目は騙せませんよ――と男は云った。

「そもそも自分達の愚かなるを棚に上げて、子供を幸福の拠《よ》り所《どころ》などにするからこんな目に遭う。家族と雖《いえど》も亀裂なく、ぴったりと寄り添っている訳じゃない。隙間からは愚かしいモノが入り込んで来ます。仮令《たとえ》親子と雖も、互いに欠けた部分を埋めることは出来ませんよ。娘はグレて、淫売紛《まが》いのことをして補導された。父親は理由が解らないからただきつく叱った。母親はあの通りだ。娘の素行は日増しに悪くなる。当然です」

「当然？　それは――」

「あの娘は死んだ先妻に瓜《うり》二つ。父親は死んだ女房の面影《おもかげ》をあの娘に追っている。娘は、敏感にそれを察している。確かに父は娘を愛している。笑わせますね。そんな愛され方は娘にしてみれば迷惑だ」

鈴木は鉛《なまり》を呑んだような厭な気分になる。

男は馬鹿にするような口振りで、云った。

「そしてあの母親は、心の底ではそんな娘に嫉妬《しっと》している。亡妻《ぼうさい》の顔が浮かぶ。でも表向きは慈愛を以て振る舞う。そんな接し方では破綻《はたん》するに決まっている。娘は家庭内で個人としての人格を認められていないのです。おや――父親が出て来た」

写真館の主人の影。

みんな、真っ黒い影になっている。

「二幕目の茶番劇の始まりだ　あの父親——国治《くにはる》と云う男はね、小心者で狡猾《こうかつ》だが、商売は下手《へた》だ。どうせ娘に意見など出来やしない。怒鳴ったって、それは演技だとすぐ判る。ほら御覧なさい。すぐに手を振り上げるが、打ち下ろせない」

「い——いい加減にしてください！」

鈴木は親子から目を背《そむ》けて云った。

「先程から黙って聞いていれば、あなたは好き放題云っている。あなたは、否《いや》、君は何だってそんな話を僕に聞かせるんです？　身内《みうち》の恥を曝《さら》して何か面白いので——」

「身内なんかじゃない」

男は強い口調で鈴木の言葉を遮《さえぎ》る。

「僕は、あんな連中の身内ではない」

「それじゃあ君は——」

「僕は蒐集者《コレクター》ですよ」

「蒐集者？」

男はゆっくりとその能面のような顔を鈴木の方に向けた。矢張《やは》り朦朧《もうろう》とした闇が、その細部を曖昧にしている。

「僕は不幸の蒐集者です。この世に溢れるあらゆる不幸、あらゆる悲しみ、あらゆる苦しみの——蒐集者ですよ」

「そ——そんな君、それはあまりにも——」

「あなたに、兎や角云われる筋合いはない」

貴様に兎や角云われる筋合いはない——。

「え？」

「あなただって、ただ観ているだけではないのですか。あなたはいつも、実に愉しそうにあの家の不幸を眺めていた」

「そんなことはな——」

「だから僕はあなたに教えて差し上げたんですよ。あの家の連中は救いようのない、不幸の泥沼に落ちているんだと」

「た、愉しんでなんかいるものか、僕——」

「嘘を吐いてはいけない。それが嘘でなかったとしても、手を出す訳でも口を出す訳でもない、ただ観ているのだから同じことでしょう。あなたは一度も救いの手を差し延べなかった。あなたはいつも他人の顔であの悲惨《ひさん》な光景を愉しんでいた。他人の不幸は己の幸福ですよ。あなたの顔は満ち足りていた」

「ち、違う。僕は——」

あの娘は悪い子だ――。

悪い子は頭から――、
鬼が――。

男は哂《あざわら》うように云った。

「皆していることだ。気にすることはない」

皆していることよ。気にするな――。

鈴木は刹那《せつな》、言葉を失った。

――僕は。何故観ていた。

自分は、何故あの写真館の不幸を観ていたのだろう。傍観者であるのをいいことに、好《す》き好《この》んで具《つぶさ》に観察していたのではなかったか。

「あの――あの娘は――」

あなたの思っている通りだ――と男は云った。

「あの娘は悪い娘です。あの家の不幸は馬鹿な親の所為《せい》でもあるが、矢張りあの娘の所為なのです。あの娘さえいなければ、あの二人は平和だ。しかしだからと云ってあの娘がいなくなってしまえば、あの家の中心には大きな隙間が出来る。隙間こそ愚鈍《ぐどん》の象徴です。欠落していることは悉《ことごと》く劣等なのですよ」

男の眼は娘を捉えている。

秋口の夜風がすうと鈴木の襟首《えりくび》を過ぎる。

ぞくぞくと寒気がした。

——この男は——。

胡乱《うろん》な夕闇の只中《ただなか》で、三人の親子は諍《いさか》いを続けている。互いに、絶対に通じない言葉を鉄《かな》切《き》り声で叫び合い乍《なが》ら、絶対に纏《まと》まらぬ議論を続けている。

——あれが家族だ。

ショーケエスで倒れている、あの写真の中の仲睦《なかむつま》じいどこかの家族だって、結局は同じなのだ。ただ笑って、見ないように聞かないように触《さわ》らないようにしているだけなんだ。

お前は卑怯な子だ——。

お前のような酷い子は——、
どこかへ行ってお仕舞い——。

悪い子だ悪い子だ悪い子だ——。

悪い子は鬼に頭から喰われて——、

「あの悪い娘は僕が貰って行きましょう」

「え？」

振り向くと男の姿はなかった。

——あ。

今度は敬ちゃんが――。

「違うッ！」

鈴木は短く叫んだ。違う違う。混乱する。視線がふらふらと廻って、写真館の前を過《よぎ》る。

父親が蹲《うずくま》る母親を抱き、黒い塊《かたまり》となって止まっている。

悪い娘も――消えている。

「違う。そうじゃないッ」

鈴木は声に出して云って黒い塊に駆け寄った。

違う違う。自分は、そんな――。

――そんなつもりじゃなかった。

あの時。

母と叔父のことを父に告げたのは、ただ嬉しかったからなんだ。告げ口した訳じゃない。云いつけた訳じゃないんだ。それに嘘を吐くのは良くないと、隠し事は良くないと、そう教えてくれたのは母さんじゃないか。隠し事をするのは疚《やま》しいことがあるからだ、心に曇りがないのなら嘘を吐くこともないんだと、そう云ったのは父さんじゃないか。

だから。

あの日。

隠れ鬼遊びの最中だった。

隠れ場所を捜して這入《はい》り込んだ納屋《なや》の中には、母と、そして叔父がいた。母は眼を丸くして驚いた。

叔父は大いに狼狽《ろうばい》していた。

でも。

――とても、嬉しかったんだ。

母は優しくて、温かくて、大好きだった。

同居していた叔父は子供が好きだったようで、毎日のように善く遊んでくれたから、矢張り大好きだった。その二人が揃って納屋の中にいたから、それは吃驚《びっくり》したのだけれど――とても――嬉しかったのだ。

絶対にお父様に云っちゃ駄目――。

お父様は恐い方だから――。

これは秘密ですよ――。

そう云われた。

けれど子供だったから、

とても嬉しかったから。

父は大層厳しい人だった。

けれども。

自分は善く出来た子供だったから、疾しいことなど何もなかったから、怖くなんかなかったのだ。威厳のある立派な人だと子供乍《なが》ら尊敬していた。怒るとそれは恐かったのだけれど、理由もなく怒る人ではないことも承知していた。それに、
悪いことをすると鬼が来るぞ――。

鬼が来てお前を頭から喰ってしまうぞ――。

隠し事をするのは悪いことでしょう。

嘘を吐くのは悪いことなんでしょう。

だったら嘘を吐いたり、
隠し事をしたりすると、
鬼に。

だから。

――だから、話してしまった。

そして家族は壊れた。

それまではずっと、あの写真の中の家族のように仲睦《なかむつま》じく暮らしていたのに。

父は顔面を紅潮させて怒鳴り、母は蒼白になって叫んだ。二人とも鬼のような形相《ぎょうそう》をしていた。だから訳も解らずに泣いて、訴えた。

母は鬼の形相のまま、云った。

黙っていろと申したに。あれだけきつく約束せよと申したに。お前は卑怯な子です。お前の所為で凡《すべ》てが壊れた。お前のような卑劣な子はどこかに行っておしまい——。

父もまた、鬼の形相で云った。

己《おのれ》は愚かな子よ。我が子と思えば不憫《ふびん》じゃが、そうと判っては仕様《しよう》がない。こんなふしだらな、淫売の産んだ子の面《つら》など見とうもないわ。どこぞへ去《い》んで、鬼にでも蛇《じゃ》にでも喰われてしまえ——。

——鬼に喰われて。

鬼に。

敬ちゃん見つけた——。

次は敬ちゃんが——。

「大丈夫ですか！」

鈴木が声をかけると、憔悴《しょうすい》した二人の男女は、ぎくしゃくとした動作で不明瞭な顔を上げた。ほつれた髪の女の額は割れていて、流れた血が鼻の脇を伝っている。矢鱈《やたら》に怯えた眼をした男は、鈴木を見ると慌てて顔を隠そうとした。

「違う。僕は借金取りなんかじゃありません。娘さんは——娘さんは何処です！」

「芳美？　よしみ」

女は血塗《ちまみ》れの顔を上げる。

男はよたよたと立ち上がる。

「よ、芳美は——ど——」

夕闇が町に浸透して来ている。滑稽《こっけい》な程に哀れな姿の親達は、その淡く蒼《あお》い夕暮れの中を、泳ぐようにただ行き来した。矢張《やは》り娘の姿はなかった。

「芳美が——どこかに消えてしまった！」

頭から。

一口だ。

悪い子は頭から一口だ。

5

柿崎写真館が潰れたのはそれから間もなくのことだったようだ。鈴木はその日を境にその道を通ることを止めたから、それがいつのことなのか正確には知らない。

薫紫亭にも行かなくなった。

噂によれば柿崎芳美は本当にどこかに消えてしまったらしい。娘の失踪はあの男の予言した通り、不幸な家族の存続に終止符を打つのには相応《ふさわ》しい出来事だったようだ。

あの男は何だったのか。

——多分。

何でもなかったのだろう。

ただの野次馬《やじうま》だったに違いない。

あの男にしてみれば、鈴木自身が胡散臭《うさんくさ》い、怪しい男に見えていたのだろうと、そうも思う。何しろ黄昏刻《たそがれどき》である。あの男の顔が朦朧《もうろう》として闇に溶けていたように鈴木の顔とて相手には善く見えていなかったのに違いないのだ。条件は互いに一緒だ。

芳美は親を殴り飛ばし、鈴木が混乱して眼を離した隙に遁走して、そのまま家出したのだろう。人間が消えてしまう訳がないのだ。

今頃はＧＩのオンリーにでもなって優雅に暮らしているのかもしれない。そう思った。

――何が鬼だ。

馬鹿馬鹿しい。たった一夜で、鈴木の禍禍しい妄想《ビジョン》は、すっかり褪《さ》めてしまった。それ以降は、鬼のことも柿崎家のこともあの男のことも考えなくなった。自分の過去も含めて鈴木は一切《いっさい》を忘れ、日常を取戻していた。日常生活を当たり前に真《ま》っ当《とう》に暮らすなら、鬼のことなど考える隙間はない。

鈴木は実に勤勉に働いた。

来る日も。来る日も来る日も活字を拾った。

田

田無で

田無で發見さ

田無で發見された右腕

田無で發見された右腕は指紋の照合などにより川崎在住の柿崎芳美さん（十五歳）のものであるとほぼ斷定された。同じ被害者のものと思われる左腕及び兩足は既に發見されているが、胴躰及び頭部に就いては未だ發見されていない。尚、その他の被頭から——。

頭から喰われてしまう——。

悪い子は鬼に喰われてしまう——。

ああ、あの肉は。

次は敬ちゃんが鬼だ——。

い、い、い、い、い、

鈴木敬太郎が突然職場から姿を消したのは、昭和二十七年九月半ばのことである。

眠らない少女

高橋克彦

1

ドアの内側にチャイムの鳴り響く音が聞こえる。四、五回呼び鈴を押してから、ようやく小夜子《さよこ》が鍵を外した。目がぼんやりとしている。

「遅かったじゃないか。眠ってたんだろう」

「ごめんなさい、気がつかなくって――マキに本を読んであげていたのよ」

コートを受け取りながら小夜子が答えた。

「本って――」私は呆《あき》れた。

「今、何時だと思ってるんだよ。こんなに遅くまで起こしていちゃ駄目じゃないか」

時計を見るとすでに十一時を過ぎている。

「分かってるんだけど……マキがどうしてもって離してくれないの」

「言い方が悪いんだよ。いつも甘い顔ばかりしているから――たまには泣かせるくらい叱ってやらないと――それにおとといだって夜中まで起きていたじゃないか」

「ええ――あの子　もしかしたら不眠症じゃないのかしら」

「バカ言うなよ。五歳の子供に不眠症があってたまるか」

「でも、あの子、お昼寝もしないのよ」

もういい、と私は制した。このところ仕事の都合で深夜に帰ることが多くなっている。そのためにマキの寝つきが少し悪くなっているのかもしれない。責任は案外オレの方にあるのかな。ガウンに着替えながら考えていた。

「可哀相《かわいそう》だからあまり叱らないでやって」

「分かってる。ちょっと顔を見てくるよ」

簡単な食事でいいわね。小夜子の声を背にして私は奥に向かった。マキの生まれる前は二人の寝室として使っていたが、今では小夜子とマキの部屋になっている。

声をかけずにそっと襖《ふすま》を開いてみると、マキは一人で絵本の絵を見詰めていた。枕許《まくらもと》にはさまざまな絵本が並べられている。どんなことを思いながら絵を眺めているのだろう。ページをめくる小さな掌《て》を見ているとたまらなく愛《いと》しいもののように思えてきた。

気配で気がついたのか、マキは私の方を振り向いて、お帰りなさいと元気な声をあげた。

「なんだ、悪い子だな。まだおネンネしてないのかい」

知らず知らず甘い声になってしまう。

「だって、マキ眠くないもん」

「眠くなくっても、いい子ならとっくにおネンネしてる時間だぞ」

「だってえ——」

「なっちゃんも、えりちゃんも、ぐっすりおネンネしてたぞ」

「ウソよ」

「本当さ。パパはたった今なっちゃん家《ち》に行って、ちゃんと見てきたんだから」

二人はマキの大の仲よしで、同じ町内に住んでいる。

「ふーん。もう寝ちゃったの」

少しふくれたような顔で考えている。この様子だと案外素直に眠るかもしれない。小夜子は甘やかすばかりで、マキの言うことを聞きすぎているのだ。それが眠るものをかえって起こしてしまう結果になることもある。童話など読んでやったりして、それが面白かったりすると、眠気もなにもすっかり吹きとんでしまって……。

「お話、まだ終わってないの」

ほら、この通りだ。

「いい子だから、続きは明日にしなさい。もう遅いからね。それにママも眠いんだって」

「ママ寝ちゃったの？」

「眠ってないけど、ママに謝ってくれってさ。パパが頼まれたんだ」

「いやっ。ママ読んでくれるってマキと約束したんだもん」

「うん、それは分かってるけど――ママは今パパのためにご飯を作ってるから、すごく遅くなっちゃうぞ」

「マキ待ってるもん」

私は少しうんざりしはじめた。なにがそんなに面白いのだろう。絵の感じでは赤ずきん

のようだが、赤ずきんはもう狼に喰《た》べられてしまったのだろうか。パパの言うことをきかない子供は神さま
「神さまに悪い子だって思われてもいいのかい。パパの言うことをきかない子供は神さまは大嫌いなんだぞ」

わがままは許さないとマキに思わせる必要がありそうだ。それが父親の——

「だって、約束守らないのはママの方なのよ」

マキが拗《す》ねた口調で応酬した。

「嘘《うそ》ついたら針千本って言ったのに」

「いいかげんにしなさい」

我知らず大きな声になった。

マキは驚いた目をして、今にも泣きだしそうな表情をしている。その顔を見たとたん、怒りは、むしろ大人気なく声を荒らげた自分の方に戻ってきていた。マキには罪のないことだ。静かにして待っていたら、ママに頼んであげようと、マキをなだめすかし、私は部屋を出た。

キッチンのテーブルには、もうすっかり食事の用意が整っていて、私が席に着くと小夜子は味噌汁《みそしる》を温め直し始めた。

「どう、眠りそう？」

「駄目だ。どうしても続きを読めってきかないよ。約束したんだろう？」

「でなきゃ放してくれないのよ」

小夜子が笑った。

「笑いごとじゃないぜ。お前の方はどうせいいかげんに指切りしたんだろうが、マキにしてみれば真剣だからね。そんなことを続けていると、しまいに相手にされなくなってしまう。子供だからって、適当に扱っていいってもんじゃない」

「ずいぶん熱心なのね」小夜子は再び笑った。

「簡単に安請け合いはするなってことさ。マキの気持が離れて不良にでもなられたらどうする」

「今でもマキは立派な不良よ」

小夜子の言葉に、私は思わず苦笑した。

マキのためにと、私たちはビールの栓を抜き乾杯した。少し生ぬるい感じもしたが、肌寒ささえ感じるこの夜気の中では、むしろちょうどよい冷たさに思われた。

2

自分ではわずか五、六分のつもりだったが、針が二時を指しているところを見ると、小一時間は眠っていたことになる。

明日の午後の会議のために調べることがあって、コーヒーを濃くして起きていたのだが、つい眠りこんでしまったのだろう。

体がすっかり冷えきっている。

もう仕事の方は一段落ついていた。だがこのまま布団に入る気がしない。紅茶でもいれて体を温かくしようと思い、キッチンへ歩いていくと、真っ暗なはずの廊下の向こうに細い光が漏れていた。その奥から小夜子とマキのひそかな笑い声が聞こえる。

一体なにを話しているんだ――私は呆れ、と同時に小夜子に対して小さな怒りを覚えた。子供を甘やかすにも程度がある。注意をするつもりで奥の襖に手をかけると、中で小夜子の声がした。

「マキみたいな子供は、あまのじゃくって言うのよ」

不意を衝《つ》かれたように、私の手はそのまま動かなくなってしまい、思わず聴き耳をたてていた。なぜだろう。なにがこんなに私を驚かせたのだろう。

「なあに、あまのじゃくって」

不思議そうにした、マキのあの可愛《かわい》らしい顔が目に浮かんでくる。

「あら、この前もお話ししてあげたじゃないの。もう忘れちゃったの」

「きいてないもん」

「嘘。知らないふりしてるのね」

「本当よ。マキ知らない」

「ホラ、それがあまのじゃくなの」

小夜子が小さく笑っている。妙に私の胸は苛立《いらだ》ちはじめた。なにかが私の中で渦巻いている。それが形になって出てこない。

「おしえて。ねえ、おしえて」

「駄目よ。ママは眠いんだから。明日パパに訊《き》いてごらんなさい。パパもきっとマキのことだって言うわよ」

「いやっ、マキ眠くない！」

「ママは眠いのよ」

　小夜子の困ったような声がする。私は寒さも忘れてそのまま暗がりの中に立っていた。襖に手をかける気が起きない。不安感は次第に増していく。意味もなく、暗い空から雪が降りてくる幻想が浮かんでは消え、それはやがて少年時を過ごした北国の風景に重なり合っていく。そのあたりに原因があるのだろうか。だが、それがどうしたというのだろう。

「あまのじゃくのこと、おしえてくれなきゃ、朝まで絶対寝てやらないから」

「だって何度も読んであげたのよ」

「本当に知らないもん」

　仕方がない子ね、と言う声と同時に、小夜子が布団から抜け出る気配がした。

「読んであげるから、その代わり、ちゃんとおネンネするのよ」

「うん」

　本箱の棚を探しているらしい。函《はこ》から本を抜きとる音や、ページをめくる音がしばらく続いた。探しながら拾い読みでもしているのだろう、小夜子の含み笑いが漏れてきた。

　なぜか、私は廊下ではなく鬱蒼《うっそう》とした暗い森の中に迷いこんでいるような気がした。気の遠くなるような沈黙の中に私は立ちすくんでいる。重なり合った樹々《きぎ》の梢《こずえ》が、まるで私にのしかかってくるような威圧感を覚え、背筋を縮めて思わず目を瞑《つむ》った。

闇の底から、静かに、しみわたるように小夜子の声が聴こえる。

3

むかしむかし、おじいさんとおばあさんがおりました。

おじいさんは山に行って柴《しば》を刈り、おばあさんは川で洗濯をしていました。

ある日のことです。おばあさんが川に洗濯をしに行くと、川上の方から大きな瓜《うり》がひとつ流れてきました。

おばあさんはよろこんで、おじいさんと二人で食べようと、その瓜を家に持って帰りました。庖丁《ほうちょう》で切ってみると、不思議なことに中から小さな可愛らしい女の子が生まれました。

瓜の中から生まれたので、瓜子《うりこ》姫《ひめ》と名前をつけて、二人は大変大切にして育てました。

瓜子姫はすくすくと育ち、美しい姫に成長して、毎日毎日機《はた》を織るようになりました。

秋になりました。

今年の鎮守様のお祭りには瓜子姫をお参りにつれて行こうと、おじいさんとおばあさんは姫を乗せる御駕籠《おかご》を買いに町へ出かけることにしました。

二人の出かけたあと、ぴったりと戸を閉めて中で瓜子姫がいつものように機を織っていますと、その音をききつけてあまのじゃくがやってきました。

あまのじゃくは近くの山に住んでいて、悪いいたずらをしたり、人の反対のことばかり言う意地悪な子供鬼です。

あまのじゃくは娘の声で、戸を少しだけ開けてくれと頼みました。

瓜子姫がだまされて、ついうっかりと戸を細めに開いたとたん、あまのじゃくはそこから恐ろしい力で、戸をこじあけて入ってきました。

裏の柿の実をとってあげましょう、と瓜子姫をだまして裏の畑まで連れ出したあまのじゃくは、急に瓜子姫にとびかかり、裸にして柿の木にしばりあげてしまいました。

あまのじゃくは、とりあげた瓜子姫の着物をかぶると、姫に化けて、知らぬ顔で機を織りながら二人の帰りを待っていました。

やがておじいさんとおばあさんが町から戻ってきました。

さあさあ瓜子姫や御駕籠にお乗り。二人があまのじゃくとも知らずに鎮守様に行こうとすると、空の上からすっかり見ていた烏《からす》が、瓜子姫を乗せないでホーイ、あまのじゃくを乗せてホーイ、と教えるように鳴きました。

おじいさんとおばあさんはびっくりして、あまのじゃくを駕籠から放り出し、瓜子姫を柿の木からほどいてあげ、三人仲よくお参りをしたということです。めでたし、めでたし。

4

ほっとしていた。小夜子が読んでいた昔話を聴きながら、私は先刻までの不安感がどこからきていたのか、はっきりと理解することができた。あのためだったのだ。私は再び少年時代を過ごした北国に思いを巡らせた。それにしても先刻の自分の狼狽《ろうばい》ぶりはどうだったのだろう。我ながらおかしくなってくる。

そうか、あまのじゃくはこんなふうに描写されていたのか。それもそうだろうな。五歳や六歳の子供のための絵本なんだから。気にする方がどうかしていたんだ。一人で納得していると中で小夜子の声がした。

「マキとそっくりだってこと分かったでしょ。ママが眠ろうとすればお話お話って意地悪言うし、読んであげていると今度はわざと眠ったふりをするんだから」

「違うわ」マキのふくれた返事が聴こえる。

もういいじゃないか。私は襖に手をかけた。小夜子はまだマキに話しかけている。

「そっくりじゃなくて、もしかしたらマキはあまのじゃくの生まれ変わりじゃないの」

「ママ！」マキの怒った声がした。

「小夜子！」私は襖を乱暴に開いた。

突然の私の出現に、二人はびっくりして私の方を振り返った。

「いいかげんにしろ。何時だと思ってるんだ。隣近所のことも考えろ！」

小夜子には、この私の大声がどこからきたものなのか分からなかったようだ。最初の驚きはすぐに消えて、今は私の顔をぼんやりと見上げている。

血が逆流して、血管がこめかみのあたりで強く波うっているのが感じられた。次第に私の口調も荒くなっていく。

「くだらん話は止《や》めて、さっさと寝ろ！」

マキが震えて小夜子にしがみついているのも妙に癇《かん》に障った。

「どうしたの、あなた」

「うるさい。早く寝ればいいんだ。なにも知らんくせに、知ったかぶりは止めろ」

「なんのこと、ね、なんの話なの？」

小夜子には、この私の怒りがなにから発しているものか見当もつかないだろう。深夜だから寝呆《ねぼ》けているのだと思っているのかもしれない。私自身、一体なぜ興奮しているのかよく分からないでいた。心のどこかにもやもやとした不安感があって、もしかするとその恐怖から逃れるために、意味もなく大声を張りあげているだけなのかもしれなかった。

せっかく話が終わり、内心ほっとしていたところに、それを終えるどころかますます奥深いところに話を持っていきそうな小夜子の様子に、とうとう耐えられなくなったのは事実だった。

だが、その奥深いところがなにを意味しているものなのか、まったく分からない。しかしそれは触れてはならないことだ。遠い記憶の底で誰かが命令している。

「夢でも見てたんじゃない」

「ごまかすな。今、なにを言ってたんだ」

「なにって、なにも――」

小夜子は同意を求めるようにマキの顔を見詰めた。

「マキがなんだって言うんだ。え、オレの前でもう一回言ってみろよ」

「私がなにを言ったっていうのよ」

小夜子が泣きそうな声をあげた。

「言ってたじゃないか、マキがあまのじゃくだって――それが母親の言葉か！」

マキがワッと泣き出した。私の大声に怯《おび》えてしまったのだろう。これではいけない。せめて大声だけは止めなければ。こんなふうに話を運ぶつもりはなかった。まるでなにかにあやつられでもしているように、私の言葉は意志とは無関係の方向に進んでいる。

「いいかげんにしてよ！」

小夜子がヒステリックに叫んだ。

その声で、私の中に張りつめていた糸がピーンと音をたてて切れてしまった感じがした。私はぼうぜんと立ちすくみ、抱き合っている二人をただ眺めていた。なんだったのだろう。あの怖《おそ》れはなんだったというのだ。私は次第に落ち着きを取り戻していった。

やがて、小夜子が、疲れているんじゃないのと、やさしい声で話しかけてきた。

「ああ――そうかもしれない。ちょっとぼんやりとして……」

マキも今は泣きやんでいる。

「ごめんね。パパお仕事で疲れてるんだよ。もう叱らないからね」

マキがいやいやをした。

涙で腫れぼったくなっているその顔を見ながら、私は私自身の幼い頃を、重ねるように想《おも》い出していた。

私もちょうどこんな顔をしていたのだろう。あの話を初めて耳にしたのは、今のマキと同じくらいの年頃だったような気がする。怖くて怖くて、話してくれている祖母の前から逃げ出したくなったものだった。

「あまのじゃくがどうかしたの？」

小夜子が尋ねた。

私は迷った。しかし、結局話してやる気持になっていた。先刻の私の普通ではないふるまいを少しでも二人に理解してもらうために、そして、私自身があの想い出から吹っきれてしまうためにも……。

私は幼い頃の記憶をたぐりはじめた。

それは雪深い山の中の生活だった。冬になるとほとんど仕事らしい仕事のない毎日が続く。子供たちは夜毎《よごと》いろりを囲んで、そうした暇な大人たちが語ってくれる昔話に耳をかたむけた。今のようにテレビや絵本のある生活に慣れてしまった子供たちには、そのことがどれだけ楽しいことであったか、きっと想像もつかないだろう。

あの話は、そうした昔話の中に混じっていたのだった。

私はゆっくりと煙草に火をつけた。気持を落ち着かせながら、私は考えていた。一体、どのように話せば分かってくれるのだろう。あの不気味なあまんじゃくについて……。

私の地方では、あまのじゃくとは言わない。こう前おきして私は語りはじめた。あの、気味の悪い「人喰いあまんじゃく」の話を。

5

ある所に爺《じじ》と婆《ばば》があったとさ。

爺は山さ薪を採りに、婆は川さ洗濯しにいったのさ。したら川の上の方から瓜が流れて来るのさ。瓜こ、こっちゃ寄れ、こっちゃ寄れ、婆が呼ぶとうまいぐあいに婆の方さ寄って来たのす。さあ爺様《じさま》が来たら一緒に食うべと婆様《ばさま》はそれを持って帰ったと。爺様が戻って来て瓜こに庖丁を入れてみると、たまげたことに中からおなごわらしが出て来たのさ。

瓜の中から生まれたから、瓜子姫と名前をつけて爺と婆はたいしたかわいがったと。

瓜子は大きくなって、毎日毎日トンカラパッチャン、チャンコロリンときれいな音で機《はた》を織るようになったとさ。

春になってな、爺と婆は瓜子に新しい着物を買ってやるべと考えて、二人して町へ行ってくることにしたのさ。

爺様と婆様は、山からあまんじゃくが来るかもしれねえから、戸は絶対開けるなよと言いきかせて出かけていったと。

一人で留守番しながら瓜子が機を織っているとな、外の方で若いおなごの声がしたとよ。機あ織るのが上手だじゃ、なんたて見せてけろ。叱られるからワガネエ。いいべよ。そんなことを話していると、そのおなごは、少うし爪のたつだけ開けてけろ、と言ったとさ。それならよいべと瓜子が開けてやると、外の方で、もう少し、指の入るだけ開けてけろと言うのす。それならよいべ。瓜子がも少し開けてやると、おなごのはずなのにおとこの手よりもふっとくて毛むくじゃらの手がニュウッと入って来て、ガラガラッと戸がすっかり開けられてしまったとよ。

なしてそったに毛エはえてる、瓜子がきくと、おなごは、あったかくてよさそうだべと笑っていたとさ。

旨《うま》そうな匂いがするなあ、おなごはビチャビチャと舌を鳴らしたと。それでも家には食いものはなにも無かったのさ。

虱《しらみ》取りをしてやるから、この旨そうなやつ食わせねえか、おなごに頼まれても、ここにはなにも食うものがないからと、瓜子は面白がって承知したとよ。

家の中は暗いから土間の方で取ってやるべえ、ここだと汚ねえから裸になって寝た方がよいべな。

瓜子が言う通りにして土間に寝ると、裸だもんで、土や石がズキズキと背中にあたって、とてもがまんのできるもんじゃねえ。

それを見ておなごが笑って、あれを下に敷いてると痛くねえべと、そばを切ったりする大きな俎板《まないた》を持って来たとさ。

あまんじゃくが来たらおっかねえなあ。

おなごは一人言をいって、ついでに大きな庖丁も持って来たんだと。

瓜子が俎板の上に横になると、おなごはよだれをたらして、爺様と婆様オレのことなにか言ってなかったかあ、と大きな口あいて笑ったと。

瓜子がびっくりするところを、おなごは庖丁でつきたてて、手とか足とかをバラバラにして殺してしまったとさ。

そうして顔中血だらけにして、腹をきりさいて、旨《うめ》え、うんめえと言ってとうとう、すっかり喰いつくしてしまったと。

あまんじゃくは、瓜子の骨を縁側の下に隠すと、残していた首から皮を剝ぎとって、頭にかぶると、残った肉は団子にまるめて、いろりのなべに放りこんで煮てしまったとよ。

そして知らねえふりをして、瓜子の着物をきこむと、さっきまで瓜子のしていたように機を織る真似《まね》をしながら、爺様と婆様の帰って来るのを待っていたのさ。まったくなんの気だべなあ。

そのうち爺様と婆様が町から帰って来たのさ。中さ入ると瓜子の機を織る音がいつもと違ってドタバタン、ジャンガリンと聞こえてくるので、おかしいと思ってたずねてみると、なあにネズミがいたずらしてるのす、瓜子が笑って出て来たと。

婆様が瓜子に、ほれ好きなものあったから買って来たぞと土のついたままの山芋を見せると、旨そうだなあと言って婆から山芋をひったくると、そのままガリガリと食ってしまったとよ。食い方を知らなかったんだべなあ。

婆は驚いたさ。なしてと聞いてみると、瓜子は赤い舌を出して、腹へってたからだべと答えたということだ。

爺も婆も腹へってるべ、肉団子こしらえておいたから皆で食うべ。瓜子に言われて爺も婆もよろこんで、うんめえ、ああ旨え、と言って汁まで残さず喰べてしまったとよ。

その時肉団子のかすが瓜子の顔にひっついているのを婆が見つけてさ、どれ、取ってやるべと言いながら、ひょいと肉のかすをつまみ取ると、恐ろしいことに、かすと一緒にズルズルと瓜子の顔の皮が剝がれて婆様の手の中にくっついて来たんだと。

するとな、おもての方から鳥が、板場の下を見ろや、骨こ置いてあるや、見ろや、見ろや、ホーイと鳴いているではないか。

爺様がのぞいて見ると、板場の下にじゃくじゃくと骨が散らばっていたとよ。

それか……むろん、瓜子姫の骨っこよ。

6

話し終えて私はマキの顔を見た。

マキの顔は恐怖のせいなのか、少しひきつって、笑っているようにも見えた。無理もないことだ。やはり話して聞かせるべきではなかったのだ。子供には少し残酷すぎる話だったのだろう。私がこうして三十年経《た》っても細部を決して忘れることのないように、マキもこれから、この物語をどこかに持ち続けてゆくに違いない。それを考えるとたまらなく可哀相な気がした。

「ねえ」マキが真剣な瞳で私を見ている。

「人のお肉って美味《おい》しいの」

思わず背筋に冷たいものが走った。

「美味しいから喰べるんでしょ」

なにを考えているんだ。そんな馬鹿なことは言うんじゃないよ、と救《たす》けを求めるようにして小夜子を見ると、今の話を聞いてもいなかった様子で、ただぼんやりと下をみつめているだけだった。

「小夜子、眠いのか」

切りあげるつもりで声をかけると、小夜子は、やっと顔を上げて私を見た。その瞳は充血こそしていたが、決して睡魔におそわれている様子には見えなかった。

「おい、どうしたんだ」

ああ、と小夜子がなにかを言いかけた。

ママ！　マキが小さく叫んだ。マキも小夜子の異常に気がついたのだろう。

「――私――想い出したわ」

「ママ！」

「なにを言ってるんだ」

「想い出したのよ、やっと」

小夜子は興奮して、想い出した、想い出したと何度もくり返している。

「だから、なにを想い出したって言うんだ」

「今の話、本当は逆なのよ！」

小夜子は少しノイローゼにでもなっていたのだろうか。気がつかないでいたけれど、このところ一ヵ月ばかり帰りが遅くて……。

「本当なのよ、人を喰べていたのはあまんじゃくじゃなくて瓜子の方なのよ、瓜子が人を喰べていたのよ」

ママ！　とマキが泣きそうな声で叫んだ。恐怖のあまりに、とうとう我慢ができなくなってしまったのだろう。小夜子の言うことに恐れを感じたのではなく、むしろその様子に怯えてしまったのだろうが。

「人喰いは瓜子だったのよ！」

マキが泣いた。

私はしばらく口もきけないで、ぼんやり小夜子の顔を見ていた。

時計の秒を刻む音が聞こえる。

小夜子も、やがて落ち着きを取り戻してゆくようだった。

落ち着いて話してみるんだ、小夜子に促すと私は、自分自身が気持を鎮めるために、ゆっくりと煙草を函から抜き取った。

小夜子は、まるで遠い記憶を引き摺《ず》り出すかのように、とぎれとぎれに話を始めた。

だがその言葉の調子には、いつもの小夜子には決して感じることのできない、ある種の冷たさが感じられて、違和感を覚えたが、それと同時に私の心をねじふせるような説得力も確かに持っていて、中断させようとする気持を失なわせるに充分なものだった。

言葉と言葉の間が長く、普通なら途中で逃げだしたくなってしまうはずの話なのに、私はまるで憑《つ》かれたように次第に惹《ひ》きこまれてゆくのを感じていた。

小夜子はまるで、古代の語り部にでもなってしまったかのようだった。

——天保《てんぽう》年間、それは悪夢のような恐怖に彩《いろど》られた時代だった。

それまでは、二十年に一度、二度と断続的に国を襲っていた飢饉《ききん》が、その時代に入ると二年間続けて発生して、人々の生活は極度に苦しくなっていった。

中でも特に被害の多かったと言われる東北地方では、村人の困窮は辛酸を極め、村の道路端や、田畑、山林、果ては家の中にすら餓死した者の屍体《したい》が満《み》ち溢《あふ》れ、片付けられもせず、自然に腐敗するままに打ち捨てられているのも、決して珍しい光景ではなかったという。

それも当然のことだった。

今日にも自分がそれと同じ屍《しかばね》にならないとは誰にも言いきれなかったし、また、人々にそれだけの余力があろうはずもなかった。

どこそこの誰かが死んだ、ということはもう村人の話題にさえならなくなっていた。自分が生きていることの方が不思議なほどだったのだ。

そんな時でさえ、子供は生まれた。

育てるつもりで生んだ訳では、決してない。

自分たちでさえ食べられないものを、子供に与える余裕はどこを探しても見つからない。生まれた子供は、早いものはその日の間に、遅くとも一週間のうちには、親たちの手によって間引かれる運命になっていた。女の子の場合は、特にためらわずに実行された。間引きが、赤ん坊だけに留《とど》まらず、次第に拡大されていったのもまた当然のことだったろう。

父親が母の目に触れない場所に、子供を連れ出して石で殴り殺し、涙を隠して夕餉《ゆうげ》の膳についても、家族一人として空いた席に関して問い糺《ただ》す者はいなかった。

ある者は、それができずに我が子に晴れ着をまとわせて橋から河へ突き落とし、それすらできない者は、箱を造って河の上に浮かべたのだった。拾って育ててもらうことを心ひそかに願いながら……。

そのようにして捨てられた子供の中に、瓜子がいた。

瓜子が丸一昼夜流されて、幸運にもある老夫婦に救け出された時、彼女はまだ六歳の子供だった。

あれほどの被害をもたらした大飢饉も、年があらたまると、やっと小休止の態《てい》を見せ始め、老夫婦の家にも何年ぶりかで平和が訪れはじめていた。しかしそれは平和と呼ぶにはまだあまりにも貧しいものだったが。

満足な働き口のない老夫婦では、一人分の粥《かゆ》を用意するのがやっとであり、瓜子が大きくなるにつれて、一人の口に入る食べ物は、日増しに少なくなっていった。

次第に老夫婦の顔に、瓜子を拾ったことへの後悔の色が濃くなっていったのだった。

あの時は自分らが死ぬことが当然のことのように思われて、瓜子を見つけても、ためらうこともなく拾いあげていた。自分らの食べ物にしても、どのみち限りがあり、たとえここで瓜子を見すてたとしても、自分らの死が幾日か延びるだけにすぎないではないかと老婆が主張し、老人もそれまでのわずかの間でも、子供を加える生活にいくらかの楽しみを求めて賛成したのだったが、幸いにも、このようにして生き延びることができた今になってみると、瓜子は老夫婦にとって、必死になって集めたささやかな食べ物を、無遠慮に横からもぎ取ってゆく邪魔な存在でしかなくなっていた。

瓜子は食べ盛りの娘に生長していて、今や老夫婦の生死すら脅やかし始めている。

夜毎、二人は瓜子を再び間引く相談を繰り返すようになっていった。

そんなある日、二人は瓜子に晴れ着を着せた。

橋から突き落とすことに決めたのだった。二人は歳《とし》をとり過ぎていて、育ち盛りの娘を乗せても沈まないだけの頑丈な箱を造るのは面倒になっていたのだ。

お祭に連れて行くと言われて、瓜子は喜んで二人の後をついて行ったが、橋の上で立ち止まった二人の様子を見て、すべてを覚《さと》ったようであった。瓜子の頭の中にはまだあの恐ろしい音をたてていた真っ黒な河の流れが、渦巻いていたのだった。忘れかけていた恐怖心が瓜子の胸に浮かんだ。

「捨てねでけれ、オラを捨てねでけれ、オラなにも食わねがら、ゆるしてけれ」

瓜子は泣き続けた。

結局夫婦は捨てることを断念せざるを得なかった。

瓜子はそれ以来、二人の見ている前では、決して食べ物を口にしなかった。

山を歩いては死んだネズミを食べ、草をかじってはミミズを食べた。みるみるうちに瓜子は痩《や》せ細っていった。

その年、村は再び潰滅的な大飢饉に襲われた。飢饉と飢饉の間が二年ほどしかなくて、そのすさまじさは遥《はる》かに前のものを超えていた。

村人たちが貯わえていた食料は、一、二ヵ月で底をつき、前回はまだ関東以北が中心であったのにくらべて、今度のものは全国的な範囲に拡がっていたために、他領に援助を求めるということも不可能だった。

餓死者の屍が近在の村々に累々《るいるい》と転がってゆき、それから蛆《うじ》が湧き出し、それが疫病の発生も促して、もはや手のつけられない状態になりつつあった。

それなのに——瓜子は太りはじめていた。

瓜子がはじめて人の肉の味を知ったのは、その頃のことだった。

山に栃《とち》の実を探しに出かけ、途中で水を飲もうとして湧き水に近づいて見ると、そこに倒れている若い男を発見した。よく見ると、男はすでに死んで二日くらいも経っているらしく、死臭がまわりにプーンと漂っていた。

瓜子は恐ろしさよりも、かつてないほどの食欲を覚えた。村の中では人の目もあって、美味しそうだとうすうす考えてはいたものの、それが実行に移せないでいたのだ。

屍体からは甘ずっぱい香りが漂ってきて、瓜子の胃袋を刺激した。

腐りかけて柔らかそうになっている股のあたりに、瓜子は我を忘れてむしゃぶりついた。ガチガチと歯をたてて肉の塊を呑《の》みこむと胃袋が久しぶりの感触に躍るようだった。

人の肉の味は思っていた以上に瓜子に満足を与えた。

どろどろに溶け始めている臓物は、さすがに気味の悪いような気がしたが、思いきってズズッと音をたてて呑みこんでみると、不思議な美味しさがあった。付着している血の塊は少し苦い味がして最初は吐き出していたが、すぐに慣れてしまっていた。どれもこれも瓜子にとってはじめて得ることのできた充足感だった。

その時以来、瓜子は夕方になるとひっそりと家を抜け出し、餓死屍体を求めてさまよい歩くようになったのだった。

大人の屍体ならばどんなに痩せていても、瓜子の食欲を満たすには充分すぎるほどの量があって、いつの場合もかなりの食べ残しができてしまった。草をかじっていた頃のことを思うと勿体《もったい》ない気がした。

それでも大人の屍体は重すぎて、一人でどこかに隠そうとしても無理なことだったから、初めはその日その日に屍体を物色して歩いていたが、そのうちに瓜子は庖丁で細かく切り刻むことを思いついた。こうすれば一番美味しいところを選んで喰べることも簡単にできるし、なによりもよいことは、その場から持ち出して安全な場所でゆっくり味わうことが可能になったという点にあった。

陽《ひ》が落ちる頃になると、村中のほとんどが扉を閉ざしてしまい、外に出歩く者も滅多にいなかったから、万が一にも誰かに見咎《みとが》められる心配はなかったのだが、瓜子にしても闇夜はさすがに怖くて、できることなら、夕方の間に肉を切り取り、秘密の場所に隠しておいて明るい時に喰べたいと願っていたのだ。

最初のうちはその時々の空腹を満たすだけで充分満足していたが、時が経つにつれて、不安感が瓜子を襲うようになっていた。

毎日毎日新鮮な屍体が見つかるという訳ではない。満足した後で新しい屍を運よく見つけたとしても、次の日に同じ場所に行ってみると犬に喰い散らかされていたり、往来の激しい道であったりすれば、さすがに人々が見かねるのであろうか、土を盛られて片付けられていることもあったのだ。

それにこの連日の暑さがこたえた。

二、三日も放っておけば、屍体はすぐに腐り始めて厭《いや》な臭いをまき散らすようになる。

さすがに蛆の湧き出している屍体には、瓜子も気持が悪くて手が出せなかった。

口が奢《おご》ってきていた瓜子にとって、新鮮な肉の欠乏は重要な問題になってきていた。いつこの食べ物が失《な》くなってしまうか分からない。もし失くなってしまえば、その時はまた以前のように草をかじったり、ミミズを食べて生きてゆかねばならないのだ。

そうなったら大変だなあ。瓜子の小さな胸がキュッと痛んだ。このままずうっと飢饉が続けばいいのに……瓜子は初めて神にすがった。

それからしばらくして——瓜子は憑かれたように肉を集めるようになっていた——保存しておける恰好《かっこう》の場所を見つけたからであった。それは、昔食べ物を求めて彷《さまよ》い歩いていた時に偶然見つけた風穴で、夏でも冷たい空気が充満していて、そこなら腐りにくいということが経験で分かっていたのだ。

瓜子は人の目を盗んでは、必死で屍体を切り離し、せっせと風穴に運びこんだ。どんな小さな子供の屍体でも、完全なものはひとつもなかった。

人の頭は脳髄以外は喰べるところが少なかったし、内臓はいくら冷気があったとしても、腐りやすいということが次第に分かってきたせいだった。腐り始めた内臓は他の部分にも影響を与える。結局、このような理由から、切り取られた両方の腕と脚、内臓を取り出されて黒い空洞を見せている胴体だけが、風穴の中に運びこまれて来ていた。

すでに瓜子には充分すぎるほどの肉が集まってはいたのだが、瓜子は満足しなかった。そのうちに誰かがきっと、この肉の美味しさに気がついてしまう。そうなれば誰もが屍体を隠すようになって、瓜子の食べる物が失くなってしまうに違いない。そうならないうちにできるだけ集めてしまわなければ——頭の中には、やっと見つけた蛇の卵を村の大人に無理矢理取り上げられてしまった時の泣きたいほどの口惜《くや》しさが、はっきりと印《しる》されていた。

誰にも教えてやらない。これはオラだけの秘密なんだ。

瓜子は毎日人目を避けて家を抜け出し、風穴に行っては持参した庖丁で肉を切り取り、満足すると、あとはただ黙って屍体の山をみつめてすごした。

瓜子の顔は次第に丸みをおびてきて、目の中にはギラギラと薄い膜がかかってきたように見えた。

そうして幾日かが過ぎた。

瓜子が新しい屍体を見つけ、いつものように六つの部分に切り離し、風穴に運ぶものをひとまず隠し、首と内臓とをボロにくるんで、今は使われていない古井戸に捨てようと注意深く歩いていると、遠くの方に風穴を目指して歩いてゆく小さな人影を見つけた。

瓜子は驚愕《きょうがく》に近い叫び声をあげた。

風穴に向かって走り始めた瓜子の右手にはまだ血糊《ちのり》も新しい庖丁がしっかりと握りしめられている。

風穴に着いた時、その人影は怖《こ》わ怖《ご》わ中に入ろうとしているところだった。

瓜子にとって幸運だったのは、それが大人の男ではなく、十五、六の娘だったということだ。瓜子は少し落ち着いた。

娘は風穴に入りはじめた。毎日風穴に来ていた瓜子は気がつかないでいたが、風穴には屍肉の厭な臭いが立ちこめていて、それが娘に注意を促す結果になっていたのだ。

娘は薄暗い穴を、ゆっくりと足許《あしもと》に気を配りながら突き進んでゆく。それがかえって娘に禍《わざわ》いした。娘はなにかに足を取られ、あっと叫んで転倒してしまった。緊張していたせいなのだろう。

娘は痛みをおさえて、暗がりの中に、自分のつまずいた物を確かめようとした。やがてそれが瓜子の食べ残した人の骨だということが、ようやく分かりかけた時、娘の後ろで大きな声がした。

「触わるな！　みんなオラのもんだ！」

手に持っていた包みがほどけて、中から首がごろごろと転げ出し、恐怖で身動きのつかないでいる娘の目の前までいって、やっと停止した。それは悲しそうに笑ったまま切り離された老人の首だった。

「出てけ！」

瓜子は喚《わめ》いた。その音が広い風穴に反響して、大きく響いた。娘も恐怖に絶叫した。

「早く出てけ！」

最初に心配していた肉泥棒でなかったことが、瓜子をひどく安心させた。

「よいか、オラのこと誰にも言うんじゃねえぞ」

娘は青ざめた顔で瓜子を見ている。

「分かったな」娘は頷《うなず》いた。

「どこでもオラお前を見張ってるからな」

「…………」

「言ったら殺してやる」

帰してけれ、帰してけれ、娘が何度も泣き喚くのを、瓜子はあざ笑った。

なんと情ない奴《やつ》だろう。オラよりもずうっと年上のくせして。こんな奴らにオラは今までいじめられていたんだろうか。

庖丁を振りかざすと、娘はヒイッと泣き叫んだ。

その時、外の方でオーイと男の声がした。娘はその声に、ああっと喜びの顔を見せて、立ちあがろうとしたまま、再び地面に崩れ落ちた。

あわてたのは瓜子の方だった。

この風穴に自分以外の者が来たことは、今まで一度もなかったはずだ。それが、この娘だけでは足りずに、もう一人の声がするとは。なんという日なんだろう。もしかしたら、この娘は誰かとここで逢《あ》うつもりだったのではないか。あの声の男は、この娘を探しているのかもしれない。だとすれば……。

初めて瓜子の顔に恐怖の色が浮かんだ。

大変だ。あの男はやがてこの風穴を見つけるに違いない。そうなれば、そうなればすべてはお終《しま》いだ。どう考えても自分と大人とでは勝ち目はない。逃げた方がいいかもしれない。しかし、駄目だ、駄目だ。この娘がいる。この娘は必ずあの男にすべてを話してしまうだろう。名前は知らなくても、顔は覚えているだろう。小さな村だ。どのみち知られてしまう。ああ、声が近づいて来るようだ。裏の方に逃げる所を造っておけばよかった。もう駄目だ。オラは捕まって、殴られて、ここに集めたものも、みんな取り上げられてしまう。いったいどうすればいいんだろう。なにか方法があるはずだ。でもそれがどんな方法で……。

男の声はどんどん大きくなって来る。

小さな頭が割れるように痛んだ。

7

「あまんじゃくだ！」

私は思わず口にした。

小夜子は、ビクッとして私を見つめ、力弱く頷いた。

「瓜子はあまんじゃくのせいにしてしまうことに決めたんだ」

小夜子はなにも答えなかった。私は異常に気持の昂《たか》ぶっているのを覚えた。

話し疲れてしまったのか、小夜子はただ黙って私の言うことに耳を傾けている。マキは一体どこに行ってしまったのだろう。

話に夢中になっていたためか、マキが居なくなっているのに少しも気がつかないでいた。小夜子の様子に怯えて、向こうの私の部屋にでも逃げていってしまったのかもしれない。

「あまんじゃくは人喰いだと思われていた。だから咄嗟《とつさ》に瓜子はあまんじゃくの話を利用する気になったんだ」

後を続けたのは私の方だった。

8

それにしても、自分がここに居るのは少しおかしいと思われるだろう。

瓜子は足許に気を失って倒れたままの娘をしばらく眺めていた。

瓜子の顔に明るさが戻った。

娘に近づくと、瓜子は右手に持っていた庖丁を強く握りなおして、娘を抱きあげ、首筋にそれを突きつけた。

瓜子の気持は決まっていた。この方法以外に救《たす》かる道はないと思われた。先刻までは頭のどこを探しても、この娘を殺そうという気持は浮かんでいなかった。自分はただ捨てられている肉を喰べていただけであり、そのことで誰にも迷惑をかけたわけではないのだ。

しかし村の誰もが、この自分の行為に気がついて、そして誰もが自分の真似をし始めたら、再び瓜子には肉が手に入らなくなってしまう。

人の肉が美味しいということは、誰にも気づかれてはならない。

そのためには、自分が喰べていたということを隠さなければならない。あまんじゃくのせいにしようと考えたのは、この時だった。

あまんじゃくなら、もともと人喰いだと皆が信じているから、ここに屍体があっても別に不思議だとは思われないだろう。

そう思わせるためには、娘が邪魔だった。

「あっ、なにするの」娘が気づいた。

「お前に化ける……」

「…………」

「顔の皮、借りるだけだ」瓜子は笑った。

「話さねえ、オラ絶対誰にも話さねえ！」

「もういい。オラは決めたんだ」

「許してけれ。誰にも言わねえから」

哀願する娘の顔をなるべく見ないようにして、瓜子は両手に力を入れた。

庖丁は娘の首に深く突き刺さり、骨にあたってグキッと厭な音をたてて止まった。娘はまだ手足をバタバタさせてもがいている。

「ゆ、ゆるしてけれ……」ヒューーッと娘の声がかすれていった。

瓜子は興奮して、目をギラギラと輝かせていた。

もう後戻りはできなかった。

娘の死を確かめてから、瓜子は次の作業にとりかかった。恐ろしいような気がしていたが、始めてみると思っていたよりも簡単だった。

娘の首から庖丁を引き抜き、顔のまわりに突き刺して切れ目を描いた。そして次に、庖丁をその間に差しこんで肉を少しえぐり取り、思いきって顔の皮を引っ張ると、ベリッと音をたてて、娘の顔が剝がれる。

血が一面に飛び散り、瓜子の着物を汚した。

娘の着物をはぎ取り、裏返しにして、それを着こんだ瓜子は、剝ぎ取った皮を自分の顔の上に、べったりとはりつけた。

外で男の足音がした。

瓜子は音のする方向に駆り出していった。す早く風穴を抜け出ると、ちょうど、すぐ目の前に痩せた若い男がやって来るところだった。

「あまんじゃくだ！」

瓜子が叫ぶと、男は驚いて立ち止まった。

「あまんじゃくが出たぞ！」

「お前は誰じゃ」

「オラじゃ、オラじゃ」

瓜子は顔を突き出した。

男は恐る恐る瓜子の顔をのぞきこんだ。すでに夕闇が近づいてきていて、はりつけた跡は見えないはずだった。

「どこの婆さんじゃ、あんた」

「オラじゃ、オラじゃ」

男は知らない素振りを見せた。

「新田の茂作の家の婆さんか」

男の目の前には、背の低い、顔の皺《しわ》だらけの醜い老婆が立っている。

娘の顔の皮が瓜子の顔よりも遥かに大きくて、そのために皮がたるんでしまい、まるで老婆の皺のように見えていることに、瓜子は気がつかないでいた。

「治助ん所の瓜子が喰われてしもうた」

「なんじゃと」

「あまんじゃくが出たんじゃ」

男は信じられないでいた。

「まだ中にいるぞ！　オラはやっと逃げて来たんじゃ」

「…………」

「ほれ、早う逃げんと、すぐ出てくるぞ」

瓜子は言い残して坂を駆け降りた。何百羽の鳥がなにに驚いたのか、ザーッと群をなして空に舞い上がった。男はなおもしばらくの間立ち止まっていたが、その音に我に返って、わっと大声を張りあげて、瓜子の後を追った。

瓜子はひたすら走り続けた。

村の方には向かわなかった。

もう帰る家はない。

わーわーと奇声を上げながら、走り続けた。

娘の皮がいつの間にか瓜子の顔から剝げ落ちている。

うまくいった。うまくいった。これで最初からやり直しだ。これから行く所にはまだまだ喰べ物が沢山ある。あれさえあればオラは大丈夫だ。——風穴に残して来た人の肉が、瓜子の頭をふっとかすめたが、次の瞬間にはすでにそれをあきらめていた。

いいんだ。オラは今日からあまんじゃくになるんだ。あんなものは何時《いつ》だって探せるんだ。いいんだ。いいんだ。

瓜子には罪の意識さえなかった。

九歳の子供の頭では、人間の肉を喰べるということがどんな意味を持っているのか、分かるはずもなかった。

踊りながら走り続ける瓜子の横顔を、山すそから出たばかりの明るい月が照らしだした。

娘の皮を貼ったためか、瓜子の顔は一面血だらけになっていて、それが月の光を反射して時々キラキラと輝いていた。

瓜子という少女が死んで、その夜一人のあまんじゃくが誕生した。

私は一息に話し終えた。

自分の考えが入りこむ余地がないほど、その話はすらすらと私の口からほとばしってきたのだった。

なぜこの話を覚えていたのか、自分にも分からなかった。子供の頃にでも聞かされて、そのまま忘れてしまっていたのだろうか。

この話のようなことがはたして本当にあったものなのか、それすら不明瞭だった。

小夜子は疲れてしまったのだろう。話す気力もないように私の方を向いたままだ。

私は一人で話していたのだろうか。

9

後ろで襖が静かに開けられる音がした。

「マキ……」私の声は少しうわずっていたような気がする。

襖のあいだから、マキの小さな目が光っていた。なにを考えているのだろう。その目は刺すように私を見つめている。胸がしめつけられるような思いだった。

「マキ、もう寝なさい」

入って来たマキの顔には、幾筋もの涙のあとが残っていた。抱きしめてやりたいほど、可哀相だった。

「ママとおネンネしなさい」

やっとそれだけを言い、私は部屋を出た。もう沢山だった。種々《さまざま》な思いがぐるぐると頭の中をまわっている。

ただ一刻も早く、自分の寝床に潜りこんでしまいたかった。

10

やはり、そのまま眠りこんでしまうことはできなかった。妙に先刻のことが気にかかり、何度も布団から抜け出しては煙草を喫《す》った。

どこかがおかしい。判然《はっきり》しないところが確かにある。

私のイライラは頂きに達しようとしていた。

私は起き出すと明りをともして、本箱の中から、百科事典を取り出し、ページをめくり始めた。知りたいことが書かれてあるとは思えなかったが、気休めにはなるだろう。

それには知りたい点は別にして、私の知らないことが、かなりの分量で書きこまれていて、あらためて驚きを覚えた。

例えば、「あまのじゃく」とは仏像の四天王が下に踏まえている子鬼のことであるとか、古事記に登場する、天若日子《アメノワカヒコ》の配下で非常な猜疑心《さいぎしん》の持ち主である天之探女《アマノサグメ》が、「あまのじゃく」の語源であろうとか、山地系の妖怪の一種で、東北地方では「山母」あるいは「山姥《やまうば》」と同一視されていし、それが鳥取地方になると「呼子《ヨブコ》」と言われるこだまに変化していった、とか初めて知り得たことばかりだった。

四天王が踏まえているという子鬼は、奈良を訪れた時に、一度ならず目にしたことがあるが、あの醜い形相の妖怪が、絵本などに描かれている可愛いいたずら鬼に変化してゆく過程はどうしても理解できない。

私は読み進んでいった。

「山の邪鬼《じゃき》」という文字に、思わず目を止めた。その項目を調べてみる。

実在したと信じられている食人鬼とあった。

古代は日本の先住民であったが、アイヌと共に大和民族に蹂躙《じゅうりん》され、アイヌは北海道に逃げたが、この部族は山奥に逃げこみ、今に生き永らえていると考えられているという。

それらの生活を目にした人々の間に、いわゆる「隠れ里」の伝説が生まれ、また、定住地を持たないために狩猟生活を強いられ、肉食性ゆえに人々に怖れられたともいう。

獣を食べている姿を、里の人間が目にし、山で行方不明になった人間の、腐りはてて白骨化している死体を見ては、単純に結びつけて、「山の邪鬼」すなわち「食人鬼」と思われるようになっていったのだろう。

一説には、「あまのじゃく」は「山の邪鬼」からの転訛《てんか》だとも言われている。

最後のところで私は納得した。

「あまのじゃく」とは「食人鬼」の代名詞として用いられていたのだ。東北地方に異常に多い「あまのじゃく」の話は、やはり特殊な妖怪談ではなく、「食人」のことをすべて「あまのじゃく」に置きかえた実話だったに違いない。

人間を喰べた人間は、「あまのじゃく」と呼ばれるようになっていたのだ。

とすれば、やはり瓜子は、あまんじゃくになってしまったのだ。

瓜子が喰べられたと、自ら偽ったことにより、あの昔話が伝えられてしまったのだろう。

それは、瓜子だけの話ではなかったに違いないが。

それにしても、結局なにが分かったというのだろう。私の期待していたのは、あまんじゃくのことではない。私自身の問題なのだ。

再び、気持が苛立って来た。何度考えても腑《ふ》に落ちない。机の上の時計を見ると、部屋に戻ってからすでに一時間が過ぎようとしている。

なぜ自分には小夜子の話の続きが分かっていたのだろうか。それが不思議だった。小夜子に聞かされた記憶はどこにもない。

たとえあの話が本当のことだったとしても、当の瓜子が他の人間に話すわけがない。とすれば、知っているのは殺された娘一人だけという勘定になる。

それなのに、小夜子が話して、自分も確かに覚えていた。

最初に私を襲った、あの理由もない恐怖は一体なんだったのだろう。ただ単に少年時に聞かされた恐ろしい話を想い出したくないという気持が、あのような形で現れて来ただけだったのだろうか。

それとも――それによって引き摺り出されて来るかもしれぬ本当の話。あの瓜子があまんじゃくだったという話を、潜在意識の中で想い出していたためだったのか。

そうだろう。そうに違いないと私は確信していた。

あの話を想い出させまいとして、誰かが私の意識の底を恐怖という鍵で封じこめていたのだ。

だが、それをおこなったのは一体誰だというのだ。

あれを見ていたのは、娘の他には誰一人として……そしてついに私は核心に触れた。なあんだ。人間だとばかり思っていたから気がつかないでいたんだ。あの時、ちゃんと見ていたじゃないか。空の上からすっかり見とどけていたじゃないか。

目を閉じると、瓜子が娘の首筋に庖丁を刺し入れる瞬間が、まざまざと浮かんで来る。

私は烏の生まれ変わりだった。

今、私はあの時の烏の中の一羽が、まさしく私の前世の姿であったということを、強く確信していた。気持は妙に冷静だった。

転生輪廻《てんせいりんね》っていうのは、本当にあったんだな。私は烏から今に至る種々《さまざま》な過程を不思議な思いで反芻《はんすう》していた。

あまんじゃくの話は、その壁を突き崩してしまったということか。今にして初めて、あの話を異常に怖れていた理由が解けたような気がする。

烏であったという記憶が、まだ私の潜在意識の奥底に眠っていて、それを自分自身が明らかにしたくないという気持が、あのような不安感を生み出していたのだろう。

私は急に可笑《おか》しくなった。笑い声さえ洩《も》れ出す仕末だった。

私は烏だった。こんなに仕事に神経を磨《す》り減らし、夜毎、深夜まで書類に目を通していた私は——烏だったというのだ。

カアカア、と私は鳴いてみた。それは物真似のようでもあり、私自身の中から来る真実の声のようにも思えた。カアカアとなおも私は少しの間鳴き続けていた。

小夜子にも明日は話して聞かせよう。

人間だとばかり信じていた夫が、実は烏の生まれ変わりだと聞かされたら、小夜子のヤツ一体どんな顔をするのだろうか。泣きだすだろうか。いや、そうではない。現に、この私が驚いていないのだから、案外笑ってしまうかもしれない。

その上、小夜子までが、前世はネズミだったとか言い返して……。

ドキリとした。

心臓が破裂しそうだった
小夜子は、殺された娘の生まれ変わりではないのか。

そうだ。今考えてみると、小夜子は私の知らない部分もかなり知っていたようだった。小夜子があの娘だったと考えれば、すべての点でつじつまが合う。そうなのだ。小夜子はきっとあの娘の生まれ変わりなのだ。

気がつかないでいたのだろう。私からあの話を聞かされるまで少しも考えてはみなかったことに違いない。それが、あの話ですっかり想い出してしまったんだ。烏の私と一緒になってしまったばかりに、恐ろしい記憶を甦《よみが》えらせてしまったのだろう。私の場合よりも、もっと悲惨だ。殺された痛みも感じたに相違ない。可哀相に。私と夫婦になりさえしなければ、このまま一生気がつくこともなく平凡に暮らしてゆけただろうに。

これから小夜子は、どうなってゆくのだろう。私には分からなかった。前世の記憶を背負って正常な生活を続けて行くことが果たして可能なのだろうか。それを救うことのできるものはマキだけなのかもしれない。

マキの母親は自分だけだという自覚が、やがて小夜子を立ち直らせていくだろう。それを期待する他はない。マキは自分にとっても大きな救いだった。

「パパ！」

泣き喚く声がした。それは大きく耳に響いた。マキの叫び声だった。

「パパ！　たすけて、恐《こわ》いわ」

私はひどい胸騒ぎを覚えて立ち上がった。

「ママが——ママが」

真っ暗な廊下に転がるようにして飛び出た私は、二人の寝室を目指して駆けつけた。まだ夜明けには少し早い。部屋が暗くて、私の目が暗さに馴《な》れるまで少しの時間を必要とした。

「マキ！　どうしたんだ」なにも見えない。

「パパ！　ママが恐いの」

マキが泣きながら私の腰のあたりにぶつかって来たのが分かった。私はあわてて、壁に手をはわせて電気のスイッチを探していた。

突然、部屋が明るみに曝《さら》されていた。

私の目の前には、小夜子が、妻の小夜子が右手に庖丁を握って、眩《まぶ》しそうに目を覆ったまま立ちすくんでいた。

「小夜子……」

あまりのことに私は声も出なかった。なにがあったというのだ。マキを傷つけようとしていたのか。なぜ。小夜子を救ってくれるはずの娘をなぜ！　信じられなかった。

「パパ！」マキが私にしがみついている。

「離して！」小夜子が喚いた。

「そいつを離して！」

マキを見つめる小夜子の眼は、もう今までのようにやさしい光を映してはいなかった。

「なにをしてるんだ」

「殺してやるのよ、邪魔をしないで！」

小夜子は完全に狂っていた。

私の足はガタガタと震え始めた。耐えられなかったのだ。小夜子は耐えることができなかったのだ。そうでなければ、どうしてマキに刃物を突きつけることができるだろう。

「私は殺されたのよ！」

小夜子が飛びかかって来た。庖丁がギラッと輝いて私の胸許《むなもと》をかすめた。かろうじて私は飛び退《の》いた。

「やめるんだ！」

「殺さなきゃいけないのよ」

何度も突きつけて来る。ガウンが大きな音をたてて縦に切り裂かれた。

「よせ！　よすんだ」

「こいつが殺したのよ」

「えっ」

「こいつが瓜子だったのよ」

「バカッ、なにを言ってるんだ！」

「人を喰べていたのは、こいつだったのよ」

マキがワーッと泣いた。

「ゆるして、ゆるして」

「もう遅いのよ」

小夜子も泣き出しそうになっている。

「殺すつもりじゃなかったのよ」

マキが答えた。

思わずゾーッとした。

マキまで狂ってしまったのだろうか。

私は、ぼうぜんとして、今のマキの言葉を噛《か》みしめていた。

突然私は、下腹部に熱いかたまりのような異物感を覚えた。その熱さは、どんどん頭の中で形を造り始め、やがて刃物の形になっていく。

小夜子の庖丁が私の腹を刺しつらぬいていたのだ。小夜子があわてて私の体からそれを引き抜こうとしている。小夜子は今そのことだけに気を取られているようだ。

私は叫ぶことを忘れていた。

小夜子が無理に引き抜こうとするために、傷口が拡《ひろ》げられ、庖丁の先が背骨に触れて、じくじくと痛んだ。この圧迫感は、大腸でも断ち切られて血が腹中にあふれ出ているためなのだろうか。

「小夜子……苦しいよ」

私はやさしく小夜子の肩に手を触れた。

小夜子の体がビクンと震え、庖丁から手が離れた。抑えられていた血がドッと噴き出して、小夜子の胸許に飛び散った。

ヒイッと甲高い声をあげて、小夜子は気絶した。その体に容赦なく私の血が降りそそいでいる。私は立ったまま、柱にもたれかかった。

庖丁は抜き取った方がいいのだろうか。

すべてが面倒のような気がした。

「パパ」

マキは泣くのを止めて私にとりすがっている。

マキは、マキはどうなるのだろう。

「みんなマキのせいなのよ」

「…………」

「ママの言った通りなの——お姉ちゃんを殺したのはマキだったの」

お姉ちゃん——なんのことだろう。マキは続けた。

「ずっと前から分かってたのよ。何度も何度もお姉ちゃんの顔を見ているうちに想い出したの」

「…………」

「お姉ちゃんのこと、ママに話しても聞いてくれなかったの」

ああそうか。そんなことを何時《いつ》か小夜子に聞いたことがあった。時々マキが泣いて目をさますので訊いてみると、変なお姉ちゃんがじっとマキの顔をみつめて恐かったと答えたという。子供って変な夢を見るのね、と笑っていたがあのことだろう。

変なお姉ちゃんというのは多分……。

「ママだったのよ。ママの中に入ってっちゃったの。そうしたらママが……」

思っていた通りだ。小夜子の潜在意識が眠っている間に小夜子から抜け出して、隣に眠っているマキの寝顔を何度も覗《のぞ》きこんでいたのだろう。するとやはりマキは。

「知られたくなかったのよ。ママが大好きだから。でも気になって、何度も何度もあのお話を聞かせてもらっていたの。嘘だって思いたかったの」

可哀相に。だから小夜子のあの時の様子を見て涙を流していたのか。あの話で自分の前世を判然《はつきり》と思い描いたに違いない。

私は前世を笑うことができた。だが小夜子は、そしてマキは。やりきれない。血はどんどん流れ出している。

小夜子は瓜子に殺されたことを想い出した。と同時に、それがマキであったということも判然としたのだろう。その時、小夜子の中にあった娘の意識が突然表面に現れて、それを止めに入った私が逆に刺された。

マキには罪がない。あるとすれば私たちの方だ。二人が一緒になりさえしなければ、決してこんなことにはならなかったはずだ。

「パパ死んじゃダメッ」

マキの声が小さく聞こえた。意識が段々に遠のいていくようだ。小夜子が気がついたらどうなるのだろう。もとの小夜子に戻っていればよいのだが、先刻と同じ状態で目覚めたらマキを殺そうとするのではないのか。

小夜子を殺そうか。

マキのために、父親としてでき得る最後のことになるかもしれない。

「パパ！　厭よ！　マキいい子になるから、死んじゃ厭よ！」

こんなにやさしい子が、本当にあまんじゃくだったというのか。残酷すぎる。幼い頭でどんなにか悩んだことだろう。私はマキを強く抱きしめた。

もう時間がないようだ。血が口の中にまで突き昇って来る。吐き気がする。体がどんどん冷たくなっていく。出血が多すぎて体温が急激に低下しているのだろう。まわりがぼんやりとかすんだ。小夜子を殺す力はもう残っていないだろう。

小夜子の母親としての愛情が、殺された娘の怨《うら》みに打ち勝ってくれることを、今はもう信じる他はない。

だが、せめてマキだけは逃がしてやりたい。

押し寄せる痛みの中で、私は震えた。

マキは鍵に手が届かないのだ。

裏も表も、安全のために扉の上の方にチェーンロックを備えつけている。

雨戸も小夜子が閉めていたはずだ。

死を目前にして、私は絶望していた。マキは一人では外に出ることができない。小夜子がもし先刻と同じようにマキを殺そうとすれば、もうマキを救えるものは誰もいない。

運よく小夜子が痴呆《ちほう》状態にでもなっていれば、すぐには危険もないだろうが。それを確かめるすべも私には見つからない。キリキリと痛さが体全体に拡がってゆく。傷の痛みだけではなかった。

私は決意した。うまくゆくかどうか不安が残ったが、もうそれしか今の私にはできない。

最後の力をふりしぼって腹に突き刺さっている庖丁を引き抜いた。血の塊が、ドドッと音をたててこぼれ落ちた。マキは驚いて私から離れた。もう痛みはあまり感じなくなって来ている。

刃を前の方に突きたてて、私はノロノロと進んだ。小夜子の倒れている所まで歩いて、そのまま小夜子の体めがけて倒れこんだ。

小夜子の叫び声とマキの叫び声が、同時に私の耳に入って来た。

どこを刺したのか判然としないが、この程度では死ぬこともないだろう。二、三日の間でもマキを殺そうとする意志を封じこめればよいのだ。傷のために、その目的は充分果たされるに違いない。そうした間に、親類や誰かが私たちの様子に気がついて、マキも小夜子も救われるのだ。

小夜子、許してくれ。お前の罪でもないような気がする。私だけが、私だけが生まれて来なかったら――。

マキ、忘れるんだ。生きるためには仕方なかったことじゃないか。

もうマキの顔も見えなくなっていた。

二、三日で誰も気づいてくれなかったなら、二人はどうなるだろうか。もし小夜子が死んでいたらマキはどうなるのか。食べ物はどうするだろう。冷蔵庫には少量の野菜と肉しか入っていない。

肉。なにかがひっかかった。

「人のお肉っておいしいの」

マキの言葉が判然と思い出された。

空腹のために、私と小夜子の死体を恐怖に震えながら見つめているマキの姿が、ありありと目に浮かんだ。

「喰べるんだ。あまんじゃくに戻るのが怖くとも、喰べるんだ。私たちはお前を生かすために死んだのだから」

私の頭から、すべての感覚が失われてゆくのを感じた。

ようやく暗い夜が明けようとしていた。

三《み》つ目《め》達磨《だるま》

都筑道夫

一

こういうことがあると、運命という言葉を考える。

三つ目の達磨を見るために、私は米子《よなご》空港におりたのだ。十一月十三日、飛行機が雲をぬけでると、日本海は冬のさびしい色に、波立っていた。

米子のホテルにスーツケースをおいて、身軽になった私は、タクシーをひろった。夜須《やす》江町《えちょう》まで三十分たらず、目ぬき通りの深泉堂《しんせんどう》という菓子店は、すぐ見つかったが、前に葬式の花輪がならんでいたので。通りこしてから、タクシーをおりて、近くのタバコ屋で聞いてみた。

「深泉堂さんは、お葬式のようですが、どなたがお亡くなりになったんです？」

「ご主人ですよ。二、三日前までは、お元気だったんですがねえ。まだお若いのに、心不全で」

「ご主人というと、小《お》田《だ》慶《けい》之助《すけ》さんとおっしゃるかたですか」

「ええ、そうです。土地のおひとじゃないようだが、小田さんをたずねてお見えかな」

と、タバコ屋の老人は、好奇心を現しはじめた。私は首をふって、

「そうじゃないんです。ついでにおうかがいしますが、このへんに、三つ目達磨というのがあるそうですね。つくっているひとを、ご存じないでしょうか」

「目が三つある達磨さんかね？」

「そうだと思いますが……」

「知らないねえ。どこで、お聞きなすった？」

「東京で、こちらの出身だというかたに」

六本木のスナックで、「トラベル・マガジン」の編集長と、飲んでいたときだった。私の連載に、最近はずばぬけたねたがない、という話をしていると、隣りの男が声をかけてきたのだ。「トラベル・マガジン」を読んでいるそうで、米子市の近くの夜須江という町に、三つ目の達磨があるのを知っているか、というのだった。初耳だったので、目が三つ、どんなふうについているのか、と私が聞くと、男は肩をすくめて、

「実は見たことがないんですよ、ぼくも——達磨さんの命日というのが、あるでしょう。五年ごとに一度、その命日に、三つ目達磨をつくるんだそうです。夜須江の達磨市《いち》、というのがありましてね。今月の半ばごろですよ。今年が、その五年目だそうで……」

「達磨市ってのは、ふつう正月でしょう」

「夜須江では、達磨さんの命日にやるんです。雪崩さん、興味がおありなら、達磨市に間にあうように、夜須江にいってご覧なさい。深泉堂という、老舗《しにせ》の菓子屋があります。そこの主人の小田慶之助というのが、ぼくの中学の先輩でしてね。三つ目達磨のことは、そ

の小田さんに、聞いたんです。ぼくの紹介だといってくだされば――」

と、男は名刺をとりだした。家へ帰ってしらべてみると、達磨大師の命日というのは、旧暦の十月五日で、ことしは十一月十五日にあたっていた。もうその日は、さしせまっている。それで、ろくに予備調査もしないで飛んできたのだが、頼みの小田慶之助は急死して、好奇心は老いていなそうなタバコ屋の老人は、なにも知らない。いささか、心細くなってきた。

葬式のさいちゅうに入っていって、達磨さんのことを、聞くわけには行かないだろう。町役場へいけばわかるだろうが、その前に、私は喉が乾いている。タバコ屋を出て、喫茶店を探した。私が学生のころ、下宿の近くにあって、半日、腰を落着けていたようなコーヒー屋は、東京には少なくなったが、地方都市には増えている。そういう小さな店を見つけて、カウンターに腰をおろすと、コーヒーを注文してから、三つ目達磨のことを聞いてみた。

「知りませんわ。ここの達磨市は、有名ですけどね。あさってなんです。でも、三つ目というのは……」

サイフォンのアルコール・ランプに火をつけてから、カウンターのなかの女性は、首をかしげた。化粧っけのない面長で、黒のタートルネックが、きびきびした動作に、似あっている。三十前後の女だった。

「その達磨市というのは、どこであるんでしょう」

「達磨寺――ほんとうは、なんていったかしら。なんとか山慶永寺《さんけいえいじ》といったと思うわ」

「遠いんですか、そのお寺」

「そんなでもありません。うちの前をずっと行くと、右がわに郵便局があります。その角を曲って、突きあたりが達磨寺ですわ。そこへ行って、ご住職に聞いたら、わかるかも知れませんわね、三つ目の達磨さんのこと」

町役場へ行くよりも、たしかにそのほうが早いだろう。コーヒーを飲んで、その店を出ると、郵便局を目あてに、私は歩きだした。郵便局はすぐ見つかった。狭いガラス戸の左右に、鉄棒のはまった窓があって、前に赤い円筒形のポストが立っている。だが、その古風な郵便局の角を曲って、突きあたりまでが、大変だった。道はまっすぐだったけれど、どこまでも続いているみたいだった。すぐに家並みが切れて、左右が畑になった。正面に遠く、森が見える。達磨寺は、そこにあるのだろう。

空は曇って、十一月の半ばらしい色あいをしていたが、急いで歩くと、汗ばんできた。冬の畑のなかの道を、すこし汗ばみながら歩くのは、いい気持だった。森が近づくと、道はのぼり坂になって、すすきが両がわに、白じらと揺れていた。まるで無数の白い細い手が、私を追いかえそうとしているみたいだった。

森へ入ると、長い石段があって、その上に山門が見えた。和服すがたの若い女がひとり、石段をおりてくるところだった。それが、絵になっている感じで、ずっと下で見ていたかったが、そうも行かない。

石段のいちばん上に、お坊さんが立っている。だいじな檀家の娘さんが、寺をたずねてきたので、帰りを見送りに出てきたのだろうか。そのお坊さんがひっこんでしまわないうちに、声をかけたほうが手間がはぶける。私は石段を駆けあがった。

若い女は立ちどまって、怪訝《けげん》そうに私を見つめた。やや淋しげな目鼻立ちだが、美しいひとだった。私が目礼すると、石段のはしによって、かるく頭をさげた。私は歩調をゆるめずにのぼりつづけたが、石段は長い。息が切れてきた。けれど、女がふりかえっているような気がして、足どりを変えられなかった。

お坊さんも、なにごとか、と思ったのだろう。石段の上に、立ちつくしていた。それなら、なにも急ぐことはなかった。私は苦笑しながら、懸命に息をととのえて、

「すみません。ちょっと、うかがいたいんですが」

お坊さんは、下から見ると、若い感じだったが、もう四十になっているだろう。日に焼けた顔に、目鼻口が大きくて、背も高く、健康管理のゆきとどいた達磨さんみたいだった。

「あさって、こちらに達磨市があるそうですね」

「ええ、ありますよ。あすの午後には、店をだす準備で、このへんもごった返しているでしょう。あさっては、達磨大師のご命日なのです。当寺では明治いらい、その日に達磨市をひらいておりまして」

にこにこしながら、お坊さんは説明してくれた。

「その達磨市に、三つ目達磨というのが、出るそうですね」

「どなたに、お聞きになった?」

お坊さんは、ちょっと意外そうな顔をした。気になってきたところだったが、この表情から見ると、三つ目の達磨があることは、あるらしい。

「小田慶之助さんから、うかがったんです。こちらへ来てみたら、亡くなられたようですが、深泉堂という……」

「あの小田さんなら、うちの檀家ではないが、ご存じかも知れない。郷土史の研究をなすっていたから」

「正確にいうと、小田さんに聞いたというひとから、東京で教えられたんです。松崎《まつざき》さんというひとですが」

「松崎佐一郎《さいちろう》ですか」

「ええ、ご存じで?」

「中学校の後輩です。同窓会があると、こっちへ帰ってきますよ。松崎君なら、小田さんに聞いているかも知れません」

「失礼ですが、ご住職ですか——ぼくは『トラベル・マガジン』という雑誌に、ルポルタージュを書いている雪崩連太郎というものです」

私が名刺をさしだすと、お坊さんはうなずいて、

「なるほど、取材にいらしたんですか。住職の杉山永順《すぎやまえいじゅん》です。べつに秘密にしているわけではないんですが、三つ目達磨のことは、知らないひとが多いんです。いいときにいらし

た。きょうなら、ご覧になれますよ」

　杉山永順は、達磨のような顔をにこりとさせて、本堂のほうへ私をみちびいた。高い山門をくぐっても、すぐには本堂が目に入らない。木立ちにかこまれたひろい境内に、鐘楼が見えるだけだった。

「五年目ごとに、つくるんです。いま寺にある三つ目達磨は、ご覧に入れるわけに行きません。あさって、取りかえるために、いまつくっている達磨なら、まだ魂が入っていない。ご覧になってもいいでしょう。つくっているひとを、ご紹介しますよ」

　杉山永順は、しごくあっさりいったが、妙な感じだった。私は黙って、住職についていった。敷石道が曲って、その先に本堂が見えた。

「その前に、三つ目達磨のいわれを、お聞かせしましょう。お書きになるのは、かまいません。ただこの寺へ来ても、三つ目達磨はぜったいに見ることは出来ない、という点だけは、はっきり書いておいていただきたいんです」

「写真もとらしていただけませんか。もちろん、新しいほうの達磨のですが」

「それは、つくっているひと――江《え》守《もり》啓《けい》吉《きち》というひとですが、江守さんがいいといえば、私はかまいませんよ」

　本堂のうしろの庫裡へ、住職は私を案内した。若い僧がふたり、本堂の掃除をしている姿が見えた。けれど、本堂も庫裡も、ひっそりとしていた。

二

張りこの達磨は、農家の副業として、つくられることが多い。もっとも、達磨つくりをする家は、先祖代々、年に一度の達磨市のために、達磨をつくっているわけだから、副業というよりも、本業のひとつ、といったほうが、いいかも知れない。

江守啓吉の家は、農家ではなかった。町の目ぬき通りで、人形の店をひらいていた。そういえば、深泉堂へゆく途中で、タクシーの窓から、見たおぼえがあった。恵比須《えびす》さまや大黒さま、そのほか神話や伝説に材をとった張りこの人形が、ショーウインドウに並んでいた。

「杉山さんから、お電話をいただいています。どうぞ、おあがりください」

店へ入っていって、私が名前をいうと、白髪の品のいい女性が、奥へ案内してくれた。間口は狭いが、奥行のある家で、長い廊下のはずれが、仕事場になっていた。

仕事場は庭に面していて、白髪まじりの男と中年の女、若い男がふたり、少女がひとり、筆をにぎっていた。五人のうしろや横には、白いままの大小の達磨が、おいてあった。庭には莫蓙を敷いて、塗りあがった達磨がたくさん乾かしてあった。

「よくいらっしゃいました。わたくしが、江守啓吉でございます」

廊下から入ったところで、私が畳に膝をつくと、若い男のひとりが立ってきて、前にすわった。白髪まじりの男が、江守啓吉だろう、と見当をつけていた私は、ちょっとめんくらった。

　江守啓吉は三十そこそこか、面長の色の白い好男子だったが、どこか冷たい感じがした。白髪まじりの男は、父親だった。中年の女は、母親だった。もうひとりの若い男と少女は、弟と妹だった。その四人を、私に紹介してから、啓吉は微笑して、

「よいところへ、いらっしゃいました。ちょうどこれから三つ目達磨に目を入れるところでございます」

「見せていただけますか」

「どうぞ。写真をお撮りになっても、かまいません」

　啓吉は立ちあがって、私を仕事場の奥へみちびいた。廊下のきわからでは見えなかったが、仕事場の奥が三畳ほどの広さに片づけられていて、そこに毛氈が敷いてあった。その毛氈の上に、若い女が正座していた。

「このひとに、目を入れていただくのです」

　啓吉がいうと、若い女は軽く頭をさげた。和服を着た美しいひとで、慶永寺の石段であった女だった。

「杉山さんから、お聞きになったと思いますが、三つ目達磨に目を入れるのは、女性ときめられているんです。十五歳か、二十歳か、二十五歳の無垢の女性です。こちらは、米子にお住いの神谷《かみや》静子《しずこ》さんとおっしゃる二十《はたち》の方で、今回お願いしたわけです」

　啓吉は説明してから、庭さきへ出ていって、達磨をひとつ持ってきた。高さ六十センチ

メートルほどの達磨で、まったく完成しているように見えた。赤くつやつやと塗られて、鬚も黒ぐろと描かれていた。

ただ目が三つあるところが、ふつうの達磨と違っていた。大きなふたつの目が接近してついている上に、俵を三つ積みあげたみたいに、第三の目が描いてある。ただし、目は三つとも、目蓋の輪郭がかいてあるだけで、瞳はまだ入っていなかった。

啓吉が両手で、達磨をかかえているところを、私はまず写真にとった。瞳の入っていない三つ目の達磨は、なんとなく滑稽だった。啓吉は静子の前に、達磨をおいた。妹が墨の皿と太い筆を持ってきて、そのそばにおいた。

「神谷さん、それでは、お願いいたします」

毛氈の上に両手をついて、啓吉はていねいにお辞儀をした。神谷静子も手をついて、礼をかえしてから、達磨を膝の上にのせると、筆をとりあげた。

啓吉の両親も、弟妹も、仕事をやめて、静子の手もとを見つめた。静子は息をつめて、達磨に目をすえると、慎重に筆をおろした。なんども練習したとみえて、黒目の大きさは、顔の造作とつりあいがとれていた。

まず左の目、次に右の目、最後にまんなかの目が入ると、静子は大きく息をついて、筆をおいた。私も緊張をといて、静子が膝の達磨をおろさないうちに、カメラのシャッターを切った。

静子は達磨の顔を、啓吉のほうにむけて、前におくと、また両手をついた。啓吉も頭をさげて、達磨をみんなのほうに向けた。三つとも、目が入った達磨は、一種、異様な迫力があった。カメラをむけてから、みんなの顔を見なおすと、啓吉の父親が、するどい目つきを、達磨にむけていた。

「うむ、いいだろう」

父親がうなずくと、啓吉は達磨をかかえあげて、もとの庭さきにすえた。

「神谷さん、ご苦労さまでした。もうお楽になすって、けっこうですよ。杉山さんが、車をまわしてくれることになっていますから、米子までお送りします」

と、啓吉はいって、墨の皿と筆を片づけた。静子はうなずいたが、そのまま行儀よくすわっていた。

「江守さん、五年前の三つ目達磨も、あなたがおつくりになったんですか」

私が聞くと、啓吉はさっきすわっていたところへ戻って、かきかけの達磨をとりあげながら、

「いや、わたくしは今年、はじめてつくったんです。五年前には、父がつくりました」

「ずっと五年ごとに、お父さまがおつくりになっていたわけですか」

「そうです。その前には、祖父がつくっておりました」

啓吉は馴れた手つきで、達磨の顔をかきながら、静かに答えた。

「あの達磨は、かたちもほかのものと違っているんですか」

「いえ、型はほかの達磨とおなじです。二尺ものの木型をつかって、つくるんです。ご存

じでしょうが、木型に和紙を貼って、乾いてから、ふたつに割るんです。木型から、外すわけですね。ふたつに割ったものを貼りあわして、上貼りをする。それから、彩色をして、仕上げるんですが、そのときに目を三つにするんですよ。顔のスペースは決っているのに、目がひとつ増えるわけでしょう。なかなかむずかしくて、いままでは親父の許可がおりなかったんです」

と、啓吉は微笑した。

「まだなにか、お聞きになりたいことは？」

「いや、けっこうです。あとは達磨市の写真をとれば、記事はできそうですから」

「それでは、あさってまで、ご滞在ですか。お宿は？」

「米子にホテルがとってあります」

「だったら、お寺がまわしてくれる車で、神谷さんといっしょに、お帰りになればいい。まだ町にご用があれば別ですが、お帰りになるのでしたら、そうなさい」

ちょうどそのとき、遠くでクラクションが聞えた。店番をしていた啓吉の祖母が、神谷静子を迎えに、車がきたことを知らせにきた。

三

「三つ目の達磨って、あれ、いったいどんないわれがあるんですの。雪崩さん」

喫茶室の椅子に腰をおろすと、神谷静子は聞いた。江守啓吉のすすめをうけて、私は杉

山永順がさしむけてくれたタクシーに、便乗した。米子にむけて走る車のなかで、

「どうしても、うかがいたいことがあるんですけど、お時間をさいていただけませんか、雪崩さん」

と、静子はいいだしたのだ。私のほうにも、すこしは聞きたいことがあった。それで、車をホテルにつけてもらって　静子を喫茶室にさそったのだった。

「神谷さんはなにも聞かずに、目を入れる役をひきうけたんですか」

私が聞きかえすと、淋しげな目鼻立ちが、にこりとして、

「そうなの。たった一日で、三万円のアルバイトだというから、あっさり承知したんです。ところが、承知してから、あのお坊さん、いろんな条件を出してきたんです」

「目ひとつ一万円というわけか。一日のアルバイトとしては、悪くないな。条件というのは、どんなものでした？」

私が聞くと、静子は肩をすくめて、

「いきなりヴァージンかって、聞くんです。そりゃあ、もっと古風ないいかたで、男を知らないという資格がないと、出来ないことなんだが、というような言葉づかいだったけど——おまけに、医者の証明がいるなんて、失礼なことをいうの」

「理由はよくわからないが、五の倍数の年齢の処女、ということになっているらしいね、目を入れる役は——いきなり、お宅へご住職がたずねて来たんですか」

「いきなりでもないわね。わたしの父が、杉山さんと知りあいなんです。父は夜須江の出

身なの」

「きょう、江守さんのところへ行く前に、お寺をたずねたのは、なんの用があったんですか」

「お払いをしたの。神社じゃないから、お払いとはいわないのかな。とにかく、わたしは両手をお香にかざして、和尚さんがお経を読んだわ、お厨子《ずし》の前で——あれ、古い三つ目達磨が入っていたんじゃないかしら」

「なるほど、目を入れる前のセレモニーですね」

「ずるいわ、雪崩さん。わたしの質問に、まだぜんぜん答えてないの」

「答えますよ。べつに秘密ってわけでもないそうだから、書くまえに喋ってもいいでしょう。そのかわり、このあと用事がなかったら、市内を案内してくれませんか」

「お安いご用。だから、早く三つ目達磨の秘密を聞かして」

と、静子は膝をのりだした。私は思わず微笑して、

「夜須江でも、知らないひとが多いというんで、どんな大秘密かと思ったんですがね。ありふれたといえば、ありふれた伝承なんです。江戸の中期、あの寺の門前に、男の子が棄てられていた。その子には、目が三つあったというんだ」

「昔はそういう子どもが生れると、親が殺してしまったり、見世物師に売ったりすることが、多かったんでしょう」

「そうらしいね。殺すのも、売るのもふびん、といって、まわりがうるさいから、育てる

ことも出来ない。それで、お寺の門前に棄てたんだろうな。当時の住職は、あわれに思って、その子を育てたんだそうです。ところが、その子、口がきけるようになると、妙なことをいいだした」

「わかった。未来を予言したんでしょう。三つ目の子どもは、超能力者だったのね」

「そうなんだが、べつに文書の記録が残っているわけじゃない。ぼくの考えでは、あとでつけくわえた創作でしょうね。その子が凶作を予言したり、地震を予知したりするので、土地の人びとはいろいろ助かったが、噂もした。寺に三つ目の子どもがいる、という噂だ。それを封じるために、三つ目の達磨をつくって、そのお告げということにしたのが、はじまりだそうです。子どものほうは、六つにならないうちに、死んでしまったという。すると、それからは三つ目の達磨が予言をするようになったそうでね」

「それで、五年目ごとにつくり変えるのね。三つ目の子どもが、五つで死んだから」

「そうでしょう」

「でも、あの和尚さん、そんなことを大まじめに、信じこんでいるのかしら。そんなはずないわね。一種の伝統儀式でしょう」

「まあ、そうでしょうね。三つ目の達磨は珍しいが、目の三つある仏さまは、ないわけじゃない。右の目は現世の善を見まもり、左の目は悪を見すえ、まんなかの目は天眼といって、未来を見とおす、というんです。これは杉山さんの受けうりですけど」

「どっちにしても、未来を見る目なのね」

と、静子は納得したらしい調子で、

「なんだか気味が悪かったけど、いいわ。あさってになれば、お寺におさまって、だれの目にもふれなくなるんだから」

「ただの張りこの達磨さんだよ。気味わるがることはないさ」

「そうね。いいアルバイトだった、ということにしましょう。じゃあ、約束どおりガイドをつとめるけれど、家へ帰って、着物を着かえてくるまで、待っていてくれる？」

と、静子は椅子から立ちあがった。その晩おそくまで、静子は私につきあってくれた。

あくる日の午後、私はタクシーをひろって、夜須江へ出かけた。目ぬき通りへ入って、郵便局の角を曲ってもらおうとすると、運転手は首をふって、

「だめですよ、お客さん。きょうは達磨市ですから」

「あしたじゃないのか、達磨市は」

「あしたですがね。きょうは宵宮《よみや》で、もう店が出はじめてますから、とても車は入れませんよ」

「じゃあ、ここでいい」

郵便局の前で、タクシーをおりて、私は角を曲った。とたんに、目を見はった。道の両がわに、びっしり露店がならんでいる。骨組をまだ重ねて縛ったまま、組立てていない店もあるし、骨組だけ組立ておわった店もある。天幕をかけおわった店もあるし、もう商品をならべて、あきないを始めている店もあった。

それほど広い道ではないかわり、両がわの露店の天幕が、たがいにぶつかりあうような感じだった。あきなっている品は、東京の酉の市あたりの露店と、大差はない。綿菓子やお好み焼、たこ焼、十円玩具、山吹鉄砲、人生うらない、子どもたちにまじって、そういう店をのぞきながら、私は長い道を歩いていった。

石段が近づいて、道の左右が薄原になると、そのへんには、大きな小屋がけがあって、輪投げ、射的、蛇女の見世物などが、準備をしていた。石段の下では、大きなボンベを横たえて、風船屋が大きなゴム風船をふくらましている。

石段をあがると、山門の前から、もう両がわに、達磨の店が出ていた。境内はすべて達磨屋、石段の下は雑多な露店というぐあいに、領分がきまっているらしい。境内の店は、ビニール袋をかけた達磨を、山のように積みあげて、市がはじまるのを待っていた。山門の横手に、大きなスペースがつくってあるのは、参詣のひとが古い達磨を、おいて行くための場所だろう。きのうは静かだった境内が、蜂の巣に近づいたような、ざわめきに埋っていた。

「雪崩さん」

本堂へ行きかけた私は、呼びとめられて、横をむいた。大きな達磨の店の前に、江守啓吉が立っている。紋つきの羽織に、袴という正装だった。うしろの店には、袢纏《はんてん》すがたで、啓吉の父と弟が、達磨を積みあげている。

「ああ、江守さん、きのうはありがとうございました」

私が頭を下げると、啓吉は微笑して、

「いま三つ目達磨を、寺へおさめて来たところです。今夜の十二時に、魂を入れて、五年前の達磨と入れかえるんですが、雪崩さん、立ちあわれませんか」

どうも、気になる微笑だった。まるで、こちらが人間ではなくて、それを憐れんで、ほほ笑みかけているみたいな気がする。ひょっとすると、この男には、自分いがいの人間は、ぜんぶ人形に見えるのかも知れない。

「いいんですか、私が立ちあっても」

「住職に聞いてみたら、かまわないといっていました。わたくしと住職と、ふたりだけで入れかえるんですから、どうぞ立ちあってください」

「じゃあ、お願いします。十二時に本堂へうかがえばいいんですか」

私が聞くと、啓吉はうなずいて、軽く頭をさげてから、自分の店のほうへ向きなおった。私は達磨の店がいちばん多く、カメラでとらえられる角度を探して、本堂のほうへ歩いていった。鐘楼の上が、よさそうだった。鐘楼の下部は、石垣ではなく、強いカーブを持った木造の楼《やぐら》だった。階段をあがって、柱のきわに立つと、山門のこちらがわの達磨の店が、いい構図をつくっていた。私が写真をとりおわって、鐘楼をおりようとすると、いつの間にか、江守啓吉が鐘のむこうがわに立っていた。私がそちらにまわって行くと、啓吉は微笑して、

「雪崩さん、神谷静子は処女でしたか」

笑った。

あっけにとられて、私が啓吉を見かえすと、人形師は初めて、ほんとうにおかしそうに
「なんのことです？」

「私にそんな顔をすることは、ないじゃありませんか。神谷静子はゆうべ、米子のホテルの雪崩さんの部屋で、かなりの時間をすごしているでしょう。大したことじゃない。どうでした。処女でしたか」

「意外ですね。江守さんは、ぼくを尾行していたんですか」

誇張した調子で、私がいうと、啓吉はあっさり受けながして、

「まさか、刑事のまねはしませんよ。そのかわり、わたくしも大仕事が片づいたときには、米子に出かけていって、夜おそくまで酒を飲むことがあるんです。十時ごろに一度、おあいしたんですが、気づかなかったようですね」

「声をかけてくだされば、よかったのに」

「神谷さんといっしょだったから、遠慮したんですよ。二度目にあったときには、雪崩さんはいらっしゃらなかった。ホテルの前だと、タクシーがひろいやすいものですからね。空車がくるのを待っていたら　神谷さんが出てきたんです」

「なるほど、どこでだれに見られているか、わからないものですな」

「神谷静子は処女でしたか」

「正直なところ、わかりませんね。ぼくはそんなプレイボーイじゃないから、冷静に見さ

だめることとなんて出来ない。はっきりしているのは、もうヴァージンじゃない、ということだけです。もう目を入れてしまったんだから、どうでもいいことでしょう」

「そうですね。どうでもいいことです。もう達磨には、目が入った」

「十五か、二十か、二十五の生娘でなければ、三つ目達磨の目は入れられない、というのは、それほど大事なことなんですか」

「しきたりですから」

「だんだん、人選が大変になってきますね。五年後には二十の生娘はおろか、十五の生娘だって、探すのがむずかしくなっていますよ、きっと」

「そうでしょうね。しかし、昔だって、大変だったんです。祖父のころには、このへんの娘たちはみんな、十七、八で嫁にいっていたわけですから」

「なるほど、そうか。むかしは二十で年増、二十五、六は大年増ですからね。目を入れる娘さんは、だれが探すんです？」

「わたくしどもで、探します。ただちかごろは、交渉は杉山さんにお願いしていますが」

「むかしから、医者の証明をとったんですか」

「戦争前は、わたくしどもが、自分でたしかめさせてもらったそうです。乱暴な話に聞えるかも知れませんが、処女でない女が目を入れると、たいへんな祟りがある、というんです。あの本堂は明治の末に、いちど火事で焼けているんです」

「つまり、明治の末に建直したものですか、いまの本堂は——江戸時代のものかと思いましたが」

「その火事は、三つ目達磨を取りかえた年の暮に、起ったものでしてね。達磨に目を入れた娘が、実は生娘でなかったから、起ったことだそうです」

「確認はなさらなかったんですか」

「曾祖父がしたんですが、目を入れる前に、当時のうちの住みこみの弟子と、間違いを起したらしい。その娘と弟子は火事のあと、この裏の森のなかで、心中したそうです。男が女を竹槍で刺しころして、自分も死んだんですが、女が倒れたところに、竹を伐ったあとがあった。それが、眉間に突きささって、発見した人たちが死体を起してみたときには――」

「目が三つあったように見えた、というんですか、額に穴があいて」

「そうです。出来すぎた話だ、とおっしゃりたいようですね」

と、江守啓吉は微笑した。よく微笑する男で、そのたびに時間がとまってしまうような、なんとも奇妙な感じだった。

四

神谷静子は処女ではなかった。むしろ、かなり淫蕩な女だった。医師の証明というのは、たぶん妹かなにかを、代役に立てたものだろう。

明るいうちに、市内をあちらこちら案内してもらって、その礼に私は静子を夕食に招待した。夕食後には、静子が私を酒場にさそった。三軒か四軒、歩いたろうか。私は疲れていたせいで、酔いかたが早かった。静子もかなり酔っていたが、しごく楽しげに、私をひっぱりまわした。洋服すがたの静子は、淋しげな目鼻立ちが、気にならなかった。どうやら、静子は私を利用して、気を鎮めようとしていたらしい。

私が眠くなったというと、静子はホテルまで送ってきて、部屋へもついてきた。達磨のことが、その晩いちども話題にならなかったのを思い出して、私は静子の気持を察した。なにもいわずに、静子は私のそばにすわると、くちびるを寄せてきた。

私がベッドにさそいこんでから、静子はさまざまな言葉を吐きちらしたが、とりわけ意味のあることはいわなかった。はたちの娘が、口にするような言葉ではなかった。裸になってからの動きも、激しかった。

私も静子の思わくなどはわすれて、若いからだに溺れていった。静子はなんども絶頂に達してから、私のからだにすがりついて、はじめて意味のわかることをささやいた。

「風の吹く日に、舟で海へのりだしたことがあるの。そのときのことを、思い出したわ。ありがとう、雪崩さん。達磨市に行くことになっているんだけど、これで江守さんの顔も、和尚さんの顔も、平気で見られる」

といってから、静子はベッドをぬけだした。なにごともなかったように、服を身につけると、私に笑顔をむけて、

「おやすみなさい」

呼びとめようとしたときには、もうドアの外に、すがたが消えていた。私はタバコに火をつけると、ベッドに寝そべりて、静子がいった言葉の意味を考えた。

江守啓吉や、杉山永順の顔が、平気で見られるというのは、私によって、処女を失ったことに出来る、という意味なのだろう。それで気がすむなら、私はいっこうにかまわない。むしろ、二十にもなる現代の娘が、条件をごまかして、割りのいいアルバイトに飛びついたあとで、妙にしきたりにこだわっていることを、私はおもしろがっていた。

神谷静子は、いまどんな顔をして、なにをしているのだろう。

ゆうべホテルのベッドで、静子が見せた大胆な姿態を思い出しながら、私は本堂のまわりを歩いた。正面にまわったときに、住職の永順が、本堂から出てきた。衣に袈裟をかけて、いよいよ本物の達磨さんという感じだった。私は階段をあがって、声をかけた。

「きのうは、ありがとうございました。もうかなり賑かなんですね、ご住職」

「雪崩さん、いい写真をとれましたかな。達磨市は今夜の十二時からですが、日の暮れまでには店がそろって、はじまるんです」

「たいがい、どこのお祭でも、そうですね」

「今夜の達磨の入れかえには、おいでになりますか。変ったことをやるわけじゃありませんが……」

「うかがいます。五年前の達磨を、ぜひ見たいんです。しかし、檀家総代のかたは、立ちあわないいんですか」

「立ちあいますよ。江守啓吉さんが、檀家総代なんです」

と、杉山永順は微笑した。啓吉の微笑と、どこか似ていた。

「そうなんですか。それじゃあ、十二時にうかがいます」

私は頭をさげて、山門のほうへ歩きだした。達磨の店の前には、まだ子どもしか立っていない。縁起物だから、はっきり市がはじまる十二時以後に、買うひとは買うのだろう。山門をくぐって、私は階段をおりはじめた。長い石段のとちゅうで、下から神谷静子があがってくるのに、気がついた。

きのうとちょうど、逆な出あいだった。しかし、静子は和服すがたではなかった。ゆうべの洋服とも違って、タートルネックのスウェーターにスラックスという恰好だった。足もとを見ながら、あがってくる静子は、なかなか私に気づかなかった。すれちがいかけて、静子はようやく、

「あら、雪崩さん」

「神谷さんも、ご見物ですか」

「ええ、親戚のうちに遊びにきたんです。江守さんにおあいになりました？」

静子は控えめな言葉づかいで、酔ったときの明るさとは、ひどく違っていた。

「あいましたよ。江守さんのところも、達磨の店を出していますからね。帰りがけには、啓吉さんのすがたは見えなかったが……」

私がいうと、静子は石段の下をふりかえって、

「いましがた、郵便局のところであいましたわ。お店へお帰りになったらしいの。今夜の達磨を入れかえるときに、立ちあってくれないか、といわれたんですけど」

石段のとちゅうでは、他人の邪魔になる。私は静子をうながして、あともどりすると、山門の横手にみちびいた。

「そのことですがね、神谷さん。なにか口実がありませんか」

「口実って？」

「ことわる口実ですよ」

「でも、雪崩さんも立ちあうんでしょう？」

「そのつもりです」

「わたし、特に立ちあいたいわけじゃないんです。でも、しきたりだから、といわれました。今夜は親戚のうちに泊ることになっているんで、ことわる口実もないんですの」

山門のわきの空地には、すすきが生いしげっていた。その穂の一本を折りとって、静子は両手でもてあそびながら、

「どうしても、とおっしゃるなら、急にお腹が痛くなったりすることも出来るけど、雪崩さん、なぜ立ちあっちゃいけないんですの？」

「そう聞かれると、返事のしようがないんです。勘とでもいうのかな。あなたは立ちあわないほうが、いいような気がする」

「雪崩さんも、口実をつけて、おことわりになるの？」

「いや、ぼくは立ちあいますよ。なんでこんなに気になるのか、見とどけたいんです」

「だったら、わたしがいても、大丈夫なんじゃないかしら。なにかあったら、雪崩さんが助けてくださるでしょう？　それに、五年目ごとに三つ目達磨を入れかえていて、別におかしなことは起らなかったんだから、今夜もなにもないと思うわ」

「それもそうだな。この儀式はすくなくとも、明治いらい延々とつづいているそうだから——ぼくの気のせいでしょう」

と、私はいったが、まだ釈然とはしなかった。静子はすすきの穂を、私の鼻さきで振りながら、

「ゆうべ、夢を見たの。ひどい嵐のなかを、わたし、小舟で海に出ているんです。むかしの経験が、出てきたのね。でも、乗っているのは、いまのわたし。風が吹いてきて、着ている着物が剝ぎとられて、飛んでいってしまうの。怖かったわ。そこへ、だれかが助けにきてくれたんです。雪崩さんだと思うわ。助かったと思ったとたんに、目がさめたの。汗びっしょりだった」

「ぼくはそれほど、頼りになる男じゃありませんよ」

私が苦笑すると、静子は自分の顎を、すすきの穂でなでながら、

「十二時までには、まだ間があるわ。出るか出ないか、それまでに決めます」

「なんだか、よけいなことをいって、心配させちゃったみたいだな」

「なんとなく、わかるわ。江守さんの笑いかたが、気になったんじゃありませんか」

「そういえば、そうだ。やたらに微笑するでしょう。あれを見ていると、妙な気分になってくる。要するに、人の好き嫌いですね。だから、どうということもないでしょう」

と、私は首をふった。まわりには、すすきの穂が揺れている。山門には、雲の切れめから、さしこむ日ざしがあたって、白く粉をふいたような木肌を、あかるませている。石段には、子どもたちの姿がある。石段の下からは、おもちゃの笛の音や、射的の鉄砲がコルクを射ちだす音が、けたたましく聞える。

どこの町でも、村でも、ふつうに見られる祭の風景だった。境内の店に、山のように積まれた大小の達磨も、巨人の国の柿の実みたいに赤く、つやつやとかがやいて、大きな白目をむいた鬚づらが、陽気にあたりを見まわしている。

ほとんどが、目なし達磨だけれど、目の入った小さな達磨、かわり達磨をならべている店もあった。山門のわきから、それらの店が見えた。江守の店も見えた。政党の選挙対策本部においてあるような、ばかでかい達磨がひとつ、私のほうをむいていた。目のない達磨というのは、つくづく見ていると、不気味なものだ。あれくらい大きいと、十万円ぐらいはするのかも知れない。いったい、どんなひとが買うのだろう。米子の料亭かなにかだろうか。

五

夜なかの十二時まで、時間をつぶさなければならない。有効につかうことにして、私は町役場へいった。郷土史の研究家を、紹介してもらうためだ。

「慶永寺の達磨のことを、お調べなんですか」

と、応対に出た職員は、こともなげにいって、一冊の本を持ちだした。夜須江町史という本だった。

「これは去年、ここで出したもので、わたしも編集にたずさわったんですがね。このなかに、慶永寺のことも出ています。コピーをとってさしあげましょうか。しかし、雪崩さんがとりあげるような、怪奇的な伝説はありませんがねえ」

と、中年の職員は、表情に好奇心をあらわした。私の書いたものを、読んだことがあるのだろう。

「もし余分がまだあったら、この本を一冊わけていただけませんか」

「まだ少し残っていますから、買っていただくのは、ありがたいんですが、五千円もするんですよ。なにしろ、部数が少ないわりに、立派なものをこしらえてしまったものですから」

「けっこうです。三つ目達磨のことも、出ていますか」

「ああ、あれですか。あの伝説は、たしかに材料になるかも知れませんな。でも、あれのことは、書いてありません。一種の秘仏みたいなものなので、そんなふうに書いてあります。五年に一度、達磨大師の命日に、扉をひらくが、一般には公開しない、というぐあいに」

「それ以上のことは、ご存じありませんか」

「住職にお聞きになりましたかな？」

「江戸の中期にあったという、いわれの子どもの話から、江守さんがいまはつくっているということまで、いちおう聞かしていただきました」

「わたしも、それ以上のことは知りません。おそらく伝説の継承というかたちで、いまも五年目ごとに新しくはしているが、張りこの達磨のことでしょう。秘仏というには、安っぽい。それで、あまり人には話さないことにしているんじゃないですかね」

「ことし達磨をつくったのは、江守啓吉という方なんですが、人形師として古い家柄なんでしょうね」

「いや、人形の店をひらいたのは、戦後ですよ。達磨つくりのほうが、古いんです。江守家というのは、このへんきっての旧家でしてね、達磨寺の檀家総代でもあって、達磨市をはじめたのも、江守さんのご先祖なんですな。つまり、率先してつくりはじめて、このへんの農家の大きな副業に、育てていったわけですよ」

「敗戦で没落して、人形師になったんですか」

「まあ、そうです。没落といったって、さきごろ隠居した江守啓蔵氏は、依然、この町の有力者ですがね」

　人のよさそうな職員は、親切に説明してくれたが、それ以上、新しい知識は得られなかった。

私はタクシーをひろって、いったん米子に帰ることにした。レンタカーを借りておいたほうが、夜なかすぎまで取材があるとすると、安心できると思ったからだ。足を確保してから、ホテルでひと眠りして、遅い食事のあと、夜須江へむかった。

達磨市にゆくらしい車で、県道はいっぱいだった。町へ入ると、空地という空地が、臨時の有料駐車場になっていた。なるほど、こういう副業もあるのだな、と思いながら、私は慶永寺に近い駐車場を物色した。だが、近いところは、どこも満車で、けっきょく駅からも、寺からも、かなり離れた駐車場に車をおいて、私は達磨市へ歩いていった。

ふだんは闇にとざされているに違いない畑と森が、郵便局の角を曲ると、光の帯になっていた。人の川にもなっていた。古い達磨をかついで行くひと、新しい達磨をかついでくるひと、興奮した表情の子どもたち、いずれも濃い影をしょって、動いている。子どもが放した風船がひとつ、だんだん色をうしないながら、夜空に舞いあがっていった。その空には、古綿みたいな雲のあいだに、星がきらめいていた。

私はひとをかきわけて、石段をのぼった。達磨を売る声で、境内は割れかえるようだった。時計を見ると、十一時四十分。私は夜の達磨市を、カメラにおさめてから、本堂にあがった。お坊さんが四、五人ならんで、お経をよんでいる。燈明がゆれて、天井に異様な影がおどっていた。だが、杉山永順のすがたはなかった。江守啓吉も見あたらない。私が迷って、敷居ぎわに立っていると、子どもっぽいお坊さんがひとり近づいてきて、

「雪崩連太郎先生でしょうか。住職がお待ちしております。こちらへ」

先生と呼ばれて、私はてれながら、少年僧のあとについて行った。わきの廊下をすすむと、障子があかるい座敷があって、若い坊さんは、そこで廊下に膝をついた。

「雪崩先生がお見えです」

「どうぞ」

と、住職の声がした。少年は立ちあがって、私に一礼すると、そのまま廊下をもどっていった。

「失礼します」

声をかけて、障子をあけると、正面に大きな厨子があって、左右に住職と江守の先代、啓蔵がすわっていた。時間厳守ですな、雪崩さん。どうぞ、そちらへおすわりください」

「時間厳守ですな、雪崩さん。どうぞ、そちらへおすわりください」

と、啓蔵のわきの座蒲団をゆびさした。

「啓吉さんは、どうなさいました？　神谷静子さんも、見えると聞いていましたが」

私がたずねると、啓蔵はうなずいて、

「そのはずでしたが、神谷さんは急に熱が出て、来られんというて来ました。倅は申しわけないが、客がありましてな。実は近ぢか、東京のデパートで個展をやることになっていまして、その係りのひとが、達磨市を見物がてら、急に見えられたんですわ。その方のお相手を、倅はしなければならんわけで、隠居のわたしが名代にまいった次第で」

「五年前には、啓蔵さんがそこへすわられたんだから、名代もなにもない。では、はじめますかな」

と、住職は厨子の前に正座して、両手をあわした。口のなかでひとくさり、経文をとなえてから、厨子の扉に手をかけて、左右にひらいた。住職の背が邪魔になって、厨子のなかは見えなかった。

「雪崩さん、立って写真をとっても、かまいませんよ」

厨子に両手を入れながら、永順がいった。私は立ちあがって、目を見はった。杉山永順の手には、張りこのかけらがあるだけだった。厨子のなかにも、大小のかけらだけで、達磨はなかった。永順は膝の上に白布をひろげて、茶いろに変色した大小の破片を、その上に集めはじめた。

「五年のあいだ、この世の悪を見つめつづけて、この通り朽ちはてる。それで、五年ごとに、新しい達磨と取りかえるわけです。古い達磨は邪悪を一身に吸いとって、ばらばらになったわけですな」

と、作業をつづけながら、住職はいった。

「もちろん、実際には、長いあいだ空気にふれずに、このなかへしまいこんでおくせいでしょう。取りだそうとすると、ぼろぼろ崩れてしまうんです」

厨子のわきには、新しい達磨がおいてある。住職は小さな箒で、厨子のなかを清めはじめた。江守啓蔵は厨子にむかって、両手をあわせている。私はカメラをかまえて、位置をかえてはシャッターを切りながら、だんだんさがって、障子をあけた。

六

人形の店は、大戸がしまっていた。隙間に目をよせてみても、店は暗くて、なにも見えない。私は横手にまわって、裏のひろい庭に出た。廊下から、写真をとるようなふりをして、そのまま本堂をとびだすと、達磨市の人ごみのなかをできるだけ急いで、私は目ぬき通りへ戻ってきたのだ。

きのう、おびただしい達磨が乾してあった裏庭はがらんとして、生垣にかこまれていた。慶永寺の境内の店には、啓吉の母、弟、妹、祖母のすがたまで見られたから、啓蔵の話が事実とすれば、この家のなかには、啓吉と東京からの客がいるか、あるいはだれもいないはずだった。

だが、私は啓蔵の話を信じていない。生垣に木戸を見つけると、それを乗りこえて、庭へ入った。仕事場には、雨戸がしまっている。雲の多い空の星みたいに、かすかな光の点が見えるのは、節穴があるからに違いない。足音をしのばせて近づいたが、雨戸の節穴は小さすぎた。私はナイフを取りだして、ころあいの位置にある節穴を、刃さきでひろげた。庭のむこうの隣家は、かなり離れているし、暗いから、ひとに見とがめられる心配はない。私はナイフの刃さきに、神経を集中した。ひろがった節穴に目をあてると、私の勘は不幸にもあたっていた。

仕事場の板の間に、江守啓吉のすがたが見えた。白い下帯ひとつの裸で、片手に刷毛を持っている。瘠せた裸身は、妙に生白くて、魚の腹を思わしたが、筋肉はひきしまっていた。黒い刷毛は濡れて、水がしたたっている。板の間に横たえたものに、水刷毛をつかって、啓吉は和紙を貼っているのだった。

横たえてあるものは、人間だった。裸にむかれた神谷静子だった。両足から下腹のあたりまで、黄ばんだ和紙を貼られて、口はガムテープでふさがれていた。両手は豊かな乳房の上で、やはりガムテープでくくりあわされている。だが、失神してはいないらしい。かすかに身動きをしているから。

「じっとしていろ。もうじき、両手も自由にしてやる。やがては、口のテープもとってやる。朝までの辛抱だ」

と、啓吉の低い声が聞えた。私は節穴から顔を離すと、雨戸の下にナイフの刃をさしこんだ。力をこめると、ナイフは折れたが、雨戸もはずれた。

私は靴のまま、仕事場に飛びこんだ。啓吉はぎょっとしたように、かがみこんでいたからだを起したが、それ以上の狼狽はあらわれなかった。

「雪崩さんか。邪魔をしないでくれ。大事な儀式だ」

「見てしまった以上、放ってはおけないよ。静子さんを帰してやれ」

「邪魔をすると、大変なことになるぞ。わたしのいう通りにすれば、あんたもいい思いが出来る。おとなしく、寺へ帰ってくれ。東京へ帰ったら、うんと大げさに三つ目達磨のことを、書いていい」

「啓蔵さんは、賛成するかな？」

「おやじはこの土地で、いまのままに暮せというが、わたしは東京へ出てゆくつもりなんだ。新妻をつれてな」

「やっぱり、異常な力を持っているのは、三つ目達磨じゃなくて、それをつくるあんたがた一族なんだな。あんたがたの行いを、厨子のなかの達磨がひきうけて、朽ちてゆくんだろう」

「そこまで察したのなら、見ないふりをしていろ。この娘なら、心配はない。わたしの子どもを生めるからだをつくったら、金をあたえて、帰してやる。今夜のことは、なにもおぼえていない。紙型を割って出してやれば、とたんにわすれてしまうんだ」

「嘘をつけ。帰ってゆくのは、人形の娘だろう。静子さんは、邪悪な心だけを残されて、お前の妻になるのだろう。動く人形のほうは、病気のように死んでしまうか、自殺するか、どうせいつまでも残らない」

「証拠もないのに、聞いたふうなことをいうな。静子さんは、ちゃんと帰す。察してくれ。こうしないと、人間とおなじ姿の子どもをつくれないのだ、わたしたちは」

「三つ目の悪魔が生れるのか　あんたがたが、どんなことをしているのか、ぼくは知らない。どれだけの力があるのかも、知っちゃいない。静子さんの意志が、問題だ。こんなことをされるのを、静子さんは承知したのか」

私がいうと、床の上で静子が身動きした。懸命に首をふっている。

「いやだそうだ。ぼくはこのひとを、つれて帰る」

私は板の間に片膝をついて、静子の腿に手をかけた。だが、和紙は乾きかけていて、剝れない。啓吉のかたわらに、水をたたえた壺があるのを見て、私は手をのばした。水をかけて、濡らして、紙を剝すつもりだった。

「壺にさわるな。後悔するぞ。ひとが死ぬ。大勢のひとが死ぬぞ」

啓吉の声には、凄味があった。だが、私は壺に手をのばした。啓吉が私におどりかかった。凄い力だった。私はもがきながら、足をのばして、壺を蹴った。重い壺だった。いや、水が重いのだろう。啓吉は私を羽がいじめにして、うしろへ引きずった。だが、私の最後のひと蹴りが、壺をくつがえした。

水が床に流れた。静子はころげて、その水の上に、こわばった両足を持っていった。啓吉は急に、私のからだを離して、

「ばかめ。大変なことをやってくれた。貴様の責任だぞ。達磨寺は燃える。達磨も燃える。ひとが死ぬ。みんな、貴様の責任だ。行ってみろ。達磨寺へいって、自分がしたことを、見るがいい」

私は聞いていなかった。静子のそばに膝をついて、口のガムテープを剝してやった。両手首のガムテープを剝してやった。下腹から足へかけての和紙を、水で濡らして剝してやった。和紙を剝すのは、大変だった。静子も上半身を起して、懸命に剝した。

仕事場のすみで、啓吉がぬぎすててある着物を着ていることは、気づいていた。いつ襲

いかかってくるかも知れないから、私は油断をしなかった。

「雪崩さん、東京へ行くために、あんたを利用しようとしたのが、おれの誤算だった。おれは今夜、死ぬことになるかも知れない。だが、おれの一族は滅びないぞ」

いいすてて、啓吉はおもてのほうへ出ていった。出てゆきながら、乾いた声で笑うのが聞えた。

「雪崩さん、その女を助けてやるのはいいが、それ以上のかかわりを持つなよ。あんたは強いが、やさしさがある。そいつは、男を滅ぼす女だ」

足音が遠ざかった。静子は腿の和紙をせっせとむしりとりながら、

「なんなの、あれ。あの男、狂っているんだわ」

「今夜のことは、早くわすれたまえ。あとは自分で剝せるだろう。ぼくは慶永寺に行ってみる」

「待ってよ。わたしもいく」

「だめだ。きみは服を着て、まっすぐ米子へ帰ったほうがいい。大丈夫だとは思うが、風呂へ入って、よくからだを洗ったほうが、いいかも知れない」

いいすてて、私は外したままの雨戸から、庭へ飛びだした。通りへ出て、郵便局の角へ走っていってみると、正面の森の空が赤くなっている。両がわの露店が、あわてて品物を片づけていた。道は逃げてくるひとで、いっぱいだった。どこかで、半鐘が鳴りはじめた。

私は逃げてきた中年の男をつかまえて、

「どうしたんです？　なにが起ったんです」

「達磨寺が火事だ。なんだか、わけがわからん。いきなり本堂から、火が噴きだした」

といって、男は私をつきのけると、走っていった。私は道を外れて、畑のなかを走りだした。そこにも、逃げてくる人があふれている。それを突きのけ、蹴たおしながら、前方を走ってゆく男がある。啓吉だった。私は必死に追いかけた。

石段はのぼれなかった。人間と達磨がいっしょになって、ころげるようにおりてくる。つれを呼ぶ男の声。泣きさけぶ女の声。啓吉は松林の傾斜を、駆けのぼってゆく。むろん、私もあとを追った。

本堂はもう、炎の塊りだった。火の粉が金粉を散らしたように、夜空に舞いあがる。周囲の樹木に風が起って、唸りがすさまじい。石だたみの道には、まっ赤な達磨がころがって、風で動いていた。鐘楼のわきまで行ったが、とてもそれ以上、近づけなかった。啓吉も立ちどまって、燃えあがる本堂を見ているようだった。それが、とつぜん振りかえって、私をにらんだ。

「やっぱり追ってきたか。見ろ、これが貴様のやったことだ。あの女を助けたとたん、達磨の三つ目が火を噴いたんだ。見ろ、あすこにも人が死んでいる。こっちにも、人が死んでいる。みんな、逃げおくれて、もがいているぞ」

啓吉がゆびさすところには、大小の達磨が熱風で動いているだけだった。それとも、あれは人間だろうか。私が熱っぽい頭をふって、見さだめようとしたとき、啓吉はいきなり走りだした。追おうとしたが、吹きつける熱気に、私は立ちすくんだ。

江守啓吉は、炎のなかに走りこむ直前、私のほうを振りかえった。その額に、三つの目が光っているように見えた。

カルキノス

津原泰水

薔薇《ばら》の薔の字を見ているとまるで薔薇の複雑な花弁そのままだし、薇の字はその幹と葉とを想起させる、と三島由紀夫が書いているが、おれは子供の頃から蟹《かに》という字にそれと同じことを思っているのだ。上半分の解という部分は片方の鋏《はさみ》の大きな蟹が、おいでおいでに似たあの独特の動作をやっているのを陰影画法で描いたように見えるし、下半分の虫は左右に四本ずつの足と胴体とが重なりあった微妙な感じを、印象派の画家が最小限の筆運びで表現したみたいである。見事だ。

犀《さい》という字はなんだか犀の顔みたいに見えるし、象という字はきっとあの鼻の動きの残像を表現しているに違いない。亀はもうそのまんまだからなにも云《い》うことはない。おれは苗字《みょうじ》を猿渡《さるわたり》というのだが、この猿という字がまたなんとも猿だ。しゃがみこんで訳の分からぬポーズをとりながら前方に突き出した顔の皺《しわ》まで描写されているようで、凄《すご》いというか、この字と決めた人物の才覚がおれは恐ろしい。印象派どころか立体派もアールデコもポップアートもとっくの昔に経過していながら、しっかりと具象である。日本にピカソが生まれなかったのも宜《むべ》なるかな。ピカソ的アイデアを幼い胸中に秘めた子供の全員が全員、漢字というものを習った瞬間にそれが数千年遅れのものに過ぎなかったと悟ってしまうのである。

おれはしばしば冗談が過ぎてしまうので、こういう真剣な発言も、またいつもの冗談と誤解され一笑に付されてしまうことがきわめて多く、じつに遺憾である。ましてやこれから語ろうとしているのは漢字の話ではなくて蟹の話なのだ。昨今は動植物の名前を漢字ではなく片仮名で表すのが通例となっているから、この話も蟹の話ではなくカニの話として記憶されてしまうかもしれない。まったくもって遺憾である。

おれは瀬戸内《せとうち》の離島出身なので、というふうにおれが語りはじめるとたまに、瀬戸内に離島などあるのか、と話の腰を折る輩《やから》がいるから、あらかじめお答えしておく。瀬戸内に離島はある。売っても売っても捌《さば》ききれないどころか在庫が増していくというほどにある。販売時間内に別の島が過疎化してしまうからだ。

離島か離島でないかは、ひとえに交通の便によって決定するのだ。物理的には離れ小島でも、空港があれば生活上はちっとも離島ではない。数千の小島犇《ひし》めく瀬戸内に於《お》いて、交通至便な島というのは一握り……した手を水で洗った残りほどしかない。無医村ならぬ無医島も数知れず。そういう島での突然の病人は、漁船もしくはたまの観光客目当ての釣舟やヨットでもって病院のある島や本土に運ばれる。むろん学校も少ない。おれの場合、中学は別の島のそれに、高校は別の島を二つ経て本土の学校に通っていた。そうまでするくらいなら本土に下宿すればよさそうなものだけれど、おれはわりあい早くに父親を亡くしていたものだから、母親に寂しい思いをさせたくなくてそういう高校生活を自ら選んだのだ。午後から海が荒れると、仕方なく学校に泊めてもらっていた。

閑話休題、ゆえに蟹といったらまず思いつくのは沢蟹や平家蟹や天然記念物の兜蟹《かぶとがに》であって、美味だの至味だの冬の味覚の王者だのと云われてもあまりぴんと来ない。美味を称美される蟹のひとつに高足蟹があるが、蟹という字面からとても想像のつかないとんでもない姿をした生きものであるなめと、初めてそれが水中で生きている姿を見たとき愕然《がくぜん》としたものだ。全体が大水槽であることが売りものの、大阪の水族館でのことだった。

海の上層、中層、そして海底の生きものという順に見物しながら、大きく螺旋《らせん》を描いた階段を下りていく。高足蟹はその最深部にいた。連中との対面は、一口に云い、異星人との遭遇に備えた模擬訓練のような経験だった。螺旋状の通路を降りているあいだ、ずっとおれの後になり前になりしていた美人の二人連れが、互いに離れた位置で同時に悲鳴をあげてへたりこみ、どちらに手を貸そうかと迷ってしまったくらいだ。迷っているうちに別別の男がそれぞれに手を貸してしまった。どちらに決めても似たようなものだったのに惜しいことをした。

高足蟹の一群は、昏《くら》い水底に立っていた。よく育った雄の鋏脚を広げさせて端から端まで測れば三メートルとも四メートルともいわれる世界最大の蟹である。そういうのが両脚を広げて砂の上に這《は》いつくばっているのではなく、いったい水圧でも気に喰《く》わないのか、はっきりと直立していやがるのだ。脚の先から反対の先までが三四メートルといったら直立したって背の低い女くらいの高さがある。そんなものが硝子《ガラス》のむこうに数えきれぬほど揺れているのだから恐怖の大パノラマである。火星から飛来した円盤がその底部から長い脚を伸ばし都市を踏み付けて歩く、かの古典ＳＦの地獄絵を、とつぜん立体的に目撃させられたようなもので、じつはふたりの美人のみならずおれ自身も、ぎゃ、と小さく悲鳴をあげたのだった。高足というのは竹馬の別名だから考えてみればその名の通りの形態なのだが、それにしても気色の悪い見世物だった。光量を抑えた照明のせいかどれもこれもが妙に白っぽく、よく見ると脚の数が欠けているものが少なくなかった。とても長くは前に居られなかった。

その光景を見てからというもの、蟹という響きに対してなおさら消極的になってしまった。おれは占いというのをまったく信じないのだが、蟹座の生まれだという人間に限っては、内心地球征服を夢想しているかもしれない、などとちょっとだけ色眼鏡で見てしまう。蟹座。天球の区分では巨蟹宮《きよかいきゆう》。属性は水。支配星は月。太陽が巨蟹宮に入ると夏至が訪れ、以後は日が短くなっていく。ゆえに死の象徴でもある。

おれはずいぶん長いあいだ、この宮《きゆう》というのを三百六十度の夜空を十二等分したものだと誤解していた。本当のところは、地球から見た太陽の通り道である黄道を中心とした南北十六度ぶんの帯、すなわち獣帯を、十二等分したものなのだそうだ。人の生れ付きを勝手に解明してその生きざまから幸運を呼ぶ小物に至るまでを云云《うんぬん》するための象徴にしては、やけに地味な星座が並んでいると思っていたら、そんなにも細い範囲から選ばれていたのだ。

羊だ天秤《てんびん》だ魚だといったこの地味なラインナップのなかでも、ひときわ暗くて地味な星座が蟹座である。都会ではまず見ることができない。神話に於けるこの巨蟹の存在というのがまた地味で、勇者ヘラクレスと九頭の水蛇ヒュドラとの死闘場面をじっくりと読んでみると、途中、ヒュドラへの助太刀のつもりなのかとつぜん現れてヘラクレスの足を挟み声をあげさせ、直後に叩《たた》き潰《つぶ》されてしまう、ただ物語の進行を妨害しているだけのような蟹がいて、巨蟹というのはなんとこいつなのだ。

カルキノス、といちおう名前が付いている。

「ところがふと考えてみるし、母親も妹も弟も七月生まれでしてね、全員が蟹座なんですよ。今はそれぞればらばらに暮らしてますけど、かつては蟹座に完全に包囲されてたわけで、おれは前世でよっぽど蟹に非道《ひど》いことをしたのかもしれない」

ふふ、電話の向こうの伯爵《はくしゃく》が鼻を鳴らして笑った。伯爵というのはもちろん綽号《あだな》で、その生業が怪奇小説の執筆であることに由来している。その筋では有名らしいからもしも名前を記したらご存じの方があるかもしれない。

一方のおれはというと、二十代のあいだに数数の不運に見舞われたとはいえ三十路を越えて未《いま》だ定職に就けずにいるようなぐうたらに過ぎない。ひょんなことから知り合ったおれたちが間もなく意気投合するに至ったのは、なぜそんな話題が出てきたのか思い出せないのだが、お互い無類の豆腐好きであることを知って非常に驚きあったからなのだ。好きな食いものの筆頭に豆腐を挙げる人間は珍しい。そして余程の食い道楽である。

「よく、蝦《えび》と蟹のどちらが旨《うま》いかなんて論じ合ったりしますよね」

「そのふたつでいえば、おれは蝦です。瀬戸内だから。でも甲殻類でいちばん好きなのは蝦蛄《しやこ》かな。子供の頃は丼《どんぶり》に山盛り食ったもんです」

「食べにくいでしょう、あれは」

「慣れればどうということもないです。鋏をうまく使えばね。けっきょくこの歳《とし》になってくると、子供の時分に食べつけたものほど懐かしくて旨いんですよ。味覚ってのは基本的にノスタルジーだから」

「なるほど。それはあるかもしれない」

「伯爵は？　蝦と蟹ではどちらですか」

うーん、と唸《うな》ったきり彼は長らく黙考して、「河豚《ふぐ》かな」

黙っているあいだに頭のなかで随分な論理が展開されたのだろう。

「蟹も河豚も冬ですね。蝦蛄は夏だけど」

「とも限らないんですよ。猿渡さん、よかったら来週一緒に食べにいきませんか」

「蟹は冬のものでしょう。夏にあるんですか」

「あります。これはぼくのノスタルジーですけれど、子供の頃、夏休みに蟹をおなかいっぱい食べた思い出があるんですよ。食い道楽の叔父がいまして、たしか彼がどっさりと提げてきたんです」

「ガザミのようなやつですか。あれはまあ、年中ありますね」

「いえ、もっとずっと大きくて真赤な蟹でした。長いあいだ、夏の記憶と蟹の記憶をどこかで混同してしまったんだと思ってたんです。ところがですね、旭蟹《あさひがに》というのはご存じですか」

「いえ」

「ちょっと奇妙な姿の蟹なんですけれどね、寄居蟲《やどかり》から進化しきれていないかのような。これは九州の海沿いでは、数こそ少ないものの通年出回っているらしいです。そう人から聞いて図鑑で姿を調べてみたら、どうもそんな感じの蟹だったような気がしてきまして」

「それを九州まで食いにいこうと？」しぜんと声が曇る。これまでくだくだと述べてきたように、おれは蟹というのはあまりぴんと来ないのだ。ましてや蟹で腹を膨らませようと思ったらそれなりの出費も覚悟せねばならないし、そのためにわざわざ九州までというのはちょっと気が重い。

「いえいえ、食べにいこうというのは静岡です。日帰りも可能ですよ。そちらでちょっとした映画祭がありまして」

上映の合間の講演を頼まれた、というのである。幾つも締切りを抱えているので最初は乗り気ではなかったが、委員会の人間と電話で話していると、

「ぜひともいらしてください。今は蟹も旨いですし」

と奇妙な誘い文句が飛びだしてきた。

「え。蟹は冬のものでしょう」

と伯爵がおれと同じことを云うと、

「いえ、こちらには紅蟹というのがいるんです。立派な蟹でしてね、旬は春と初秋ですが、夏至の頃までじゅうぶん旨いそうですよ。協賛者にその漁の網元のようなことをやっている人がいるんです。お見えになったらもちろんご紹介できます」

旭蟹の、亜種だという。旭蟹を紅蟹と呼ぶ処《ところ》もあるらしいのだが、現地で呼ぶところの紅蟹は、それよりひとまわり大きく、またより美味だという。旭蟹がくすんだ橙《だいだい》色で茹《ゆ》でると朱赤に変わるのに対して、紅蟹はもとから深紅に近い。他の地方には滅多に出廻《でまわ》らず、ほとんどが地元の料理店で消費されるのだそうだ。

講演についての回答をいったん保留して電話を切ったあと、伯爵ははたと、子供の頃に食べたあの夏の蟹はその紅蟹か旭蟹ではないかと思い当たった。図鑑を広げると紅蟹の姿はなかったが旭蟹はあり、絵を眺めているうちにますますそんな気がしてきた。そうなるともう味を確かめたくて矢も楯《たて》も堪《たま》らず、急いで委員会に電話をし、自分から頼み込むようにして講演を引き受けた。

「本当に旨いと思われますか、その紅蟹」問い掛けは、むしろ自問に近かった。蟹の味といっても蟹蒲鉾《かにかまぼこ》以上のものをなかなか想像できないのだ。

「旨いはずです」伯爵は確信に満ちた声で云った。

＊

伯爵は車を運転しないくせに、酒をほとんど飲まない。一方おれには運転免許があるし運転好きでもあるのだが、同時に大の酒好きでもある。どっちかが入れ替わっていればよかった。おれが日帰りしたがっていると思ってかそれとも自分の仕事の締切りを案じてか、伯爵は最初、列車の旅にしようと云ってきた。列車ならばおれが如何《いか》に酔っぱらっていようが運行に差し障ることはないから、寄り道の楽しみは少ないものの効率のいい旅になる。しかしその頃のおれはというと知人から真黄色のビートルを譲ってもらったばかりであり、あんまり莫迦《ばか》莫迦しい色なので大いに気に入っていて、それで遠出をしたい盛りだった。

「車を出しますよ。きっと深夜には帰れます。飛ばしますから」

とおれが迂闊《うかつ》なことを云ったら、伯爵はすっかり慌ててしまい、

「宿を取りましょう。ぼくが手配します」

そういうわけで一泊二日の自動車旅行ということとなった。夏至である。途中でちょっとした事件があって到着が予定より遅れたのだが、講演の時間には辛うじて間に合った。この事件についてはまた別の機会に語る。かもしれない。

映画祭というのは富士市《ふじし》が主催する怪奇映画専門のそれだった。酔狂なイヴェントであるにも拘《かか》わらず市民会館の前には長蛇の列があり、ずいぶん好事家の多い土地だと感心した。ところが、車を駐車場に停《と》めて玄関に近付いてみればじつは受付の前はがらがらであっ

て、行列は館内のいずこかから屋外にまで延びているのだった。

「ゲストに女優が招かれてるんですよ。そちらのなにかでしょう」伯爵が肩を竦《すく》めがちに云う。最近評判になった映画のなかで、仮面の殺人者に襲われては叫びまくっている女優であるとのことだった。

「会えますかね」とおれが問うと、伯爵は笑いながら首を傾《かし》げた。映画の題名も女優の名前も初耳だが、叫びまくっている女というのがなんとなくいいではないか。

楽屋入りする伯爵と別れて館内をうろついていて、行列がその女優のサイン会の整理券を得るためのものだったことを確認した。肝心の伯爵の講演に閑古鳥が鳴いたらどうしようかと心配していたけれどそれは杞憂《きゆう》で、映画が終わると同時に会場から出てくる人人もあったけれど、おれが入ってみるとまだ座席の七分は埋まったままだった。講演の専門性を思えば上上だろう。伯爵が舞台に登場すると大きな拍手が涌《わ》きあがって、彼の局地的な人気ぶりを思い知らされた。講演の内容はといえば彼が好もしく思っている怪奇映画の見所をずらずらと並べていくといったものであり、周囲はみな熱心に耳を傾けていたが、おれの知っている映画は一本も出てこなかった。

気の毒だったのは次に上映された映画だ。別の会場で女優のサイン会が始まってしまったため整理券を持った客がどっと会場から消えた。いったいどんな女か見てやろうと思っておれも消えた。

「猿渡さん」とロビーで伯爵の呼ぶ声を耳にして立ち止まった。見れば自著と万年筆とを両手に持って、熱心な読者らしき数人に囲まれている。こちらもサイン会である。

「ちょっと向こう、見てきます」

「あとで会えるそうですよ」

「ほんと？」

「お連れの方ですな」巨大な笑顔が伯爵の姿に被《かぶ》さった。「蟹がお好きとか」

「はあ」と云っておれも笑顔をつくった。どこで情報が歪《ゆが》んだのだろう。

「申し遅れましたがわたくしは」

と云っておいて男はなにも申さずに名刺を突き出してきた。南郷英雄《なんごうひでお》、とでっかく名前があるだけなので裏返してみると三十くらいの肩書きで埋まっている。いきなり蟹の話をしてきたし、ははあこの男が網元であるなと見当を付けた。顔からして蟹という字に似てやがる。おれは頭を下げて名前を云ったが、生憎《あいにく》と肩書きはない。

「この映画祭にも南郷興産として協賛しとります。むろん商売は抜きでして、まあありきたりな言い方で申し上げれば、この富士市の若者文化の自由な発展にいささかでも貢献できればという、わたくしなりの郷土愛の発露といったところでしょうか。このあいだも市長と夕食を共にしましたが、話題の中心はやはりこの映画祭でして、内容について根掘り葉掘りお尋ねになるもんですから、いえいえわたくしは映画には素人ですから、いっさいを委員会の皆さんの手に委ねておりますと申し上げましたら、有名な映画通でありながら、金は出しても口は出さないというその姿勢が如何にも南郷流だなんてことを仰有《おっしゃ》いましてな、がははは」

漫画の擬音のように本当に、がははは、と笑う奴《やつ》を初めて見た。その後も成金紳士に相応《ふさわ》しい無意味な長広舌が続いた。おれを相手に揮《ふる》ってもしょうがないと思うのだが、伯爵の連れだというので同じ物書きとでも誤解したのかもしれない。頭は黒く染めているが六十前ということはあるまい。趣味人ぶって絣《かすり》を仕立てた襟無しのシャツを着ているのがなんともいえずいやらしく、この男と飯を食わねばならぬのかと思い辟易《へきえき》しながら演説を聞き流していたら、やがて腕章をつけた男が近付いてきて、こちらでございますこちらでございます、とおれたちをティールームに導いた。伯爵も追い着いてきた。

ティールームの奥の屏風《びょうぶ》で仕切られた一角で、さらに小一時間も南郷の自慢話や苦労話を聞かされた。腹が立つので委員会の人間に向って、ビール、と云ってみたら即座に冷えた小罎《こびん》が出てきた。酌をされるのは鬱陶《うっとう》しいので抱え込んで手酌でやった。罎の中身が半分以下になると次の罎が出てきた。次の罎も半分以下にしてみたらまた出てきた。次次に出てくる。面白いので調子に乗って飲み続けて、そのうちだいぶ酔っぱらってしまった。

南郷の話のなかで唯一興味深かったのはやはり紅蟹に関する部分で、遠縁が提げてきたのを食い、地元にこんな旨い蟹があったかと仰天した彼は、買付け契約を交わすべく漁港を巡るのだが、船という船に断られてしまう。自分の親戚からもだ。やむなく彼は船を借り人を雇って、自ら紅蟹漁に出る。そうして水揚げされた紅蟹は、港での逆風が嘘《うそ》のように各料理店から大歓迎を受けた。南郷はその後も独自に紅蟹漁を続け、次第に規模を拡大して、その安定した収益がのちに手を染めるさまざまな事業の基盤となった。

「なぜどの船からも断られたんでしょう」伯爵が尋ねる。

するると南郷は不貞《ふて》たような口調で、「迷信です。そんなのを商売にしたら祟《たた》られると云うんですね。そう云いながら自分たちは食っておるじゃあないか、わたしだって分けてもらったぞというと、祭の晩はいいんだと云うのです」

「稀少《きしょう》だからじゃないですか。減らさないための古人の知恵では」

「わたしらとて年中船を出しているわけじゃあない。毎年専門家を招いて実数を詳しく調査してもらい、その結果に則して翌年の漁を決めております。こちらも商売であればこそ、絶滅しそうなものを扱ったりはいたしませんから、その点はどうかご心配なく。紅蟹の実物をご覧になれば迷信の根拠も分かるでしょう」

屏風の向こうがざわめいたかと思うと、腕章をつけた別な男が現れ、麻のジャケットを羽織った男が現れ、最後にすとんとした夏服を纏《まと》った、やけに小さな顔をした女が現れた。ポスターにあった顔だ。女優である。ということは麻服の男はマネージャーか。

「おお、花ちゃん」南郷が唇を窄《すぼ》めて呼び掛けた。落合花代《おちあいはなよ》、というのが女優の名前だ。彼女は南郷に会釈したが、そのあと小さく首を傾げているのをおれは見た。べつに知人というのではなく、たんに南郷が馴《な》れ馴れしいだけのようだ。

南郷の隣、おれの向い、伯爵から見ると斜《はす》の位置に落合花代は腰を下ろした。いざ間近にしてみると、それを飯の種にしている人間の容姿というのは並の整い方ではない。映画で彼女を見知っているはずの伯爵もびっくりしたような表情でいた。ほとんど拵《こしら》えもののようである。おれはすっかり緊張してしまった。

「お注《つ》ぎしましょうか」手酌のおれを見て落合花代が云った。

おれは無言で頭を振って、罎を手許《てもと》に引き寄せた。言葉が出なかったのだ。伯爵が珍しくたばこを吸いはじめた。彼も緊張している。南郷ひとりがべらべらと喋《しゃべ》り続けている。

伯爵によれば、美女とマネージャーは三十分ほどでその場を去ったとのことである。おれは記憶していない。緊張のあまり急速に大量のビールを飲み過ぎて、間もなく意識をすっ飛ばしてしまったからだ。その後も夢遊病者のように飲み続けていたらしい。伯爵が罎を数えていた。全部で二十一本。七リットルだ。きっと女優に頭のおかしいやつだと思われたことだろう。

気が付くと、南郷のメルセデスの後部座席に居た。車中は暗く、窓から見える灯《あか》りも乏しかった。エアコンからの風に潮の香が混じっている。伯爵から説明を受けた。前後不覚のおれを料理屋に連れ込むのは難しいと判断し、また南郷の強い薦めもあって、予定を変更、一宿一飯を南郷邸に求めることにしたのだという。

「電話をして、活《い》きのいい紅蟹をたっぷりと用意しておくようにいっておきました。まあご期待ください」南郷が運転席で云って、がははは、と笑い声をあげた。

漁師たちが祟りを畏《おそ》れるはずだ。南郷が摑《つか》んで応接間に持ってきた生きた紅蟹の、そのグロテスクなことといったら百足蟹の比ではなかった。大きさがどうとか脚の長さがどうとかではなくて、根本的におれの知っている蟹の姿ではない。蟹をいったん解体して、福笑いしたかのように滅茶苦茶《めちゃくちゃ》である。

具体的には、まず甲羅が人の顔のように縦に長い。その下に伊勢蝦をごつくしたような胴体が付いている。蟹の胴体というと通常は平べったく腹部に巻き込まれていて、そこに卵を抱えたりするわけだが、この紅蟹の甲羅と胴体の位置関係はちょうど団扇《うちわ》とその柄《え》のそれに近い。無為に宙を掻《か》いている脚は、どれも平たく、短く、重なり合うように胴体に接合している。鋏も同じような位置から生えている。鋭い棘《とげ》が幾つも生えた立派な鋏なのだが、なにせ甲羅がでっかいので、福助の万歳《ばんざい》を見るが如《ごと》きもどかしさがある。甲羅の周囲にも脚の前後にも、藻屑蟹《もくずがに》の鋏に生えているような褐色の軟毛が見える。毛以外は、その名の通り真紅だ。血のような赤だ。

これを食うのかと思っておれはしばらく声も出なかったのだが、考えてみれば頭があり胴がありその左右に手足があるというのは地球上の生きものとしてきわめて順当なのだ。そう頭では分かっても生理的な嫌悪感は一向に去らない。紅蟹の形態はまるで下等な蟲《むし》を巨大にしたようでありながら、同時にいちいち人間の姿を想起させるものでもあった。地面に這いつくばった巨漢を上から見下ろしているようであり、また全体が人の顔のようでもあり、いや待て、それどころか――。

「ひゃ」と伯爵が声をあげた。おれと同じことを発見したのだ。

「この角度でしょうか」南郷が楽しげに云う。「目鼻が見えるでしょ。これが旭蟹との最大の違いであり、また迷信の根拠であるわけでして」

甲羅は、棘になりそこなった鳥肌のようなものでびっしりと被われていた。そしてその微妙な起伏が、あかりの角度によっては人の苦悶《くもん》の表情を立体的に描くのである。平家蟹のホログラフィ版だ。おれは心底憂鬱になった。

「しかも面白いのがね」と南郷が蟹をテーブルに置く。蟹はひたすら後退《あとずさ》り、やがてテーブルから落ちた。南郷はそれを受け止めると、「後ろにしか進みません。これは旭蟹も同じです」

「この蟹ですか。子供のときの夏蟹」おれはそっと伯爵に尋ねた。

伯爵は眉《まゆ》をひそめて、「顔は無かった。絶対に無かった」

「ちょっと驚かれたでしょう。紅蟹の味は素晴しいがこの姿を見ていてはとても食欲が涌かないと仰有る方は、まあ多いですな。愚妻などもそのくちでして」

「これで大きいほうですか」伯爵が尋ねた。

「もっと大きなのもおります。最大でこのくらいのを見たことがあります」と南郷は片手で直径五六十センチの半円を描いた。

「甲羅がですか」

「甲羅だけでです。海の生きものというのは、間違って長生きするとどこまで成長するか知れませんな」

お食事の支度が、と家政婦が呼びにきた。蟹を手にした南郷に続いて、おれたちは重たい足取りで食堂に向った。南郷の細君がさきにテーブルに着いて待っていた。南郷のオフィスを兼ねているそうで人の出入りの気配が絶えない家だが、けっきょく南郷の身内というのはこの細君ひとりきりらしい。歳は三十も離れているのではなかろうか。加賀まりこを若くしたような我の強そうな美人である。テーブルに着いたおれたちは冷酒で唇を湿らせながら、肩に力を入れて紅蟹の登場を待った。ところがやがて運ばれてきたのは丼と椀《わん》だけである。洗いも茹で蟹も天麩羅《てんぷら》も甲羅焼きも現れない。さあ始めましょう、と南郷が云う。おれは首を傾げながら丼の蓋《ふた》をとった。湯気が上がった。息を呑《の》んだ。

丼であるには違いないのだが、蟹の身と味噌《みそ》が分厚く敷きつめられていて、まったく飯が見えない。いったい何杯の紅蟹が使われているのだろうか。その外見のおどろおどろしさとは裏腹に、紅蟹の身というのは紙のように皓《しろ》くて肌理《きめ》が細かかった。味噌の色も淡い。箸《はし》をつけるのになんの抵抗も感じなかった。茹で立ての身は繊細、淡泊にして、その向こうに複雑な海の味がした。これほどの量があるとはっきりと分かる。一方蟹味噌ははっとするほど濃厚であり、おれは子供時代の一時、既製品のふりかけの中毒に陥ったのだが、それを親の目を盗んでは掌《てのひら》に盛って食っていたときの罪悪感が胸に甦《よみがえ》った。そういう罪な味が、食いきれるだろうかというくらいたんまりと飯に盛ってあるのだ。

「これは、絶品ですね」伯爵が感嘆して云う。

おれもまったく同感だったが、それを表明する余裕がなかった。丼ごと抱えて蟹と飯とをわさわさと口の中に掻き込んでいた。おれが長いあいだ馴染《なじ》めずにいたのは蟹そのものではなく、蟹食いに付きもののあのちまちました所作であって、つまり本当はこういう食い方をしたいのだという強い願望の裏返しだったのではなかろうか。口からはみ出そうなほどの蟹の味にうっとりとしながら思った。椀のほうは、爪を集めて出汁《だしじる》をとったという味噌汁だった。蟹の身はいっさい入っていない。それでいて圧倒的に蟹である。充分だ。素晴しい。

細君だけはなぜかハンバーグを食べていた。蟹など食べ飽きているか、あるいはよほど嫌悪しているのだろう。そのハンバーグも半分以上残して、けっきょくおれたちとも南郷とも口をきかぬままに食堂を出ていってしまった。良好な夫婦仲ではないらしい。

南郷が顔を顰《しか》めてまるきり蟹という字になり、小声でおれたちに云った。「財を成しては、あまり若い妻を娶《めと》るもんではありません。早う死ね、としか思われなくなります」

一階と二階にそれぞれ客用寝室があるという。大した豪邸である。海辺の別荘地と地元の金持ちの高級住宅地を兼ねたような土地柄らしく、車窓から見たところバタ臭く生活感のない豪邸ばかりが並んでいた。南郷がインターフォンで人を呼び付ける。その高圧的な命令調に少少驚いた。秘書らしき男が食堂に姿を現した。背の高い男前である。男前すぎてあまり好感が持てなかった。風邪をひいているようで、しきりにハンカチで顔を押さえては洟《はな》を啜《すす》り上げている。

伯爵が上、おれは下の部屋で眠ることにしてそう秘書に告げると、まずはふたり揃《そろ》って下の寝室に案内された。普段は空き部屋でいるくせに、まるで豪華ホテルの一人部屋である。設備はまさに万全で、机や冷蔵庫は勿論《もちろん》のこと、小型テレビの横にはゲーム機まで置いてあるし、キャビネットには洋酒の罎が並んでいる。専用のシャワー室まであった。秘書にチップを渡せば娼婦《しょうふ》だって出てくるのではなかろうか。

タオルはそこ、寝衣はあそこ、ゲームソフトはその抽斗《ひきだし》の中……という秘書の説明を聞き流しながら、さっそくキャビネットの硝子を開いて酒の銘柄を確認する。

「グラスは全部消毒済みです。どうぞご自由に」と秘書が云って、またハンカチを鼻に運ぶ。

「どれ飲んでもいいの」

彼は鼻孔を押さえたまま、「お好きな物をどうぞ。氷は冷蔵庫に」

「氷はいらない」シングルモルトの罎を選んで開封した。「伯爵は？」

「いえ、ぼくはもう」彼は書棚を眺めている。一度も箱から出されたことのなさそうな古典の全集が並んでいる。「これ、上にもありますか」

「構造も備品もほぼ同じです」

「これほどの暮しぶりでも、夫婦仲はいまひとつのようだ」

おれがスコッチで湿った唇をそう滑らせると、秘書は表情を険しくした。なにか云いたげなのだが、押し黙っている。かといって、とっとと伯爵を連れて部屋を出ていこうとす

るでもない。面白いので、

「どっちに問題があるんだろう」と独白のように続けてみた。

秘書は顔からハンカチを離した。「奥様にはなんの非もありません。天使のような方です」

「じゃあ南郷氏が悪魔か」

「そうは申しませんが」

「浮気性」

「いいえ」

「博奕《ばくち》打ち」

「ぜんぜん」

「暴力亭主」

彼はまた鼻を押さえた。


ひとりでぴっこんぴっこんゲームをやりながら飲んでいるのが莫迦らしくなり、家政婦のなかにでも酒飲みはいないものかと、スコッチの罎を小脇に抱え手にはショットグラスを二つ握り込んで部屋を出た。

食堂の灯りは落とされていたが、奥のカウンターの向こうは灯りが点いている。厨房《ちゅうぼう》である。人の居る気配がする。近付いた。

流し台の前で女が水を飲んでいた。おれの気配に気付いてこちらを向いた。すとんとしたニットに綿ズボンという素気ない服装に着替えていたのでそれまで分からずにいたが、南郷の細君だった。

「氷、切れてました？」と問われた。初めて彼女の声を聞いた。体格のわりに低い、落ち付いた声音だった。

「いえ、人材が。だれか酒に付き合ってくれないものかと思いまして」黒っぽい大理石のカウンターに罎とグラスを並べる。

細君は呆《あき》れたような顔をし、それから微笑して、「みんなもう自室に引き上げてるわ。一杯くらいならあたしが」

「ブラヴォ」おれは罎の蓋を開けた。

「あたしはロックで」と云って、あきらかに業務用である巨大な冷蔵庫へと近付いていく。

「そのままなんてきつくて飲めないわ」

「こんな上等のスコッチに氷を入れるもんじゃありません。香りが消える。水だけ加えるならまだしも」

「そうなの。南郷はブランデーにでもなんにでも氷を入れるわ」

「暴挙だと教えてあげてください」

彼女は冷蔵庫から発泡性のミネラル水の大罎を取りだした。「これはあり？」

「気が利いてる。おれもそれでいただきましょう」

丈の高いグラス二つと栓を開けた水の罎を抱えて、彼女はカウンターの対《むか》いにやって来た。すっかり化粧を落としている。加密爾列《かみつれ》の香りが漂ってきた。そういう石鹼《せつけん》かシャンプーを使っているのだろう。

二つのグラスに、おれがウィスキーを、彼女が発泡水を注ぐ。

「あなたたち、何者なの。探偵？」

おれは失笑した。「そう見えますか」

「南郷はなにを頼んだの」

「おれは探偵でも諜報部員《ちようほうぶいん》でもありません。ただの一般人です。たまたま南郷さんと知り合って、蟹を御馳走《ごちそう》になりにきただけです」

「あの黒尽《くろず》くめの人も？」

「あの人は小説家」

彼女は笑った。「諜報部員の活躍の取材にでも？　望月《もちづき》くんが、あなたが夫婦の間柄を詮索《せんさく》していると云っていたわ」

「望月くんというのは」

「秘書」

おれは頷《うなず》いて、「あの風邪ひきの男前ね。大丈夫、奥さんのことは絶賛しておられました」

「どう」

「天使だと」

細君はソーダ割りを呷《あお》り、溜息《ためいき》をついて、「彼はいつでもあたしの味方。南郷のことはどう云ってた？」

「べつに。ただ言外に、奥さんに対して暴力的であるかのようには」

「南郷は……彼自身はぜったい信じようとしないけれど、紅蟹漁の期間、毎晩毎晩、本当にひどく魘《うな》されるの。起きているあいだものべつ苛苛《いらいら》して、あたしがなにか云うと過敏に反応して怒鳴りつけたりするから、そういう様子ばかり見てきた人たちはあたしに同情的だわね。その一方で、あたしのことを無条件に毛嫌いしている人たちもいる」

「天使がなんで毛嫌いされるんですか」

「うまく南郷を誑《たぶら》かしたと思ってるのよ。会社に入ってまだ年数の浅かったあたしが、突然彼らを使うほうの立場になっちゃったんだもん。古参やその息のかかった人たちからの風当りは強いわね」

「実際のところ暴力は」

「たまにはね。でも耐えられないほどじゃない。どんな夫婦でも喧嘩《けんか》はするでしょう。あなたの家庭だって」

「おれは独りです」

「あらなんで」

「なんでって、相手がいないし、家庭を持つほどの収入もないし」

「探偵ってそんなに儲《もう》からないの？」

おれは身分証明を諦《あきら》めた。というより身分らしい身分がないのだから、なにをどう証明することもできないのである。「儲かりませんね。さっぱりです」

「仕事を変えたほうがいいわ。あなた向いてないもの。敵に手の内を見せ過ぎよ」

「敵味方とは限りませんよ。おれたちはただ事の真相を調査しているだけです」

ただ映画のなかのＦＢＩの科白《せりふ》めかして云ったつもりに過ぎなかったのだが、細君の眼《め》に憤然としたような輝きが宿った。「巨人の話は真実よ。幻覚なんかじゃない。本当に現れるの。あたしを狂人扱いしないで。それともそう見える？」

驚いて、なにも云い返せなかった。きょじん、の抑揚が下降調ではなく上昇調だったので、少なくとも野球の話ではないのは分かった。

「見える？」彼女は繰り返した。

「いいえ」とおれはかぶりを振り、ウィスキーソーダの残りを呷った。


部屋に戻り、灯りを落としてベッドに横になると、高窓を額縁に、澄んだ星空がきらびやかにおれを瞰《み》下ろした。心憎い趣向だ。波の音まで高級に聞える。なんだか腹が立ってきた。そのままうとうとと人を殴る夢など見ていたら、屋敷のどこかで女の悲鳴があがった。ドアの開く音や複数の跫音《あしおと》がそれに続いた。

部屋を出てみると、廊下の奥まった処に人が集まっている。伯爵、二人の家政婦、秘書の望月のほかに、残業していた社員と思《おぼ》しき男たちが数人。突当たりの部屋の中で女が叫んでいる。

「なにが」と伯爵の横に行って尋ねた。

「奥さんがなにか見たらしいです」

「失礼」と社員たちを押し退《の》けて部屋を覗《のぞ》き込んだ。

広広とした部屋が屏風や観葉植物で巧みに仕切られている。奥に箪笥類が並んでいるところをみると、ここから先は夫妻の私的な空間らしい。細君の姿はすぐ左手の一角にあった。彼女が趣味を楽しむための場所のようで、古風なミシンやキルティングの敷物や棚を埋め尽した手製の縫いぐるみが、あたかもドールハウスの如き風情を醸している。と思ったら片隅には部屋をそのまま縮小したと思しきドールハウスが飾ってあった。ドールハウスの中にもドールハウスを模した小さな箱があるのを見て、ちょっと嬉《うれ》しくなった。なかなかの洒落気《しゃれっけ》である。しかし当の細君は恐慌状態で、絨緞《じゅうたん》の上にへたりこんで支離滅裂なことを喚《わめ》いていた。あなた信じて、赤い顔した大きな人が、また窓からあたしを、早く誰かつかまえて、いえ誰か行かないで、紅蟹の祟りだわ、きっと殺される、誰か助けて……。

ガウン姿の南郷がひざまずきその肩を掴んで、正気を取り戻させようと前後に揺さぶったり頬《ほお》を張ったりしている。要するに窓越しに部屋を覗き込んでいる奴がいたらしいのだが、細君が指差している窓はおれの部屋にもあった高窓である。なるほど巨人か……とひとり納得しつつ伯爵を振り返ると、彼が玄関のほうに顎《あご》を向けた。

おれたちは外に出て屋敷の裏手にまわり、細君の部屋を外側から眺めた。高窓は、おれが手を伸ばしてもその下部に指を掛けるのがせいぜいという高さで、そこから中を覗き込もうと思えば身長が二メートルあっても足りそうにない。また壁際には育ちすぎた柊《ひいらぎ》の植込みがあり、それと壁との間には人ひとり滑り込むのがせいぜいであって、踏台が置けたとも思えない。

「おれの部屋の窓もこの高さです。泥棒に備えてかな。星がよく見えていいですよ」

「ここから覗き込んだといったら、相当な長身ですね。きっと近所でも評判でしょう」と伯爵は云って自分でくすりと笑った。「実在したらですが」

黙っていた。おれは女に甘過ぎるのかもしれない。細君の弁を信じてやりたい気持ちを胸の隅から追い払えずにいる。

おれたちが屋内に戻るとすでに騒ぎは鎮まり、夫妻の部屋のドアは閉ざされていた。

「疲れる一日でしたね」と伯爵。

各各の部屋に戻ろうとしていると、ドアが開いて南郷が姿を現した。肩が下がっていて、なんだかしょぼくれて見えた。廊下の薄暗い天井灯の下で見る彼は、紛れもなく疲れきった老人であった。「お騒がせいたしました。ブランデーを与えて眠るように云いました。それだけのためにまた大喧嘩《おおげんか》ですよ。張り倒してやりましたわい」

「こういうことは、これまでにも?」

伯爵が尋ねると、南郷はその両眼に昏い怒りを湛《たた》えて、

「わたくしはね、癌《がん》を克服してしまったのです。あれはもともと会社の秘書の一人でした。わたしがもう長くないと踏んで、自分から後添えに名告《なの》りをあげてきたんです。わたしも

毎日が不安でしたから、その腹の底を疑いながら受け容《い》れてしまった。ところがあれの目論見《もくろみ》に反して、わたしは健康を取り戻しました。癌治療の発展は日進月歩です。目前のもうひと月を生き延びられたなら、翌月にはずっといい薬や治療法が完成しておるのです。そしてわたしにはそれが買える。どうも自分が若いあいだにはわたしが死んでくれそうにないと、判《わか》った途端にあれが始まりました」

「赤い巨人を見るようになったと」

南郷は頷いた。「それでも最初は信じてやろうと思い、警備をつけたり、辺り一帯を捜索してもらったりしていたのです。見た者はひとりもおりません。いい物笑いの種になりました。けっきょく離婚したいのですよ。たっぷりと財産を取ってね。わたくしが紅蟹のビジネスをやめないから。祟りが心配で心神喪失に陥ってしまったとでも主張するつもりなんでしょう。しかし紅蟹漁はもはやわたくしひとりの問題ではない。大勢の社員とその家族を養っておるんですから」

寝室に戻った。すっかり目が冴《さ》えてしまったので長椅子に寝そべって東京から持ってきた文庫本を読んでいたら、やがて頸《くび》が痛くなった。ベッドに横になった。手足がマットレスのなかに沈んでいくような感覚があった。軀《からだ》は疲労しているのだ。そのままぼんやりと高窓の辺りを眺めていると、いつもながらに礼儀正しく睡魔がやってきて、細まった視界に乳色の靄《もや》をかけた。高窓の外に赤っぽいなにかが見えたが、驚きの回路にスイッチが入るまでずいぶん時間がかかった。五時間や六時間はかかったような気がした。実際は五六秒であったろう。はたとおれが刮目《かつもく》したとき、まだ窓の外には赤い顔があった。

おれは慌てて軀を起こした。赤い巨人はあたかも見切りをつけたようにふいっと、窓から離れて消えた。おれは部屋を飛び出し、スリッパのまま玄関を出た。高窓の見えるところまで芝生を駆けたが、人影はどこにも見当らない。立ち止まって息をひそめてみても、ただ蟲《むし》の音と陸風が木木の葉を揺らす音が聞えてくるばかりだ。おそるおそる高窓の下に進んだ。こちらの植込みは躑躅《つつじ》か皐月《さつき》のようだが、やはり壁との間には人が入れるぎりぎりの隙間しかない。ポケットにオイルライターがあったので灯して地面を観察した。梯子《はしご》か竹馬の痕跡《こんせき》でもないかと思ったのだ。しかしそれらしきものはなにも見つけられなかった。

芝生を踏む音が聞えた。おれは立ち上がり、辺りを見廻した。半地下になったガレージの入口辺りに動く人影があった。

「誰だ」

「助けて」影が弱弱しい声をあげた。南郷の細君だった。「誰か来て。主人が」

＊

広いガレージだ。メルセデスが三台入っているが、もう五台ぶんくらいの余裕がある。そのほぼ中央に、南郷は眼を見開いて横たわっていた。赤い血溜《ちだ》まりが頭から肩にかけてを後光のように囲んでいる。横一文字に裂かれた喉《のど》からの出血だ。さらにガウンの左胸も大きく赤く染まっている。

社員たちが神妙な表情で壁際に整列している。さっき家政婦たちの姿も見掛けたけれど、さすがに怯《おび》えてか下りてきていない。南郷の細君も、屋内からの階段を下りきろうとしない。望月に肩を支えられてようやく立っている。望月は風呂上がりのようで、長袖のTシャツを着て前髪を垂らしている。

「この二个所《か》か。それにしても凄いな、この喉の傷は」

「物凄い力で掻き切られてますね。まさしく致命傷だ」

「しかし、奥さんが何度も見たという大男の力なら、あるいは」

「そうですね。背後から摑まえてざっくりと」

「それにしても薄暗いな。灯りは一つしかないのか」

「まあガレージですから」

「胸ですよ、致命傷。喉のほうは南郷さんが亡くなったあと作られた傷だ」二人の刑事の会話を聞いていた伯爵が声をあげた。

「あんたは？」年嵩《としかさ》のほう……仮に刑事Aとしよう、そちらが立ち上がって訝《いぶか》しげな顔つきで尋ねる。

「たまたま今夜、こちらにお世話になっている者です」と云って伯爵は彼に近付き名刺を差し出した。

「小説家ね、ほう。知ってるか？」と受け取った名刺を刑事Bに覗かせる。刑事Bがかぶりを振るのを見て、刑事Aは嬉しげに鼻孔を広げ、「おれも知らんな」

「人は概ね《おおむ》二種類に分かれます。無知を誇る人と、恥じ入る人に」

「おれを無知だと云いたいのかい」

「いえ、ただ人間を分類しただけです。他の分類法もありますよ。南郷さんに対して、その背後から近付き喉を掻き切らねばならない人間と、その正面から心臓を刺して殺せる人間。犯人は当然後者ですよね」

刑事Aは鼻で笑って、「素人探偵登場だ。テレビドラマの見過ぎだな」

「その科白《せりふ》こそ見過ぎです」

「なんで前者じゃあいけないんだ？　背後から被害者に近付き、摑まえて喉を裂いて動けなくしておいて、あとで心臓を刺した可能性だってあるだろう」

「なんのために？」と伯爵は片方の眉を上げた。「それだけ深く裂いておいて、生き返ると困るから心臓も刺したと云うんですか。その喉の傷は殺害のためのものではなくて、南郷さんの屍体《したい》を切断しようとした痕跡ですよ。検死を待てば判明することですけど」

刑事Aはうんざりしたような顔で、伯爵から南郷の細君に視線を移した。「遺体を発見されたのは、奥さん？」

彼女は頷き、涙声で、「車を入れ直してくると云って。でもいつまで経《た》っても帰ってこないので見にきましたら――」

「ちょっと外に出てましょう」伯爵がおれに云う。「血の匂いで気分がわるい」

「おおい」と刑事B。「勝手に現場から逃げられちゃ困るんだ」

伯爵は悠然と、「空気を吸いに庭に出るだけです。ご心配なら尾行なさって、逃亡しそうな素振りが見られたら遠慮なく射殺してください」

刑事Bは傍《そば》に立っていた制服警官に顎で指示を出した。おれたちはガレージを出た。どこかで蛙《かえる》が啼《な》いている。芝を踏みながら振り返ってみると、三メートルほど後ろにあの警官がいる。付いてくる。伯爵も分かっているはずだが、べつだん気にしていないようすだ。おれも気にしないことにしん。

「猿渡さん、物を切断するのってどういうときでしょう」

おれはすこし考えてから、「長過ぎるとき」

「ところが世のなかにはその逆も」

「短過ぎるとき？　ありますか」

「猿渡さんが俳句をつくったとしますね。しかし五七五に足りないものになってしまった。さてどうします？」

「字足らず、と加えます」

「それは無しです」

「つくり直します。で正解？」

「ええ。でもその上の句を動かせないとしたら？　それがテーマとして設定されているかどうかで」

「じゃあそのあとを捨てるしかないでしょう」

「ほら、切断しました」

なるほど。と思わなくもないが、ほとんど詭弁《きべん》である。

「犯人をご存じのようですね」

伯爵は肩を竦めて、「猿渡さんは誰だと思われます？」

「秘書の望月」

「根拠は」

「風呂上がりだった。風邪をひいてるのに。返り血を濯《あら》い流すためじゃないかと」

「彼はもっと冷静でしょう。この殺人自体はきわめて衝動的なものです。こんなに人がいる家のなかで刺殺という手段をとるなんて、無計画そのものだ。息絶えるまでのあいだにどれだけ騒がれるか分かったもんじゃない。そうでしょう？　それにあの秘書だったら南郷氏を切断する必要はない。まるごと抱え上げられる」

「というと、運ぶための切断？」

「いいえ。運ぶだけだったら非力な人間にもなんとか引きずれる体重でしょう、南郷氏は。殺害のほうはちょっと措《お》いておいて、話を切断に絞りましょうか。さっきの俳句の譬《たと》えに則して云えば、切断者にとってのテーマは、南郷氏の頭部か胴体のどちらかです。そのどちらかにとって、他方が長過ぎた、もしくは短過ぎた、と考えてみましょう。しかし頭部に長短の差は少ないですから、胴体のほうが使いものにならなかったと考えるのがしぜんだ。では南郷氏の頭部を利用して　切断者はいったいなにを成そうとしたのか」

「ラグビー」

「いい線です。こういう言い方たとどうですか、切断者は、なにを製作しようとしたのか」

おれは考えた。南郷の胴体では、短過ぎた。俳句の話のニュアンスからいえば、伯爵は、それは短過ぎたと云いたいのである。そしてそこに字足らずと加えても意味がない。

「伯爵」とおれは片手を上げた。「分かりません」

彼は立ち止まった。背後の警官に向って、「お巡りさん、ちょっとご協力ください」

「は？」と警官が足を止める。

「あの高窓の下に立っていただけますか」

おれの居た寝室の窓だ。

「なんのためにですか」と素朴な口調で聞き返してきた。

「実験です。推理小説風に云えば、切断されなかった頭部について考察するための」

「はあ」警官は素直に壁に近付いていき、「植木の向こうですか」

「できれば」

警官は植込みを掻き分けた。「ここですか」

「ええ。そこで帽子を両手で持って、上にあげてみてください」

警官は制帽を掲げた。帽子の位置は、窓の下枠より僅《わず》かに高い。

「……そうか」とおれ。

「分かりましたね、切断者は巨人をつくろうとしたんです。南郷氏の頭が上の句。人の頭であればなんでもよかった。高窓から覗かせて、一瞬誰かに確認させればいいんですから。一目では南郷氏と判らないよう、顔に血を塗りたくってね」

「あのう」と警官が声をあげた。「帽子の角度、これでいいですか」

「ええ。もう結構です。ご苦労さま」

警官は制帽を下ろし、前髪を掻き上げてそれを被《かぶ》りなおしながら、「できましたらですね、刑事の目の届く処に」

「分かりました。戻りましょう」

ガレージに戻った。刑事たちの細君への質疑はまだ続いていた。

伯爵が小声で、「これまでの巨人の目撃は、もちろん彼女の狂言です。南郷さんが云っていた通り離婚のための口実でしょう。しかし殺人は、たぶん口論の最中の発作的なものだったと思います」

予想はついていたが、やはり伯爵は彼女を犯人と目しているのだ。おれは溜息をついた。

「兇器《きょうき》はそう、裁縫用の鋏かなにかかな。屍体を前にした彼女の胸に、これはどうあっても恐ろしい赤い巨人に実在してもらわねばという強迫観念が生じます。そして得たのが、南郷氏の遺体で巨人をつくるというアイデアです。頭部だけなら彼女にも高く掲げられますからね」

そうか、おれが見た巨人は死んだ南郷の頭であったか。そう分かって思い出すと背筋がぞわつく……いや待て、よく考えてみるとおかしい。屍体発見の大騒ぎや伯爵の推理に耳を傾けることに気をとられていて、つい重要な事実を彼に伝え損ねていたことを思い出した。

「でもさ伯爵、その頭はまだ胴体と繋《つな》がってる」

「だから途中で諦めたんですよ。予想以上の出血を見て、計画の無意味さを悟ったんじゃないでしょうか。せっかく人に巨人を目撃させても、窓の外の地面は血だらけ、自分も頭から血まみれではね」

「てことになりますよね。ところが、おれも見てるんですよ」

「なにをですか」

「赤い巨人。自分の部屋で」

伯爵は沈黙した。やがて、「嘘《うそ》でしょ」

ガレージ内に、がり、ごりごご、ぎぎ、と奇妙な音が響いた。細君が甲高い悲鳴をあげた。社員たちも刑事たちも、そしておれたちも大声をあげて壁際へと逃げた。いちばん奥のメルセデスの背後から、巨大な赤いものが起きあがったのだ。

甲長二メートルはあろうかという、怪物じみた紅蟹だった。それが壁を使って懸命に方向転換をはかっている。行き止まって、ずっとそこに潜んでいたのだろう。紅蟹はその甲羅でメルセデスを揺らし、八本の脚で壁をさんざんに引っ掻いたあげく、どしんという振動とともに遂《つい》に方向転換を果たした。そして夜のなかにすばやく後退していった。

長いあいだ、ガレージの中には沈黙のみが漂っていた。身じろぎする者もなかった。蟹が通過したとき鋏の棘が当ったらしく、南郷の遺体にまた傷が増えていた。

「違ってましたね」伯爵がぽつりと呟《つぶや》いた。

伯爵とふたりで厨房を覗き、青い顔をして椅子にへたりこんでいる家政婦たちを見つけて、珈琲を頼んだ。

「あのう、犯人ってけっきょく」とひとりが質問してきたので、

「赤い巨人だよ。みんな見た」とおれは答えてたばこに火を点《つ》けた。

まず灰皿が、やがて二つの珈琲が大理石のカウンターに運ばれてきた。

「高窓から見えたのは、あの巨蟹の一部ではなくて?」伯爵がおれに尋ねる。

おれはかぶりを振った。「人の姿でした、間違いなく」

「顔付きを憶《おぼ》えていますか」

「憶えてますよ。今はっきりと思い出しました」おれの視線は厨房の片隅に向いていた。

大きな残飯入れが置いてある。薄青いヴィニル越しに無数の赤い物が見える。「苦悶の表情をしていました」

冬の鬼

道尾秀介

一月八日

遠くから鬼の跫音《あしおと》が聞こえる。
私が聞きたくないことを囁《さしや》いている。
いや、違う。そんなはずはない。

一月七日

Sに教えてもらった神社へ行き、どんどやの火に達磨《だるま》を投げ込んできた。
まだ名前もわからない町内の人たちはみんな、のんびりとした、優しそうな顔をしていた。それぞれの家に飾られていた門松や破魔矢、達磨やお守りが、真っ赤な火の中でぱちぱちとはぜて燃えていた。痩《や》せっぽちの若い巫女《みこ》さんが、その火でお餅を焼いて、集まった人たちに配っていた。あれは無病息災を願って食べるのだと、私の隣に立っていたお爺《じい》さんが教えてくれた。

私が達磨を火にくべたとき、そのお爺さんが、

「姐《ねえ》さんは、お願いが叶《かな》ったたんやねえ」

そう言ってにっこりと笑った。

私も笑い返して、うなずいた。

そう、私の願いは七日前に叶った。

祈願成就したときに達磨を火にくべるというのは、長年暮らした東京でも、この九州の西端の町でも、変わらないらしい。

「目ェは右も左も、ちゃんと入れたっちゃろ？」

と、お爺さんは訊《き》いてきた。

「描いてあっとが片目だけやと、達磨さん、煙ん中で往生する言うけんな」

初めて聞いたと私が言うと、お爺さんはものをこすり合わせたような声で笑って、嬉《うれ》しそうに黄色い歯を見せた。

なんとなく、空を仰いだ。

煙の立ちのぼっていく一月の空はとても深くて、小さな鳥が一羽飛んでいて、なんだか胸の中がすっと空っぽになるようだった。素敵な一年が始まってくれる。そんな気がした。どこか後ろのほうで、子供たちが何か言い合いながら笑っていた。笑いながら走っているらしく、元気な声は、だんだんと移動して遠ざかり、やがて消えた。

神社を去り際、私と同じくらいの年頃の男がじっとこちらを見ていた。美しい美しいと、物心ついた頃から両親や友人に言われつづけてきたおかげで、ありがたいことに、私は周囲から向けられる視線にはむしろ鈍感に育った。けれど、こうして相手の視線があまりに無遠慮だと、どうしても気づいてしまう。立ち止まり、ちらりと目線を送ってやったら、彼は何でもないような顔をして目をそむけた。

私はまた歩き出した。玉砂利を踏む下駄《げた》の音が、とても軽くて、乾いた空気の中をどこまでも響いていくようだった。冬の匂いがした。どこかで犬が鳴いた。凍ったように真《ま》っ直《す》ぐな松の葉が、透明な空の手前で揺れていた。

鼻歌を歌ったり、下駄の歯で霜柱を崩したりしながら家へ帰った。硝子《ガラス》に新聞紙の貼られた引き戸を開けると、上がり框《かまち》にSが立っていて、お帰りと私に微笑《ほほえ》んだ。Sの美しい笑顔は、毎日見ているというのに、今日も私の胸を締めつけた。

この人と、ずっといっしょに暮らしてゆける。

一月六日

二日前の日記を読み返していたら、なんだか母のことが無性に思い出された。

美しい人だった。火事で写真がすべて焼けてしまったのを残念に思う。母が大切にしていたあの三味線の撥《ばち》も、写真や家具や、母自身といっしょに焼けてしまった。あの撥は、ほんとうなら私がもらうはずだった。先祖からずっと、女系家族の中で、娘へ娘へと受け継がれてきたものなのだから。

それともあれは、あの撥の話は、母のつくりごとだったのだろうか。

寝物語に、母はよく話してくれた。私たちの先祖は昔、大阪で三味線の師匠をやっていたらしい。町でも評判の、美しい女師匠だったのだとか。その師匠があるとき男の子を産んだ。どういう子細があったのかはわからないけれど、その子は、まだ赤ん坊の頃に遠いこの九州へと養子に出された。弘化《こうか》二年と母は言っていたから、いまから百年と少し前のことだ。その男の子が、私の曾《そう》々々祖父。男の子が養子にやられたとき握り締めていたのが、あの三味線の撥。

ほんとうだろうか。

美しいお話なので、できればほんとうだと思いたい。

いま、Sが炬燵《こたつ》の向こうでくしゃみをした。何をしても、そのあとにSは必ず微笑む。私はその笑顔を見るたびに嬉しくなる。Sの微笑みにはそんな力がある。もしSが自分で自分の微笑みを見たら、やはり嬉しい気持ちになるのだろうか。

ついさっき、Sに「明日はどんどやだね」と言われ、私は何のことだかさっぱりわからなかった。蜜柑《みかん》を剝《む》いてやりながら、訊《たず》ねてみると、どうやら左義長のことらしい。するとこんどはSが「サギチョウ？」と訊き返して眉《まゆ》を寄せた。

東京では、小正月に神社で正月飾りや縁起物を燃やすことを左義長と呼んでいた。どんど焼き、と呼ぶ地方もあるとは聞いていたけれど、どんどやというのは初めてだった。このあたりではそう呼ぶらしい。

でも、呼び方はともかく、あれは十五日の小正月にやるものだ。明日はまだ七日。

私がそれを言うと、Sは、九州ではどんどやの日取りもほかの地域と違っていて、七日というのが多いのだと教えてくれた。それから、またあの微笑みを見せて、こんなことを言った。

「きみだって、小さい頃に行ったことがあるんだよ。僕と手をつないで。それぞれの両親といっしょに」

残念なことに、憶《おぼ》えていなかった。

私がこの土地に住んでいたのは、ほんの小さな頃までだ。東京での暮らしが、私の心から素朴な思い出を、味気ない冷たい水ですっかり洗い流してしまったのだろうか。

「明日はどんどやに行ってくる」

私はそう言った。言い慣れない言葉を口にしたら、お腹《なか》の奥がくすぐったいようだった。

それでも、どうしてか、お湯を飲んだように胸が温かかった。

どんどやをやる神社の場所を、Sは教えてくれた。すぐ近くかと思っていたのだけど、そうではなかったらしく、Sの説明は思いのほか長かった。私の足では、往復で一時間以上はかかりそうだ。道順を憶えられる自信がなかったので、私はもういちど最初から言ってくれとお願いし、今度はSの説明を聞きながら日記帳の後ろに地図を描いた。こんならくがきも、きっと私たちの思い出になるのだろう。

一月五日

障子の色がわかるようになるまで飽きずに身体《からだ》を重ねていたので、今朝は起きるのがずいぶんと遅くなってしまった。急いで土間に向かって朝食の支度をした。

そういえば私がこの家に来た当初、Sが鴉《からす》の話をしていた。お勝手の裏に、いつもやってくるやつがいて、ごみを荒らされるので困っていたらしい。でも私はその鴉を一度も見たことがない。あれはどういうわけなのだろう。

お味噌汁《みそしる》の大根がしんなりしてきた頃、私を呼ぶSの声が聞こえた。わざと忍び足で土間を出て、廊下を進み、寝室を覗《のぞ》いてみると、部屋の真ん中に立っているSの姿が見えた。まだ何も着ていなかった。私は声をかけず、そっと近づいて、白くて細いその身体にいきなり抱きついてやった。Sはわあと声を上げ、それからまるで、犬が遊んでもらっているような息づかいで私を抱き返してきた。私も声を上げた。

この家で、誰にも邪魔されずに、私はSと生きていく。

朝食を食べながら、鴉の話をしてみたら、それは鏡のせいじゃないかとSは言った。ここへ来た翌日、私がたまたまお勝手の裏に捨てた鏡のおかげで、鴉は来なくなったのではないかというのだ。鳥というのはぴかぴか光るものを嫌うらしい。なんにしても、鴉が来なくなってくれたのは嬉しいことだ。黒い生き物を、私はあまり好きじゃない。

一月四日

日が傾きはじめた頃、洗濯物を取り込んでいると、雪融《ゆきど》けの水が沁《し》みた庭の土が、夕陽《ゆうひ》を受けて、紅《あか》い水辺みたいに綺麗《きれい》だった。Sに見せてやりたいと、一瞬だけ思ったけれど、すぐに頭《かぶり》を振ってそんな考えを忘れた。

景色に見とれていたせいか、水溜《みずた》まりの水をうっかり下駄で撥《は》ね上げてしまった。着物や、持っていた洗濯物は無事だったけれど、足の後ろ側が泥で汚れた。汚れついでに、外の竈《かまど》に薪《まき》をくべて風呂《ふろ》を焚《た》いた。

Sといっしょに、浴槽で身体をくっつけ合って暖まった。私がこの家へ来たときのことを、Sは夢見るように話した。Sの口調はとても懐かしそうで、私も懐かしく聞いていたけれど、思えばそれほど長い時間が過ぎたわけではない。お湯の中で、私は指を折って数えてみた。小指が一度曲げられて、また伸びた。ちょうど半年。その短さに私はあらためて驚いた。

浴槽から出て、私に身体を洗われながらSは言った。

「きみの実家の工場《こうば》が火事になったと知ったときは、心臓が真っ白になっていくみたいだった。本当に、そんな感覚だった」

綺麗なSの額に、哀《かな》しげな縦の皺《しわ》が一本刻まれた。

あのときSは、すぐに上京して、私を見つけてくれた。父が一代で築いた工場が焼け、併設されていた家屋敷が焼け、家族をみんな失い、縁者もなく、一人きりになって途方に暮れていた私を見つけてくれた。

あとで知ったところによると、火事の出火元は、工場の奥にある社長室だったらしい。社長室といっても、父はすでにそこを使ってはいなかった。脳に腫瘍《しゆよう》ができ、手足を上手《うま》く動かせなくなっていた父は、使用人に手伝われながら、家の居間でいつも仕事をしていた。かわりに社長室を使っていたのは、母と、父の病気を診察しに通っていた若い医師だった。工場が動いていない日曜や旗日に、二人が社長室を使っていることを私は知っていた。

母は、娘の私から見ても美しかった。医師もまた、女中たちが目の端に映しながら、吐息まじりに噂《うわさ》し合うような顔立ちをしていた。一度、工場が休みの日に、私はこっそり社長室のドア越しに聞き耳を立ててみたことがある。切れ切れの母の声が聞こえてきた。仕事熱心で、頑固で、不器用で、昔から私にちっとも構ってくれなかった父のことを、生まれて初めて可哀相《かわいそう》だと思ったのはそのときだった。

火事が社長室から出たと知ったとき、私はすぐに、医師がいつも煙草《たばこ》を吸っていたことを思い出した。母と医師が使ったあとの社長室は、煙草の苦い匂いが残っていた。あの煙草の不始末が、火事の原因だったのではないだろうか。火事が起きたのは日曜の夜だった。

きっとその日、母といっしょに社長室に籠《こ》もっていた医師が、帰るときに煙草の火をきちんと消さなかったのだ。それかどうかして何かに燃え移り、火事になったに違いない。けれど、医師と母のことは、誰にも話していない。

火事ですべてを失ったあと、それまで私に求婚していた何人かの男たちは、掌《てのひら》を返したように冷たくなった。あれほど好きだ好きだと言ってくれていたのに。そのときになって、私は彼らが自分に何を求めていたのかをようやく知った。

そんなとき、Sは来てくれたのだ。自分も家族をすべて失《な》くしたのだと、Sは教えてくれた。みんなぴかどんの犠牲になったらしい。

Sは私を、この故郷へと誘ってくれた。

「あなたの部屋を最初に見たときは、驚いた」

湯の中に手を遊ばせながら、私は思い返した。

案内されたSの部屋は、私の写真で溢《あふ》れていた。本当にたくさんあった。幼いときに親《しん》戚《せき》たちといっしょに写真館で撮ってもらったものもあれば、女学校時代の横顔も、自宅近くでの後ろ姿もあった。東京での写真は、しばしば上京したときに、隠れて撮っていたのだとSは打ち明けた。それらの写真は、東京に出かけるときにはいつも鞄《かばん》に入れて持ち歩いていて、そのおかげで、この町が戦争で焼けたとき、Sと写真だけが助かったらしい。

Sは私のことを愛していると言ってくれた。小さい頃から私が好きで、私だけを好きで、いまでも好きなのだと言ってくれた。

そして、私はこの家に来た。

持ってきたのは、東京の土地を売った現金と、それからあの達磨だった。

かつて私の部屋に置かれていた達磨。あの炎の中を生き延びたのは、この達磨だけだった。右にも左にも黒目が描かれていない達磨は、かえって何でもお見通しというふうに、私を見た。せっかく持ってきたのだけど、そのポッカリとひろがった目を見るのが怖くて、私はこの家にやってくるとすぐに、達磨を押し入れの奥へ仕舞った。

東京ですべてを失くしていた私は、信じられないほどの一途《いちず》さを持ったSに惹《ひ》かれた。もっとも、そのときはまだ、私はSをそれほど美しいとは思わなかった。火事に遭って以来、私はすべての男性に対し、そういった感覚を持つことができなくなっていた。

私の中の美という感覚が、Sそのものをさすほどまでになったのは、大晦日《おおみそか》の夜のことだ。あの夜のことを、私はきっといつまでも忘れない。

一月三日

夕暮れ時。糊《のり》が弱くなってしまったのか、食器戸棚の硝子に貼った新聞紙が一箇所剝《は》がれているのを見つけた。それを直すついでに、お茶を淹《い》れていると、Sがずいぶん古い話をはじめた。幼い頃、私といっしょにSの家で隠れん坊をしていたときの話だ。

「納屋の中に二人で隠れていると、きみは仕舞われていた古い着物を身体にあてて、僕に見せてくれた。千鳥紋の単衣《ひとえ》が、よく似合った」

Sの先祖はもともと河内《かわち》の出で、この土地に移り住んだのは彼の祖父の代からだったので、納屋には河内木綿の袷《あわせ》や単衣が、埃《ほこり》を被《かぶ》ってたくさん仕舞われていた。子供の私は、どうやらそれをいじって遊んでいたらしい。でも私はぜんぜん憶えていなかった。

「そのときのきみのことは、いまでも見ることができる。はっきりと見える」

そう言って、Sは少し顔を仰《あおむ》向けた。

「鬼の跫音が聞こえてくるし、きみは着物を放り出して、僕を衣装箱の後ろへ引っ張り込んだ。二人で息を殺して、跫音が去っていくのを待っていたときの、きみの匂いも憶えている。日向《ひなた》に置いておいた布団みたいな、温かくて、哀しくなるような匂いだった」

私がちっとも思い出せない当時のことを、Sは両手で湯呑《ゆの》みを包み込むように持ちながら懐かしげに語った。

「何気なく身体を動かしたとき、僕の左手の小指が、きみの肩に触れたんだ。きみはじっとしていることに夢中で、気づいていなかった。きみの体温が指に伝わって、それだけで、僕は裸同士で抱き合ったみたいな気持ちだった」

このままいつまでも鬼が捜しにこなければいいと、Sは思ったそうだ。

私もいま、そう思っている。

一月二日

押し入れから取り出してきた達磨を、さっきからぼんやりと眺めていた。半分焼け焦げたこの達磨だけが、私にとって唯一の、昔の名残だ。

日々の暮らしの中で、「昔」はだんだんと遠くなっていく。でも、どうしても遠ざかってくれない「昔」もある。私はそれを消し去りたい。見えない場所へやってしまいたい。だけど、この達磨を身近に置いているかぎり、たぶんそれは難しいことなのだろう。

十五日の小正月には、きっとこの町でも、どこかの神社で左義長が行われる。私はこの達磨を、そこへ持ってゆこうと思う。願いが叶ったとき、達磨は燃やすものだから。

もしかしたら、これを燃やすことによって、本当の意味で私たちは出発できるのかもしれない。昨日は日記に「生まれ変わった」と書いたけれど、私たちはまだ、本当は生まれ変われていないのかもしれない。

小正月が待ち遠しい。

一月一日

年もあらたまったことだし、今日から日記をつけることにした。思えば娘時代からずっと日記をつける癖がついていたのだけど、あの火事でそれまでの日記がすべて燃えてしまってからは、一日の終わりに筆をとることが、すっかりなくなっていた。

ゆうべ、私たちは生まれ変わった。

Sの手術は短時間で終わった。

一週間前、かつて私の実家に出入りしていたあの医師に連絡を取り、実行して欲しい手術の内容を伝えると、医師は頑強に拒否した。しかし私が、母との関係を知っていることや、工場の火事の出火原因についてほのめかすと、最後にはしぶしぶ了解した。大晦日の昨日、医師は医療器具一式を持ってこの家にやってきた。

手術を依頼することを決めたきっかけは、Sの言葉だった。

師走《しわす》に入った頃、Sは、二人の生活の中に漂っている、微《かす》かな違和感のことを口にしたのだ。Sはそれを「白い霧のような」とか、「薄膜が一枚張られたような」と表現した。その言葉はとても的確だった。私も、まるっきり同じ思いを抱いていた。でもその思いを、それまでじっと胸に仕舞っていたのだ。

違和感。それが何に原因するものなのかを私は知っていた。Sも、本当は知っていたのかもしれない。しかし彼の口からはどうしても言えなかったのだろう。二人の暮らしの中に漂っている霧。私たちの生活を覆う忌々しい薄膜。その正体は、私の中の不安だった。もしSが、私の願いを聞いてくれたなら、霧も薄膜も綺麗に消え去ってくれるのだろう。だから私はその願いを、それまで何度も口にしようとした。しかし、できずにいた。ずっと。

生活に漂う違和感を指摘されたとき、私は迷った。長いこと迷った。しかし最後には、すべてをSに委《ゆだ》ねることにした。私はSに、自分の唯一の願いを言った。

一生、私の顔を見ないでください。

達磨みたいに醜く焼け爛《ただ》れた私を見ないでください。

私を置いてどこへも行かないという保証をください。

この家には鏡がない。いっしょに暮らしはじめた翌日に、私が取り外して処分した。そしてすべての硝子には古新聞が貼ってある。私の顔が映らないように。Sと暮らしている女――Sを愛している女の正体を、私が見てしまわないように。

それでも、何より私の姿がはっきりと映ってしまうものがこの家にはあった。それはSの目だった。ほかの誰かの目であれば、何でもない。しかしSの目は、私にとっては鏡だった。あまりに鮮明にこの姿を映してしまう鏡だった。

手術を終えたSと、私は静かに向き合った。

私を見ることを永遠にやめたSの顔を、私は美しいと思った。心から、Sを愛《いと》おしいと感じた。あの火事のあと、私を捜して東京の病院までやってきてくれたS。こんな姿でも私を愛してくれたS。そして、私の願いを、この上ない確実なかたちで叶えてくれたS。

私は医師にお願いして、取り出したSの眼球を、ビニール袋に入れてもらった。そして、あの達磨の底をカッターナイフでひらき、その中に仕舞った。私の昔の生活の、唯一の名残である達磨と、かつてのSの名残である眼球が、そうして一つになった。この達磨をどうするかは、今夜一晩かけて、ゆっくりと考えてみるつもりでいる。

達磨に目を入れるだなんて、駄洒落《じゃれ》みたいだと私が言うと、Sは笑い声を上げた。屈託がなく、耳に心地いい、天井に響いて空気を綺麗にするような声だった。それを聞いて私は、Sはこれまで心から笑っていなかったのだということを知った。これからは、私はSの本当の笑い声を聞ける。私もその声に、自分の笑い声を並べて響かせることができる。

東京の土地を売ったお金で、働かずとも、質素な暮らしならばつづけていけるだろう。私たちはここで、いつまでも鬼が捜しにやってこない隠れん坊をはじめる。

私たちの心は、壊れてなんかいない。

私はSに願いを告げた。Sはそれを受け容《い》れてくれた。それだけだ。二人が幸せになった。それだけが確かな、ただ一つの真実だ。

私たちの心は壊れてなんかいない。

解説

千街晶之

ホラーとミステリーは同じ作品の中で両立し得る——という意見は、少し前なら否定的に捉えられることも多かった筈だが、今ではむしろ常識的な見解と思われるかも知れない。というのも、ミステリーでありながらホラーの要素も併せ持った小説は、現在ではごく当たり前のように書かれ、人気のあるジャンルとして流通しているからだ。

そのひとつの象徴と言えるのが、KADOKAWAの主催で四半世紀以上続けられてきた二つの新人文学賞、横溝正史ミステリ大賞（旧称・横溝正史賞）と日本ホラー小説大賞が、二〇一九年度から横溝正史ミステリ&ホラー大賞としてひとつに統合されたことである。そこにはさまざまな事情もあった筈だが、そもそも、この両賞に共通して、ミステリーとホラーの両方を架橋する作風の小説が数多く応募されなければ、統合という発想には至らなかったのではないか。例えば、二〇一五年、第二十二回日本ホラー小説大賞を受賞した澤村伊智の『ぼぎわんが、来る』（角川ホラー文庫）は、「ぼぎわん」という怪異が齎《もたら》す恐怖を描いたホラー小説だが、作品の構成にはミステリー的な仕掛けも含まれている。ミステリーとホラーは截然と分かたれたジャンルである……といった固定観念は、今や時代遅れとなっているのだ。

近年におけるこの傾向の背景のひとつとして、「特殊設定ミステリー」と呼ばれる作風の流行が挙げられる。これは、本格ミステリーでありながら作中世界に宇宙人や幽霊やゾンビが存在していたり、現在のそれより遥かに発達した科学技術が前提となっていたり、あるいは作品の舞台そのものが異世界や童話の中の世界だったり……といった、ホラーやＳＦやファンタジーの要素を謎解きに密接に組み合わせた作風のことだ。一九八七年に綾辻行人の『十角館の殺人』（講談社文庫）から始まった所謂《いわゆる》「新本格」の時代にも、死者がゾンビとなって蘇る世界を舞台とした山口雅也『生ける屍の死』（光文社文庫）、舞台となる館が意思を持って人を操っているかのような綾辻行人『霧越邸《きりごえてい》殺人事件』（角川文庫）、本格ミステリながら怪奇的な余韻が残る島田荘司『暗闇坂の人喰いの木』（講談社文庫）、あるいは西澤保彦の『七回死んだ男』（講談社文庫）などの一連のＳＦミステリー……といった試みが存在していた。そこから発展し、ライト文芸やゲームなどの潮流も取り入れて成立したのが現在の「特殊設定ミステリー」ブームであり、今世紀に入ってからの代表的作例としては、米澤穂信『折れた竜骨』（創元推理文庫）、城平京『虚構推理』（講談社タイガ）、今村昌弘『屍《し》人荘《じんそう》の殺人』（創元推理文庫）などが挙げられる。

しかし、ミステリーと超自然的現象との結びつきは、もっと早い時代から存在している。いや、そもそもミステリーは、当初は怪奇幻想のジャンルと不可分でもあったのだ。

一八世紀後半から一九世紀前半にかけて流行したゴシック・ロマンスは、ミステリーというジャンルの母体とされることが多いが、その中には怪奇幻想の要素を重視したものと、後のミステリーに近いものとが混在していた。また、一九世紀末から二〇世紀初頭、アーサー・コナン・ドイルが名探偵シャーロック・ホームズを誕生させ、合理の文芸としてのミステリーが人気を確立した頃、ホラー小説の世界にも「名探偵」たちが出現していた。サイキック探偵、あるいはゴーストハンターと呼ばれる彼らは、科学と心霊学の知識をもとに、純然たる怪奇現象の原因を実証的に解明しようとする存在であり、ホラー小説界におけるホームズとも呼ぶべきキャラクターたちだった。アルジャナン・ブラックウッドの『心霊博士ジョン・サイレンスの事件簿』(創元推理文庫)に登場するジョン・サイレンス、ウィリアム・ホープ　ホジスンの『幽霊狩人カーナッキの事件簿』(創元推理文庫)に登場するトマス・カーナッキ、ジェシー・ダグラス・ケルーシュの『不死の怪物』(文春文庫)に登場するルナ・ハーテンデールらが代表格であり、ブラム・ストーカーの名作『吸血鬼ドラキュラ』(創元推理文庫)にドラキュラの宿敵として登場するヴァン・ヘルシング教授も、タイプとしてはここに含めることが可能である。

ミステリーがスーパーナチュラルな怪奇幻想の要素と分離し、完全に合理の文芸として確立したかに見えた後にも、ミステリーとホラーの融合例はしばしば出現している。コナン・ドイルの作品においてすら、後期のホームズ譚にはホラー小説と見紛う結末が用意されたものがあるし、C・デイリー・キング『タラント氏の事件簿』(創元推理文庫)のように、本格ミステリーの連作が最終話でオカルト的な結末を迎える作例もある。アガサ・クリスティーの連作短篇集『謎のクィン氏』(早川書房クリスティー文庫)の探偵役ハーリ・

クィンは、明らかに人智を超えた妖精的な存在として造型されている。「アメリカのクリスティー」とも呼ばれたメアリ・ロバーツ・ラインハートは、ゴシック的な雰囲気の醸成に長《た》けつつもホラーの領域にまでは踏み出さない作風だったけれども、そんな彼女にも『赤いランプ』（論創海外ミステリ）のようにスーパーナチュラルな要素が見られる作品が存在する。

しかし、本格ミステリーとホラーを意図的に組み合わせた例として最も画期的だったのは、ジョン・ディクスン・カーの一九三七年の作品『火刑法廷』（ハヤカワ・ミステリ文庫）である。ここでは、人智を超えたとしか思えない怪奇現象と不可能犯罪をめぐって、巧妙なトリックによる謎解きと、ホラー的な解釈とが見事に両立しているのだ（発表当時は、この試みはあまり評価されなかったけれども）。ヘレン・マクロイの一九五〇年の作品『暗い鏡の中に』（創元推理文庫）も、同じ系譜に属する傑作である。一九五〇年代には、ガイ・カリンフォード『死後』（ハヤカワ・ミステリ）やJ・B・オサリヴァン『憑かれた死』（ハヤカワ・ミステリ）といった「幽霊探偵」ものが相次いで発表されたし、一九六〇年代以降では『雨の午後の降霊会』（創元推理文庫）のマーク・マクシェーン、『小人たちがこわいので』（創元推理文庫）のジョン・ブラックバーン、『地獄の家』（ハヤカワ文庫NV）のリチャード・マシスンといった作家が注目される。ウィリアム・ヒョーツバーグが一九七八年に発表した『堕ちる天使』（ハヤカワ文庫NV）は、アラン・パーカー監督の映画『エンゼル・ハート』の原作として知られるオカルト・ハードボイルドだ。エドワード・D・

ホックの「サイモン・アークの事件簿」シリーズ（創元推理文庫）に登場するサイモン・アークは、神に呪われて永遠に生き続けるという神秘的な設定の名探偵である。そして今世紀に入ってからも世界各国でホラーミステリーは執筆されており、作例のひとつひとつを挙げることは控えるけれども、三津田信三・薛西斯《クセルクセス》・夜透紫《やとうし》・瀟湘神《シャオシャンシェン》・陳浩基《ちんこうき》という日本・台湾・香港の作家たちによる競作『おはしさま　連鎖する怪談』（光文社）のような国境を越えた試みも、今後は増えるかも知れない。

　日本ではどうだったかというと、そもそも戦前、ミステリーがまだ探偵小説と呼ばれていた時代から、ミステリーと怪奇小説は未分化の混沌《こんとん》たる状態にあった。当時、探偵小説を謎解き重視の「本格」と、それ以外の「変格」とに分類しなければならなかったこと自体、両者の混在ぶりを示しているけれども、この分類によって当時の作品群が整理されるわけでは全くない。小酒井《こさかい》不木《ふぼく》や海野《うんの》十三《じゅうざ》らの作品は、医学や科学の知識に基づきながらも怪奇的・SF的な奇想にまで飛躍しているものが多いし、戦前探偵小説の代表とされる江戸川乱歩『孤島の鬼』（光文社文庫）、小栗虫太郎『黒死館殺人事件』（河出文庫）、夢野久作『ドグラ・マグラ』（角川文庫）といった大作群に目を通しても、それらが合理と非合理という二つの指向性を併せ持っていることは明らかだ。むしろ、そのような矛盾の内包こそが、現代の読者にアピールする魅力となっているとすら言える。

　太平洋戦争後、探偵小説が復活を遂げてからは、周知の通り横溝正史、坂口安吾、高木彬光らが、謎解きを主眼とする本格推理小説を隆盛に導いた。しかし、この時期にも、香山滋や大坪砂男や初期の山田風太郎のように、妖美な怪奇幻想の世界を紡ぎ続けた作家も少なくない。戦後の探偵小説は、戦前における合理と非合理に引き裂かれた指向性をある程度継承しているのだ。やや遅れて本格的に活躍を始めるようになった日影丈吉、都筑道夫らは、いずれも怪奇小説に造詣が深い書き手であり、ミステリーと怪奇小説の融合の試みを繰り返している。

先述のカーの『火刑法廷』から影響を受けたタイプのホラーミステリーは、やがて日本にも出現した。高木彬光が一九七六年に発表した『大東京四谷怪談』(角川文庫)がそれだ。彼は『火刑法廷』のような趣向を「本格」でも「変格」でもない「破格」と位置づけ、自分なりに「破格」のミステリーに挑んだのである。幼女殺害事件の容疑者の告白から怪奇な背景が浮かび上がる小泉喜美子の『血の季節』(宝島社文庫)も、類似した路線の秀作だ。一九七〇年代には伝奇ロマンと呼ばれるジャンルの誕生や横溝正史作品のリヴァイヴァル・ブームなどを背景に、藤本泉『時をきざむ潮』(講談社文庫)、西村京太郎『鬼女面殺人事件』(徳間文庫)などの伝奇ミステリーも相次いで発表された。アンチ・ミステリーの大作『匣《はこ》の中の失楽』(講談社文庫)でデビューした竹本健治は、無類の恐怖度を誇る長篇『狂い壁　狂い窓』(講談社文庫)、粒揃いの短篇集『閉じ箱』(角川文庫)といった高水準なホラーミステリーの名手でもある。一九八八年に発表された孤高のホラーミステリー『聖女の島』(日下三蔵編『皆川博子長篇推理コレクション4　花の旅　夜の旅　聖女の島』所収、柏書房)に代表される皆川博子の耽美的な作風は、後続の森真沙子、篠田節子らに大きな影響を与えることになる。

　そして先述の「新本格」の時代には、本格ミステリーとホラーの融合の試みが一気に増えることになる。これはこの時期、『竹馬男の犯罪』（講談社文庫）の井上雅彦、『赤い額縁』（幻冬舎）の倉阪鬼一郎、『密室・殺人』（創元推理文庫）の小林泰三ら、それまでホラーやSFを主戦場としていた作家がミステリーの世界に参入してきたことも大きな要因となった。この本格ミステリーとホラーのハイブリッド路線で、現在最も活躍しているのは、『厭魅《まじもの》の如き憑くもの』（講談社文庫）に始まる刀城言耶《とうじようげんや》シリーズを発表し続けている三津田信三である。

　そしてミステリーとホラーの関係において何といっても決定的だったのは、一九九四年の京極夏彦のデビューだった。その作風についてはあとで触れるが、京極作品、特にデビュー作『姑獲鳥《うぶめ》の夏』（講談社文庫）に始まる「百鬼夜行」シリーズの影響力の大きさは、その後、民俗学を扱ったミステリーが増えたことからも明らかだろう。

　ところで京極の「百鬼夜行」シリーズは、古書店主にして陰陽師の中禅寺秋彦ら複数のレギュラー・キャラクターが謎解きの役割を担っており、特に薔薇十字探偵社を営む榎津礼二郎は他人の記憶が視《み》えるという特殊な能力の持ち主として設定されているが、京極登場の前後、まるで往年のサイキック探偵（ゴーストハンター）の流行が蘇ったかのように、怪奇事件専門の探偵役が活躍するようになっている。さまざまな能力を持つ個性的な霊能者たちが怪奇事件を解決してゆく小野不由美の少女小説「悪霊」シリーズ（後に「ゴーストハント」シリーズとして大幅に改稿、角川文庫)、津原泰水の「幽明志怪」シリーズ(ちくま文庫)、我孫子武丸・牧野修・田中啓文の合作『三人のゴーストハンター　国枝特殊警備ファイル』(集英社文庫)などが代表例である。更に最近の作例としては、神永学の『心霊探偵八雲　赤い瞳は知っている』(角川文庫)などに登場する心霊探偵・斉藤八雲、三津田信三の『十三の呪　死相学探偵1』(角川ホラー文庫)などに登場する死相学探偵・弦矢《つるや》俊一郎、有栖川有栖の『濱地健三郎の霊《くしび》なる事件簿』(角川文庫)などに登場する濱地健三郎らが、特殊な能力を持つ探偵役として人気が高い。

また、綾辻行人の『Another』(角川文庫)は、学園ホラーに謎解きの興味を組み合わせた試みとして若い世代にアピールすることに成功、アニメ化や実写映画化もされるほどの話題作となった。こうした学園ホラー＋ミステリー路線は、恩田陸『六番目の小夜子』(新潮文庫)、近藤史恵『震える教室』(角川文庫)、井上悠宇『僕の目に映るきみと謎《オカルト》は』(角川文庫)、澤村伊智『うるはしみにくし　あなたのともだち』(双葉社)等々、一九九〇年代から現在に至るまで数多くの作例が見られる。

二〇一〇年代から二〇二〇年代にかけての国産ミステリー界では、フェイク・ドキュメンタリー、あるいは怪談実話の要素を取り入れた作品も目立った。三津田信三『のぞきめ』(角川ホラー文庫)、芦沢央『火のないところに煙は』(新潮文庫)、大島清昭『影踏亭の怪談』(東京創元社)、黒史郎『ボギー　怪異考察士の憶測』(二見ホラー×ミステリ文庫)、新名智『虚魚《そらざかな》』(KADOKAWA)などは、実話めかした趣向によって、虚実のあわいで謎解きと恐怖を両立させた作品群と言える。

これら以外にも、時代小説の枠組みで怪談を追求している宮部みゆきの「三島屋変調百物語」シリーズ（ＫＡＤＯＫＡＷＡ）、大正時代を背景にした民俗学ミステリーである清水朔の「奇譚蒐集録」シリーズ（新潮文庫ｎｅｘ）、社会派色が濃い辻村深月『闇祓《やみはら》』（ＫＡＤＯＫＡＷＡ）、戦前の変格探偵小説が二一世紀に復活したかのような篠たまき『人喰観音』（早川書房）や彩藤アザミ『不村家奇譚　ある憑きもの一族の年代記』（新潮社）といった作品が登場しており、ホラーミステリーは今まさに百花繚乱《ひゃっかりょうらん》の状態にあると言える。


さて本書では、こうした我が国のホラーミステリーの豊饒《ほうじょう》な歴史から、精髄とも言うべき傑作を選りすぐってみた。この解説では収録順とは異なるけれども、作品が発表された順で紹介していきたいと思う。

都筑道夫は十代の頃から小説を執筆し、翻訳者・編集者としての活躍の後、一九六一年に実験的ミステリー長篇『やぶにらみの時計』（徳間文庫）を上梓。本格ミステリー、ホラー、時代小説、ショートショートなどのジャンルで膨大な作品を発表し、『黄色い部屋はいかに改装されたか？』（フリースタイル）などのミステリー評論でも大きな業績を残した。

「三つ目達磨」（初出《月刊小説》一九七七年十一月号）は、雪崩連太郎が主人公を務めるシリーズの一篇である。トラベルライターを肩書とする彼は、日本各地で奇異な出来事に遭遇し、その地のしきたりや伝承に縛られた人々の苦悩に直面する。このシリーズでは、怪奇的・伝奇的要素を含みつつも、作中の事件や現象自体は合理的に解き明かされることが多いのだが、目が三つある達磨をめぐるいわれに迫る「三つ目達磨」は、伝承というものが本質的に孕む不条理さがなんとも言えぬ余韻を残す作品となっている。

高橋克彦は『写楽殺人事件』（講談社文庫）で江戸川乱歩賞を受賞し、ミステリーのほか伝奇小説・歴史小説など幅広い分野で活躍中の作家であり、ホラー小説もその中に含まれる。短篇集『緋《あか》い記憶』（文春文庫）は、ホラー小説において初めて直木賞受賞という快挙を達成した一冊として後世に語り継がれるだろう。

著者の第一短篇集『悪魔のトリル』（祥伝社文庫）も粒揃いの傑作集であり、「眠らない少女」（初出《小説現代》一九八三年十月号）はその中のひとつだ。夜中になってもなかなか寝つけない娘が、母親に絵本を読むようせがむ。それを聞いた父親は、幼い頃に耳にした「人喰いあまのじゃく」を思い出し、それにまつわる伝承を調べはじめるが……。遠い過去の悲惨な出来事が現代に蘇り、ある家族を翻弄するおぞましくも不条理な恐怖が、意外性たっぷりな展開の中で描き出されている。

京極夏彦は、ある病院をめぐる怪奇な事件を解き明かすミステリー『姑獲鳥の夏』でデビュー、続く『魍魎《もうりょう》の匣《はこ》』（講談社文庫）で一気にベストセラー作家となり、多彩な小説を発表する一方、妖怪に関する普及活動も行っている。民俗学など多方面に亘る博覧強記ぶりと、作品の隅々にまで計算を行き届かせた構成力・文章力は圧倒的である。

「鬼一口」（初出《小説現代》一九九七年三月号）は、『百鬼夜行――陰』（講談社文庫）

のうちの一篇。この中篇集では『姑獲鳥の夏』などの「百鬼夜行」シリーズで脇役だった登場人物が主人公となるけれども、謎解き担当の中禅寺秋彦が登場しないため、主人公たちはみな各篇のタイトルの妖怪に象徴される迷妄の闇に囚われている。「鬼一口」の主人公である鈴木敬太郎は「百鬼夜行」シリーズには登場していないが、近未来SF『ルー＝ガルー　忌避すべき狼』（講談社文庫）に関わる人物であり、彼が『魍魎の匣』で描かれた事件と関わることで、本作は「百鬼夜行」シリーズと「ルー＝ガルー」シリーズとの結節点になっているのだ。「鬼」とは何かを理詰めで畳みかけるように問いかける前半と、鈴木自身の体験から「鬼」が浮かび上がる後半とのコントラストが印象的だ。

　津原泰水は津原やすみ名義で少女小説作家としてデビューし、一九九七年、現在の名義で発表した怪奇幻想小説『妖都』（ハヤカワ文庫JA）で再び注目を集めた。『ブラバン』（新潮文庫）などの青春小説から、『バレエ・メカニック』（ハヤカワ文庫JA）などのSF、「ルピナス探偵団」シリーズ（創元推理文庫）のような本格ミステリーまで、手掛ける領域は幅広い。

　津原泰水名義での第二作『蘆屋家の崩壊』（ちくま文庫）は、三十歳を過ぎても無職の語り手・猿渡と、その友人の怪奇作家、通称「伯爵」がさまざまな怪奇事件に関わる「幽明志怪」シリーズの第一弾であり、「猫背の女」「水牛群」などの傑作が目白押しの一冊だが、このアンソロジーでは、猿渡と伯爵の名（迷？）コンビぶりが際立つ「カルキノス」（初出《週刊小説》一九九八年八月二十一日号）を選んだ。映画祭の講演を頼まれ富士市に赴いた伯爵と、同行した猿渡。現地には紅蟹という名物があるという。角度によっては人の顔にも見える不気味な蟹だが、味は絶品だった。しかし、二人は奇怪な事件に巻き込まれる……。グロテスクでありながら可笑《おか》しみのある結末は、ホラーミステリー数多しといえども他になかなか類例が思い浮かばない味わいである。

道尾秀介は、ホラーミステリー『背の眼』(幻冬舎文庫)でデビューし、『向日葵《ひまわり》の咲かない夏』(新潮文庫)でブレイクした。本格ミステリ大賞、日本推理作家協会賞、大藪春彦賞、山本周五郎賞、直木賞を受賞した実力派であり、ミステリーと一般文芸を往還しつつ活躍している。

道尾の短篇集『鬼の跫音《あしおと》』(角川文庫)は、それぞれ独立した六つの短篇から成っているけれども、Sという頭文字だけで表わされる登場人物の存在が共通している(ただし、どの作品のSも別の人物のようだ)。そのうちの一篇「冬の鬼」(初出《野性時代》二〇〇八年四月号)は、著者の短篇の中でも一、二を争う出来映えを誇っている。実家を失って東京に出てきた「私」と、愛し合って同居することになったS。この二人の関係が、「私」の日記から明らかになってゆく。一月八日から一月一日へと遡ってゆく日記の記述の背後で、何が起こっていたのか。著者は人間心理を描き出す名手である一方、六つのエピソードを読む順番によって七二〇通りの物語が生まれるという『N』(集英社)に見られるようなアクロバティックな超絶技巧もこなす作家だが、本作にはその両面が凝縮されていると言える。また、必ずしもスーパーナチュラルな要素がなくても、優れたホラーミステリーは書けるというお手本とも言えそうな内容だ。

ところで、著者の筆名の「道尾」が都筑道夫に因《ちな》んでいるというのは有名だが、このアンソロジーに収録した都筑道夫と道尾秀介の作品は、いずれも達磨をモチーフにしている。後者が前者を意識したのかどうかは不明ながら、比較して読むのも一興だろう。また、「鬼」とは何かに迫った点では、やはり本書収録の京極夏彦「鬼一口」と通底する部分もあるけれども、比べて読むほどに両作家の個性が際立つとも言える。

小野不由美はファンタジー小説「十二国記」シリーズ（新潮文庫）や、『屍鬼《しき》』『残穢《ざんえ》』（ともに新潮文庫）などのホラー小説で知られている作家で、『東京異聞《とうけいいぶん》』（新潮文庫）や『くらのかみ』（講談社ミステリーランド）のように本格ミステリーとホラーを融合させた作例もある。先述の「ゴーストハント」シリーズも、全巻を通した伏線の張り方がミステリーとして絶妙だった。

『営繕かるかや怪異譚』（角川文庫）は、住まいにまつわる怪異に悩む人々のもとに現れた営繕屋・尾端《おばな》が、それらのトラブルを解決してゆく連作だが、この種の作品における主人公によくあるようにオカルト的な専門知識を駆使するわけではなく、あくまでも建築に関する知識で事態を改善する点がユニークである。祖母の家に引っ越してきた七宝作家が、雨の日になると喪服姿の女を目撃するようになる「雨の鈴」（初出《幽》十七号、二〇一二年七月）は、シリーズ中でも最も怖い一篇と言えるだろう。だが、ひとつの法則に囚われた動き方しか出来ない本作の幽霊は、恐ろしい存在でありながらどこかしら哀れでもあり、この物語の味わいに深みを与えている。

　宇佐美まことは、二〇〇六年、「るんびにの子供」で第一回『幽』怪談文学賞の短編部門大賞を受賞し、翌年、同作を含む短篇集『るんびにの子供』（角川ホラー文庫）でデビューした。『入らずの森』（祥伝社文庫）などのホラーや、日本推理作家協会賞を受賞した『愚者の毒』（祥伝社文庫）などのミステリーを中心に執筆しており、この両ジャンルを架橋する実力派の地位を確立している。

「水族」（初出《小説すばる》二〇二〇年四月号）は、敢えて著者の単行本未収録短篇から選出した。主人公の麻里、裕福な実家を持つ恋人の卓哉、その幼馴染みで地元の水族館で働く亮。三人の関係は、ある交通事故によって引き裂かれる。思いがけぬ真相が秘められたミステリーであり、語りに趣向を凝らした幻想小説としても一級品だ。

　以上七篇、ミステリーとホラーという両ジャンルそれぞれのエッセンスを含んだ逸品ばかりであり、その調合の手法には各作家の個性が強く出ている。合理と非合理が同居する妖しい世界に、この一冊から入門していただけると幸いである。

（せんがい　あきゆき／文芸評論家）

【著者略歴】

宇佐美まこと（うさみ・まこと）
一九五七年生まれ。二〇〇六年、短篇「るんびにの子供」で『幽』怪談文学賞・短編部門の大賞を受賞し、〇七年、同作を表題作とする短篇集『るんびにの子供』でデビューを果たす。一七年、『愚者の毒』で日本推理作家協会賞を受賞。ホラーとミステリーの両方を得意分野としており、日本推理作家協会賞受賞後は特に精力的に活動している。著書は他に『入らずの森』『少女たちは夜歩く』『聖者が街にやって来た』『角鳥の湖』『ボニン浄土』『子供は怖い夢を見る』など。

小野不由美（おの・ふゆみ）
一九六〇年生まれ。八八年、『バースデイ・イブは眠れない』でデビュー。『悪霊がいっぱい!?』を第一作とする「悪霊」シリーズで、少女小説の分野で人気作家となる（後に「ゴーストハント」シリーズとして改稿）。九二年の『月の影　影の海』から「十二国記」シリーズが始まる（二〇二〇年、同シリーズで吉川英治文庫賞を受賞）。九四年の『東京異聞』から大人向け小説を執筆するようになり、一三年、『残穢』で山本周五郎賞を受賞。著書は他に『屍鬼』『くらのかみ』『鬼談百景』など。

京極夏彦（きょうごく・なつひこ）
一九六三年生まれ。九四年、『姑獲鳥の夏』でデビュー。この作品を第一作とする「百鬼夜行」シリーズでベストセラー作家となり、シリーズ第二作『魍魎の匣』で日本推理作家協会賞を受賞。『嗤う伊右衛門』で泉鏡花文学賞、『覘き小平次』で山本周五郎賞、『後巷説百物語』で直木賞、『西巷説百物語』で柴田錬三郎賞など、受賞歴多数。著書は他に『絡新婦の理』『巷説百物語』『ルー＝ガルー　忌避すべき狼』『ヒトごろし』など。

高橋克彦（たかはし・かつひこ）
一九四七年生まれ。八三年、『写楽殺人事件』で江戸川乱歩賞を受賞してデビュー。『総門谷』で吉川英治文学新人賞、『北斎殺人事件』で日本推理作家協会賞、『緋い記憶』で直木賞、『火怨』で吉川英治文学賞など、受賞歴多数。二〇一二年には日本ミステリー文学大賞を受賞。ミステリー、ホラー、時代小説など、幅広い分野で活躍。著書は他に『倫敦暗殺塔』『炎立つ』『ドールズ』『完四郎広目手控』『だましゑ歌麿』『たまゆらり』など。小説以外では、浮世絵や超古代文明に関する著作もある。

都筑道夫（つづき・みちお）
一九二九〜二〇〇三年。若い頃から編集・翻訳などの仕事と並行して小説を執筆し、早川書房を退社した五九年から本格的に執筆活動に入る。〇一年に『推理作家の出来るまで』で日本推理作家協会賞を受賞、〇二年には日本ミステリー文学大賞を受賞。著書は『猫の舌に釘をうて』『やぶにらみの時計』『三重露出』『キリオン・スレイの生活と推理』『退職刑事』『怪奇小説という題名の怪奇小説』など多数。『黄色い部屋はいかに改装されたか？』など、ミステリー評論でも健筆を振るった。

津原泰水（つはら・やすみ）
一九六四年生まれ。八九年、少女小説『星からきたボーイフレンド』（津原やすみ名義）でデビュー。

この作品を第一作とする「あたしのエイリアン」シリーズなどで人気を博した。九七年、『妖都』で筆名を津原泰水に改め、大人向け小説に進出する。二〇一二年、『11 eleven』でTwitter文学賞国内部門一位。ホラー、恋愛小説、SFなどの分野で活躍。著書は他に『蘆屋家の崩壊』に始まる「幽明志怪」シリーズ、『ペニス』『少年トレチア』『綺譚集』『赤い竪琴』『ブラバン』『ヒッキーヒッキーシェイク』など。

道尾秀介（みちお・しゅうすけ）
一九七五年生まれ。二〇〇四年、『背の眼』でホラーサスペンス大賞特別賞を受賞してデビュー。『シャドウ』で本格ミステリ大賞、『カラスの親指　by rule of CROW's thumb』で日本推理作家協会賞、『龍神の雨』で大藪春彦賞、『光媒の花』で山本周五郎賞、『月と蟹』で直木賞をそれぞれ受賞。著書は他に『向日葵の咲かない夏』『ラットマン』『花と流れ星』『カササギたちの四季』『貘の檻』『風神の手』『いけない』『N』など。

〈底本〉

宇佐美まこと「水族」（「小説すばる」二〇二〇年四月号）
小野不由美「雨の鈴」（『営繕かるかや怪異譚』角川文庫・二〇一八年）
京極夏彦「鬼一口」（『文庫版　百鬼夜行――陰』講談社文庫・二〇〇四年）
高橋克彦「眠らない少女」（『悪魔のトリル』祥伝社文庫・二〇〇七年）
都筑道夫「三つ目達磨」（『都筑道夫恐怖短篇集成3　雪崩連太郎全集』ちくま文庫・二〇〇四年）
津原泰水「カルキノス」（『蘆屋家の崩壊』ちくま文庫・二〇一二年）
道尾秀介「冬の鬼」（『鬼の跫音』角川文庫・二〇一一年）

ホラー・ミステリーアンソロジー
魍魎回廊《もうりょうかいろう》

朝日文庫

2022年3月30日　第1刷発行

著　　者　宇佐美《うさみ》まこと　小野不由美《おのふゆみ》
京極夏彦《きょうごくなつひこ》　高橋克彦《たかはしかつひこ》　都筑道夫《つづきみちお》
津原泰水《つはらやすみ》　道尾秀介《みちおしゅうすけ》

編　　者　千街晶之《せんがいあきゆき》

発 行 者　三 宮 博 信
発 行 所　朝日新聞出版
〒104-8011　東京都中央区築地5-3-2
電話　03-5541-8832(編集)
03-5540-7793(販売)

印刷製本　大日本印刷株式会社

Published in Japan by Asahi Shimbun Publications Inc.
定価はカバーに表示してあります

ISBN978-4-02-265016-0

鈴峯　紅也
警視庁監察官Q
人並みの感情を失った代わりに、超記憶能力を得た監察官・小田垣観月。アイスクイーンと呼ばれる彼女が警察内部に巣食う悪を裁く新シリーズ！

小説トリッパー編集部編
20の短編小説
人気作家二〇人が「二〇」をテーマに短編を競作。現代小説の最前線にいる作家たちのエッセンスが一冊で味わえる、最強のアンソロジー。

堂場　瞬一
暗転
通勤電車が脱線し八〇人以上の死者を出す大惨事が起きた。鉄道会社は何かを隠していると思った老警官とジャーナリストは真相に食らいつく。

貫井　徳郎
乱反射
《日本推理作家協会賞受賞作》
幼い命の死。報われぬ悲しみ。決して法では裁けない「殺人」に、残された家族は沈黙するしかないのか？　社会派エンターテインメントの傑作。

西　加奈子
ふくわらい
《河合隼雄物語賞受賞作》
不器用にしか生きられない編集者の鳴木戸定は、自分を包み込む愛すべき世界に気づいていく。第一回河合隼雄物語賞受賞作。《解説・上橋菜穂子》

梨木　香歩
f植物園の巣穴
歯痛に悩む植物園の園丁は、ある日巣穴に落ちて……。動植物や地理を豊かに描き、埋もれた記憶を掘り起こす著者会心の異界譚。《解説・松永美穂》

中山　七里
闘う君の唄を

新任幼稚園教諭の喜多嶋凜は自らの理想を貫き、周囲から認められていくのだが……。どんでん返しの帝王が贈る驚愕のミステリ。《解説・大矢博子》

葉室　麟
柚子《ゆず》の花咲く

少年時代の恩師が殺された事実を知った筒井恭平は、真相を突き止めるため命懸けで敵藩に潜入する──。感動の長編時代小説。《解説・江上　剛》

畠中　恵
明治・妖《あやかし》モダン

巡査の滝と原田は一瞬で成長する少女や妖出現の噂など不思議な事件に奔走する。ドキドキ時々ヒヤリの痛快妖怪ファンタジー。《解説・杉江松恋》

細谷正充・編／宇江佐真理／北原亞以子／杉本苑子／半村良／平岩弓枝／山本一力／山本周五郎・著
情に泣く
朝日文庫時代小説アンソロジー　人情・市井編

失踪した若君を探すため物乞いに堕ちた老藩士、家族に虐げられ娼家で金を毟られる旗本の四男坊など、名手による珠玉の物語。《解説・細谷正充》

村田　沙耶香
しろいろの街の、その骨の体温の
《三島由紀夫賞受賞作》

クラスでは目立たない存在の、小学四年と中学二年の結佳を通して、女の子が少女へと変化する時間を丹念に描く、静かな衝撃作。《解説・西加奈子》

湊　かなえ
物語のおわり

悩みを抱えた者たちが北海道へひとり旅をする。道中に手渡されたのは結末の書かれていない小説だった。本当の結末とは──。《解説・藤村忠寿》

浅田　次郎
椿山課長の七日間
突然死した椿山和昭は家族に別れを告げるため、美女の肉体を借りて七日間だけ〝現世〟に舞い戻った！　涙と笑いの感動巨編。《解説・北上次郎》

伊坂　幸太郎
ガソリン生活
望月兄弟の前に現れた女優と強面の芸能記者!?　次々に謎が降りかかる、仲良し一家の冒険譚！　愛すべき長編ミステリー。《解説・津村記久子》

伊東　潤
江戸を造った男
海運航路整備、治水、灌漑、鉱山採掘……江戸の都市計画・日本大改造の総指揮者、河村瑞賢の波瀾万丈の生涯を描く長編時代小説。《解説・飯田泰之》

今村　夏子
星の子
《野間文芸新人賞受賞作》
病弱だったちひろを救いたい一心で、両親は「あやしい宗教」にのめり込み、少しずつ家族のかたちを歪めていく……。《巻末対談・小川洋子》

宇江佐　真理
うめ婆《ばあ》行状記
北町奉行同心の夫を亡くしたうめ。念願の独り暮らしを始めるが、隠し子騒動に巻き込まれてひと肌脱ぐことにするが。《解説・諸田玲子、末國善己》

江國　香織
いつか記憶からこぼれおちるとしても
私たちは、いつまでも「あのころ」のままだ——。少女と大人のあわいで揺れる一七歳の孤独と幸福を鮮やかに描く。《解説・石井睦美》

朝日文庫

恩田 陸
錆びた太陽
立入制限区域を巡回する人型ロボットたちの前に国税庁から派遣されたという謎の女が現れた！ その目的とは？ 《解説・宮内悠介》

小川 洋子
ことり
《芸術選奨文部科学大臣賞受賞作》
人間の言葉は話せないが小鳥のさえずりを理解する兄と、兄の言葉を唯一わかる弟。慎み深い兄弟の一生を描く、著者の会心作。《解説・小野正嗣》

角田 光代
坂の途中の家
娘を殺した母親は、私かもしれない。社会を震撼させた乳幼児の虐待死事件と〈家族〉であることの光と闇に迫る心理サスペンス。《解説・河合香織》

久坂部 羊
老乱
老い衰える不安を抱える老人と、介護の負担に悩む家族。在宅医療を知る医師がリアルに描いた新たな認知症小説。《解説・最相葉月》

今野 敏
TOKAGE《トカゲ》
特殊遊撃捜査隊
大手銀行の行員が誘拐され、身代金一〇億円が要求された。警視庁捜査一課の覆面バイク部隊「トカゲ」が事件に挑む。《解説・香山二三郎》

重松 清
ニワトリは一度だけ飛べる
左遷部署に異動となった酒井のもとに「ニワトリは一度だけ飛べる」という題名の謎のメールが届くようになり……。名手が贈る珠玉の長編小説。

朝日文庫

山本　一力
たすけ鍼《ばり》
深川に住む染谷《せんこく》は〝ツボ師〟の異名をとる名鍼灸師。病を癒やし、心を救い、人助けや世直しに奔走する日々を描く長編時代小説。《解説・重金敦之》

森見　登美彦
聖なる怠け者の冒険
《京都本大賞受賞作》
宵山で賑やかな京都を舞台に、全く動かない主人公・小和田君の果てしなく長い冒険が始まる。著者による文庫版あとがき付き。

横山　秀夫
震度0《ゼロ》
阪神大震災の朝、県警幹部の一人が姿を消した。失踪を巡り人々の思惑が複雑に交錯する。組織の本質を鋭くえぐる長編警察小説。

柚木　麻子
嘆きの美女
見た目も性格も「ブス」、ネットに悪口ばかり書き連ねる耶居子は、あるきっかけで美人たちと同居するハメに……。《解説・黒沢かずこ（森三中）》

綿矢　りさ
私をくいとめて
黒田みつ子、もうすぐ三三歳。「おひとりさま」生活を満喫していたが、あの人が現れ、なぜか気持ちが揺らいでしまう。《解説・金原ひとみ》

宇佐美　まこと
夜の声を聴く
引きこもりの隆太が誘われたのは、一一年前の一家殺人事件に端を発する悲哀渦巻く世界だった！平穏な日常が揺らぐ衝撃の書き下ろしミステリー。